# 鲁迅文物经手录

叶淑穗 著

生活·讀書·新知 三联书店

Copyright © 2024 by SDX Joint Publishing Company.
All Rights Reserved.

本作品版权由生活·读书·新知三联书店所有。
未经许可，不得翻印。

**图书在版编目（CIP）数据**

鲁迅文物经手录 / 叶淑穗著. —北京：生活·读书·新知三联书店，2024.1
ISBN 978 - 7 - 108 - 07606 - 9

Ⅰ. ①鲁… Ⅱ. ①叶… Ⅲ. ①鲁迅研究 Ⅳ. ① I210

中国国家版本馆 CIP 数据核字（2023）第 039285 号

| | |
|---|---|
| 策划编辑 | 唐明星 |
| 责任编辑 | 柯琳芳 |
| 装帧设计 | 康　健 |
| 责任印制 | 李思佳 |

出版发行　生活·讀書·新知 三联书店
　　　　　（北京市东城区美术馆东街 22 号 100010）
网　　址　www.sdxjpc.com
经　　销　新华书店
印　　刷　北京新华印刷有限公司
版　　次　2024 年 1 月北京第 1 版
　　　　　2024 年 1 月北京第 1 次印刷
开　　本　635 毫米 × 965 毫米　1/16　印张 18
字　　数　217 千字　图 31 幅
印　　数　0,001 - 5,000 册
定　　价　69.00 元

（印装查询：01064002715；邮购查询：01084010542）

# 目 录

序一 一个沉浸在鲁迅世界里的人…………… 1
序二 经眼经手鲁迅手稿第一人…………… 10
序三 "在中国第一要他多"…………… 13

## 文物递藏

关于《可爱的中国》手稿的转送………… 20
鲁迅的藏书是怎样保存下来的………… 25
略谈鲁迅著作手稿的保存情况………… 32
鲁迅手稿被调走与博物馆被迫闭馆……… 39
北京鲁迅故居史话…………… 43
一部未能出版的木刻选集………… 48
鲁迅博物馆六十年…………… 54
我所知道的鲁迅博物馆代管
　周作人被抄物品的真相………… 65
鲁迅故居南屋的八个书箱及两块石头…… 69
小小水盂记述着一段往事………… 72
复制鲁迅文物的故事…………… 75
鲁迅书韦素园墓碑…………… 81

鲁迅设计的北大校徽原物丢失的始末……………… 85

## 鲁迅故旧

许羡苏与鲁迅文物………………………………… 92
周作人二三事……………………………………… 116
唐弢与两封内容几乎一样的信…………………… 120
冯雪峰送鲁迅一幅特别的画……………………… 129
萧军注释鲁迅书信的一段往事…………………… 138
许广平：用生命守护鲁迅遗物的人……………… 144
王冶秋："查封"鲁迅故居 ……………………… 155
曹靖华：视鲁迅遗物珍逾生命…………………… 161
胡愈之与鲁迅二三事……………………………… 170
戈宝权：遇到解决不了的业务问题都去找他…… 172
王士菁：第一部鲁迅传的写作者………………… 183
刘淑度：为鲁迅先生篆刻印章…………………… 195
姜德明：敢在特殊时期出版鲁迅著作…………… 198
他没有辜负鲁迅的嘱咐，更不愧为鲁迅的儿子… 206

## 鲁迅的世界

鲁迅酷爱文物……………………………………… 214
鲁迅与图书馆……………………………………… 217
鲁迅注重编辑出版工作二三事…………………… 227
鲁迅的三篇佚文…………………………………… 238
五四时期鲁迅批改的几首诗……………………… 241
鲁迅的《家用帐》………………………………… 245

《人生象斅》为什么应该
　　收入《鲁迅手稿全集》？……………………… 250
完整的鲁迅《两地书》
　　写定稿手稿怎能被"分解"？ ………………… 259
《鲁迅》画册中的隐患 ……………………………… 265
关于鲁迅北京故居"两棵枣树"的身世之争…… 270
鲁迅珍视的倒坐观音像换了容颜………………… 272
访广州鲁迅纪念馆………………………………… 276

后　记……………………………………………… 280

# 序一 一个沉浸在鲁迅世界里的人

孙 郁

了解鲁迅研究界的人，都知道有一个博物馆系统的学者群。他们60余年来渐渐形成自己的风格，乃至带有一丝流派特点。以鲁迅博物馆、上海鲁迅纪念馆、绍兴鲁迅纪念馆为代表的平台，涌现出了不少学者。他们的特点是以文物资料为出发点，附之展览、社会调查成果，呈现的是有历史现场感的文字。这些人数量不多，但在庞大的学院派覆盖天下的今天，其存在越发显得独特。

讨论鲁迅史料研究，有几位前辈是值得一提的。回忆在鲁迅博物馆工作的日子，有时就想起叶淑穗老师。上世纪80年代后期，我到鲁迅研究室工作时，叶老师还没有退休。那时候她是文物组的负责人，对我们这些青年十分热情。她肄业于辅仁大学，毕业于北京师范大学心理系，是馆里的元老。鲁迅博物馆成立于1956年，叶老师恰是那一年从部队转业到此，一待就是半个多世纪。鲁迅逝世后，留下的遗物大多数都保存完好，她对此十分清楚。谈起馆里的藏品，她如数家珍。多年间，大凡研究鲁迅手稿与文献保存史的人，是常要向她请教的。

与馆里其他人比起来，叶老师阅人无数，所历者甚多，与几代人打过交道，也见证了特殊时期鲁迅遗产传播的过程。印象里她记忆力很好，善于与人交往，鲁迅的家人和生前友人对她都很信任，多年间与许广平、周海婴、许羡苏、曹靖华等保持了很深的友谊。社会捐献的鲁迅遗物，有不少都是她亲自接收的。其间她还寻到了鲁迅同时代人的一些资料，馆藏也因之渐渐丰富起来。

上世纪50年代的博物馆理念，受苏联影响，注重教育功能。后来日本与西方博物馆理念传来，文物保护提到议事日程上。不管模式如何，博物馆最基础的是文物保护，根基在此，余者皆次之。她是很用心的人，对于资料保护，用了许多心血，渐渐由物及人，再到思想与审美，视野不断放大，养成了博物馆人良好的职业习惯。凡与鲁迅有关的人，只要健在，都去拜访过，且留下了珍贵的访谈记录。这样，已有的文献和活的资料互为参照，就扩大了范围。她帮助过的人很多，她提供的都是第一手精准的信息，乃至有"博物馆活字典"之称。

我年轻时热衷于文艺理论，对于资料缺少感觉。在研究室工作久了，觉得自己的状态有点问题，遂开始补课，时常钻入资料库，接触一些原始文献。有时候听叶老师谈藏品的来龙去脉，以及一些手稿背后的故事，眼界大开。博物馆的人，不太喜欢用那些大词，言之有据才是根本。以文物说话，从原始资料出发寻找研究话题，是一种风气。我后来慢慢走进鲁迅的世界，得益于一批老同志的言传身教。叶老师与多位前辈对我的启示，是有方向性意义的。

国内外研究鲁迅的人，都很看重博物馆独特的资料收藏，而其中一些最基础的工作，恰是他们那代人完成的。除了保护鲁迅遗物之外，老一代人有几件工作值得一提。其一是编辑了《鲁迅手迹和藏书目录》，这是研究鲁迅的入门书目。我前些年曾送李零先生一份复印本，他颇为高兴，对于研究旧学未尝没有意义。现在许多从事相关研究者不太注意这本资料目录，是很遗憾的。二是配齐了大量鲁迅藏书的副本。因为鲁迅的遗物已成珍宝，不能总去翻看，副本图书就成了替代品。这些副本,有的从琉璃厂购来,有的是友人捐赠的,都是鲁迅使用的同一版本,用来十分方便。三是记录了鲁迅交游的片段。采访了钱稻孙、茅盾、孙伏园、冯雪峰等人,大量隐秘的信息渐渐积累起来,一些模糊不清的历史线索变成清晰的人文地图。

我记得在对茅盾、冯雪峰等人的访谈里,所问的问题在那时候都很敏感,今天视之,是难得的文字。我们现在谈20世纪30年代的文学,一些重要节点的问题,是鲁迅博物馆的工作人员整理出来的。60年代初,一些旧式学者或囚历史问题,或源于思想差异,渐渐被边缘化。叶老师与同事还能客观地对待这些鲁迅的旧友,采访他们,留下许多文献。比如钱稻孙,就应邀介绍教育部时期的鲁迅旧事,还亲自带领大家去国子监参观。沿着鲁迅在北京的足迹,博物馆的老同志发现了许多珍贵的遗存。鲁迅的照片留下了很多,但他的声音是怎样的,后人均未听过。叶淑穗老师曾拜访过鲁迅的同学蒋抑卮的后人,留下了这样的文字:

> 据蒋抑卮的后人蒋世彦告诉我们,当年鲁迅到蒋抑卮家畅谈时,有一次,他的家人悄悄地将二人的谈话用旧式的录音机录了下来。蒋世彦本人也曾听过这个录音,他说他只记得鲁迅说的是一口很重的绍兴话,内容可全记不起来了。这张录制片是一份极其珍贵的实况材料。可惜的是,它在"文化大革命"中被毁掉了。确是不可弥补的损失。

每每看到类似的采访,就觉得一般学者不注意的遗迹,看似无关紧要,而价值不小,它们构成了鲁迅研究中生动的环节。比起学界生硬的概念游戏,文物工作者提供的是有温度的东西。多年前,叶淑穗老师与杨燕丽出版了《从鲁迅遗物认识鲁迅》,这是我手头常参考的文献,自己的一些文章也引用了其间的观点,是可以把它当成馆史片段看待的。近来又有《鲁迅手稿经眼录》,可以知道那些遗迹如何被收藏,以及流传中的故事。这些文章从文献出发,叙其原委,道所由来,文字后是一个个有趣的掌故。鲁迅先生的影子也从中飘来,告诉我们曾有的时光里的阴晴冷暖,风声雨声。叶老师谈到旧事,都很兴奋,她写的一些相关的文章,引用率是较高的。

鲁迅博物馆藏品的内容十分丰富,有些需有一定的知识储备才能弄清其间的原委。比如金石学方面,鲁迅留下的遗稿甚多,图片资料是驳杂的。叶老师对于此领域的话题极为清楚,梳理起来条理分明,所写《鲁迅手绘汉画像图考》《鲁迅与汉画像》《鲁迅手绘高颐阙图》《鲁迅手绘土偶图》《〈六朝造象目录〉和〈六朝墓志目录〉考释——鲁迅石刻研究成果之一斑》,都是不错的篇什,乃研究者不得不参照的文字,对于初入门者有导引的价值,而学者们可以从细节中体会到鲁迅的"暗功夫"。从各种遗稿里看墨迹的形状,参照鲁迅的文章彼此对应,解释了藏品中耐人寻味的部分。这运用的是传统治学的办法,寓意是深的。比如《鲁迅遗编——〈汉画象考〉初探》,从国家图书馆的藏品中,发现了鲁迅《汉画象考》遗稿,从缘起、引言、目录、内容、说明语、学术品位几个方面介绍了鲁迅编辑的书籍的特点。文章说:

> 这部《汉画象考》还有一个特点,就是在各种不同名目的汉画像后面,均加注各家对该画像的评说,如《南武阳功曹阙》后面引录俞樾《春在堂随笔》;在《射阳石门画像》《武梁祠画像》《郭巨石室画像》等均引录《洪颐煊平津读碑记》;在

《食斋祠园画像》则录有端方《匋斋臧石记》等等。这正是鲁迅学术研究、指导青年，特别是编纂各类书籍的一贯做法与实绩，目的是借此以使读者博览群书。

我对于许多文献的感受，是受到她的启发的。比如对于鲁迅日常生活的认知，有不少源自她那篇《鲁迅的〈家用帐〉》。一些细节颇有意思。鲁迅日记里用的是阳历，而家账则用阴历。这可以看出社会观与民俗观两条线索。由此联想到先生对于中医的态度，在公与私的层面，表述略有出入。此可见鲁迅的复杂性。叶老师是深入到细节里的人，故对于一些问题的体味，总是不同于我们这些好做高论的人。我研究鲁迅与魏晋思想时，看了许多研究者的文章，思路大抵相近，但她却从藏品幽微处发现了新意。比如鲁迅对于古籍的抄录，就流露出文字学的功底。叶老师在鲁迅《〈徐霞客游记〉题跋》里，就发现"书籍编次的创新"，启示我们从地理学与文字学角度，思考鲁迅人文气息里的别种元素。《鲁迅酷爱文物》，描述出鲁迅治学的认真态度。在手稿中发现思想的蛛丝马迹，是有一番功夫的。再如，鲁迅手稿的来源有不同渠道，涉及其交游史。我们现在看到的《朝花夕拾》《坟》《小约翰》的手稿，原来是保存在李霁野先生那里的，他在抗战时将其完好地还给了许广平先生。此间就揭开了鲁迅与社团关系的枝枝叶叶。李霁野是鲁迅博物馆重要顾问之一，生前与博物馆有许多联系。未名社当年许多情形是他记录的，叶老师也由此对于未名社的情况颇为关注。像韦素园的墓碑何以被收藏，她讲述的都是亲历的部分，也可看出旧岁里的斑斑痕痕。

鲁迅博物馆成立的时候，周作人还健在，有许多疑难问题，不能不找他求教。但因为历史问题的纠缠，博物馆的人与周家的关系比较微妙。叶淑穗《周作人二三事》，是很重要的篇目，留下了彼时周作人的状态。从建馆初期开始,周作人多次向博物馆捐赠相关的文物。1956年8月9日,捐赠了鲁迅《哀范君三章》、《谢承〈后汉书〉》、范爱农致鲁迅信多封;9月赠鲁迅《古小说钩沉》手稿;10月赠章太炎致鲁迅、周作人信札一份。1962年1月6日,周氏将其1898年至1927年间的日记18册有偿捐赠给博物馆。这些都是鲁迅研究的重要文本,对于学界价值不菲。叶老师也是收藏它们的见证人之一,一些细节,都饶有趣味。"文革"中,周氏遭受冲击,书籍与信件被红卫兵查抄,后归放于鲁迅博物馆,其间曲折之事,让人感慨万千。她在多篇文章中介绍了周作人藏品的情况,那篇《我所知道的鲁迅博物馆代管周作人被抄物品的真相》,也是对于特殊时代文化境遇的描述,言语之间,也不无沧桑之感。

相当长的时间里,人们是尊鲁而厌周的,学术研究也遮蔽了诸多存在。叶老师留下的文字成了人们认识周氏兄弟的重要参考资料,说起来是难得的。来往于博物馆的学者有许多与周作人熟悉,留于文字者甚少。比如李霁野在鲁迅离京后,情感上偏于周作人,鲁迅后来说他有"右"的色彩,也暗指此。但新中国时期的李霁野只能写写鲁迅,对于周氏也是无可奈何的。唐弢在文体上受周氏影响过于鲁迅,自己并不敢坦言,但也私下觉得,研究鲁迅,倘不面对周作人,总是缺少了什么。这些对于鲁迅博物馆的研究者,都是一个启发。1987年10月,鲁迅研究室在国内最早召开了"鲁迅与周作人比较研究学术研讨会",不久,唐弢的《关于周作人》、叶淑穗的《周作人二三事》相继问世,研究的局面也拓展起来了。

在叶老师的各类回忆文章里,我们知晓了鲁迅博物馆建立过程中的一些细节。一些人物鲜为人知的地方,也得以记录。《唐弢与两封内容几乎一样的信》《冯雪峰送鲁迅一幅特别的画》《王冶秋："查封"鲁迅故居》《胡愈之与鲁迅二三事》都画出了前辈形影，展示了鲁迅遗风如何被不断衔接和延伸。在这些鲁迅同代人的身上，我们可以感受到一个时代的风气，他们的学识、见解、气度可感叹者不可尽述。这些都成了鲁迅博物馆历史的一部分。鲁迅与他的同代人构成的图景，读起来其意也广，其情亦真。

因为熟悉诸多文献背景，就能深入其间，说一些切实的话，自然也愿意主动纠正别人的瑕疵。我主持鲁迅博物馆的工作时，叶老师已经退休了，也常常来单位参加一些学术活动。有一次，我们搞了一个鲁迅藏品展，表彰了许多捐赠文物的人。展览很热闹，来的人多，还开了研讨会。她就走到我的身边，悄悄地说，内容有些不全，遗漏了许多人。比如曹靖华的捐赠目录没有，这是不应该的。还有一次，我在《光明日报》发表了一篇关于鲁迅与爱罗先珂的文章。她看到后写了封信给我，指出资料的不完善之处。这些批评，都很客气，我一面觉得自己的疏忽大意，一面感动于她的善意和求是精神。

鲁迅博物馆成立 50 周年时，馆里拟出版一本大事记。那时候老同志都已退休，知道馆史的人并不多。我便想起叶淑穗老师，觉得她是最合适的编撰者。到她家里拜访时，她一口答应我们的请求。那天她谈了许多博物馆往事，对于资料研究和研究室工作，也提出了许多建议。谈起博物馆的史料整理，她的眼睛亮亮的，显得格外兴奋。自那以后，年迈的叶老师每天从丰台家里赶到单位，组织人查找资料，不到半年，书就编成了。

她参与编写的博物馆史，客观、全面，文字清透而简约，对于一些文化活动的记载，都耐人寻味。比如建馆初期，周恩来、郭沫若、茅盾都曾来到鲁迅故居，或参观，或讨论展览大纲，可见彼时的风气。预展期间,来馆里审查大纲的就有郭沫若、沈钧儒、吴玉章、茅盾、胡乔木、周扬、郑振铎、邵力子、章伯钧、胡愈之、夏衍等。关于文物的捐赠者,就有可研究的空间,每个人与鲁迅的关系都是一篇大文章。比如李小峰、周作人、周建人、萧三、胡愈之、普实克、巴金、唐弢等,细细梳理其间经纬,说起来都是佳话。博物馆几十年间,其实已经是学术的重地。除了上述诸人常出席这里的会议外,从西蒙诺夫到井上靖、大江健三郎,从竹内实到丸山昇、伊藤虎丸、木山英雄等,都曾驻足于此。大家围绕一些话题的交流,颇多可以感念的瞬间,虽然有时是只言片语,但也成了一种难得的历史回音。

经历了如此多的活动,与无数人进行过交往,内心的充实从她的文字里也可以看到。她在记录那些人与事的时候,也融进了自己的情感,时代的点点滴滴,形成思想的大潮。鲁迅研究的庞大队伍中,有一些人是做基础性工作的。他们不是为学术而学术,而是有着济世的情怀。这样的老人都该好好写写,对于那些只会写学院八股的人来说,对比一下,就可以知道空泛的表述是没有生命的。触摸到了历史温度的人,才知道思想的起飞应该在何处。老一代人的这种心得,编织起来确是一本大书。

我不见叶老师久矣,往昔的人与事也多已模糊。不料前几日忽得到她的电话,她还那么健谈,且声音洪亮,完全不像90多岁的样子。谈话间知道她又一本书已经脱稿,将在三联书店出版。作为晚辈,惊喜之余,还涌动着一股感怀之情。一个人一辈子钟情于一件事,且心无旁骛,清风朗月般明澈,真的可谓是素心之人。素心者是有仁义之感的,所以古人说仁者寿,那是不错的。研究鲁迅文物的人,不妨都来看看她的书,也了解一下这位前辈。一个沉浸在鲁迅世界里的人,有时是脱离街市的杂音的。她给世间留下了那么多关于鲁迅的掌故，而她自己，也无意中成了鲁迅传播史中的掌故之一。这些都可供回味，能引人思考。读她的文字，觉得是与一个丰富的灵魂相伴，真的是受用不尽，热量无穷的。

2023 年 4 月 29 日于北京

# 序二　经眼经手鲁迅手稿第一人

萧振鸣

叶淑穗先生是鲁迅博物馆建馆时期的元老，经历过鲁迅文物递藏的风风雨雨。她从1956年鲁迅博物馆建馆起在文物资料部工作，那时她还是一个20多岁的小姑娘，至1993年退休，一直都在和鲁迅文物打交道，整整一辈子。她毕生基本上就做一件事——保管并研究鲁迅文物，从接收鲁迅手稿的捐赠入藏，到鲁迅手稿的出版，应该说她是经手鲁迅手稿全过程的第一人。

我1985年才到鲁迅博物馆工作，那时大家都称呼她"小叶"。老同志叫小叶，年轻人也叫小叶，这个称呼到她退休仍然保持着。这称呼大概是从建馆时就有了吧，因为那时她还是年轻人。我可不敢不敬，从来都称叶老师。她总是穿着工作时的蓝大褂，总是带着那份和蔼、耐心和敬业精神。有着数万件文物的资料部工作其实是非常繁重的，那是还没有电脑没有数据库的时代，一切全靠手写，每件文物的出入库都需要有详细的登记，要接待专家学者们的文物资料查询，要为编辑图书提供服务，每次展出文物时要出入库，等等，永远有干不完的活。记得她曾私下找我谈，问我是否愿意到资料部工作。那时我年轻，玩心太重，认为随陈列展览部搞展览可以到各地看看开眼界，不愿意去资料部，由此失去了向她学习的机会。现在想来，这应该是个巨大的遗憾。那时李何林先生还在，研究力量雄厚，王得后、陈漱渝、李允经、江小蕙、张杰、姚锡佩、赵淑英等先生都有丰硕的鲁迅研究成果，鲁迅博物馆编辑出版了《鲁迅研究资料》《鲁迅年谱》等大量著作。这些使得鲁迅博物馆成为国内鲁迅研究的重镇，而这一切必然得益于鲁迅博物馆丰富的馆藏文物资源。我刚进馆时在陈列展览部工作，参加编辑《鲁迅博物馆藏画选》《鲁迅美术形象选》，随老同志到资料部选美术藏品。叶先生带着我们"经眼"了几乎所有的美术藏品，从中选出要出版的国画、油画、版画等进行拍照。令我惊奇的是叶先生超乎寻常的记忆力，她对哪件东西在什么地方、作者是谁、作品来历等，都如数家珍。鲁迅博物馆的工作人员，不管是老的还是年轻的，经常向她询问文物的事情，大家都叹服她对文物的熟悉和超强的记忆力。当然，记忆力只是一种能力，最重要的是她对文物工作十分热爱和敬业。

前辈们为了保护鲁迅遗物、传承鲁迅精神曾经做过许多艰难的努力。我们即使在鲁迅博物馆工作，也不能做到大量地经眼鲁迅遗物，而叶先生作为建馆时的元老，为这一切付出了一生的心血，实在是非常可敬的。建馆初期的老同志，如今多已离世，从这个角度讲，叶先生也是文物级的老专家、老学者。

鲁迅博物馆现藏鲁迅文物11200余件，其中国家一级文物有700多件，包括鲁迅的文稿、书信、日记、译稿、藏书、藏画、藏印、拓片等。

每一件文物背后，都有着生动的故事，比如鲁迅手稿中有一页苏联作家班台莱耶夫童话集《表》的译稿，是萧军、萧红上街买油条时的包装纸，后来他们交给了鲁迅。这页手稿现存鲁迅博物馆，上面还有油渍。正是遗物中所包含的鲁迅先生的温度，传承、保护者的温度，才使其具有独特的魅力，这也许就是叶先生兢兢业业工作的原因之一吧。

叶淑穗先生在本书中回顾了鲁迅博物馆的建设、文物的捐赠与收集、文物保护的特殊措施等，这种亲历的历史现在几乎没有其他人可以那样详细地记录下来。本书还回顾了叶先生在鲁迅博物馆工作中与前辈们的往来及其与文物相关的往事，其中有与鲁迅亲属许广平、周海婴等人的交往，还有与鲁迅的友人、学生如冯雪峰、萧军、曹靖华、唐弢、胡愈之、王冶秋、许羡苏等人的交往。他们都与鲁迅、与鲁迅文物有着千丝万缕的联系，这在鲁迅研究史上也具有重要的史料价值。

鲁迅遗物中还有很多未解的密码，叶先生的著作中即藏着不少解密的钥匙，能带领我们更深地走进鲁迅的世界，了解他的生活与思想。

2023 年 5 月于北京

# 序三 "在中国第一要他多"

李允经

叶淑穗大姐准备出版她的这部大著并约我写序，我高兴地答应了。

叶淑穗于1931年出生于北京，祖籍是广东番禺。她的家庭是一个医学世家，家人多行医，可谓满门"白大褂"，造福黎民百姓。她的母亲叶姚秀贞曾被林巧稚尊为前辈，是最早在北京开设"秀贞女医院"的妇产科专家。但叶淑穗有所不同，她1949年9月考入辅仁大学心理系就读。1951年7月参加中国人民解放军。1956年转业到北京鲁迅博物馆参加建馆工作，后一直在鲁迅博物馆工作30多年。1993年退休后，又被国家文物局党史办返聘十年，参与《中华人民共和国文物博物馆纪事》《王冶秋文博文集》《郑振铎文博文集》《谢辰生文博文集》的编纂工作。1998年被评为文化部系统党史资料征集工作先进工作者。她是鲁迅文物的守护者、文博事业的献身者。

我和叶淑穗同事近20年，保持友谊40年。我所认识的叶淑穗，是一位独具学长风范和无私奉献精神的人。她热爱鲁迅，热爱文博事业，工作踏实认真，治学勤奋严谨，待人蔼然若友，作风朴实无华，是一位有突出贡献的文博专家。这在她对鲁迅文物的征集、保管以及提供服务、研究应用等方面，都表现得十分充分、十分突出。

## 文物征集

有关鲁迅的文物,当然主要是许广平女士无私捐赠给国家的,包括鲁迅的手稿、藏书、藏画、印章以及各种遗物,还包括鲁迅故居和故居中的文物,总数不好统计,估计有好几万件吧!但流散在社会上的也有不少,如鲁迅写给国内外友人的亲笔书信和条幅等。这就需要征集。

文物征集在博物馆工作中占有重要的地位。它是扩大馆藏,增加镇馆之宝,扩展鲁迅文献资料出版,深化鲁迅研究的重要举措。就我所知,鲁迅博物馆建馆以来,仅征集鲁迅手稿就有300多件,成绩不可谓不大!每次征集都要做好事前的准备和事后的善后工作。叶淑穗在本书中讲了许多她和许羡苏大姐征集文物的故事,读来生动感人。限于篇幅,我在这里仅举两例,以见她们工作的勤勉和认真。

(一)向章廷谦征集鲁迅书信

章廷谦(1901—1981),又名川岛,浙江上虞人,语丝社成员,鲁迅的挚友。他在社中认真的工作,获鲁迅称赞。新中国成立后在北京大学任教授。1958年的一天,章先生非常热情地接待了许羡苏和叶淑穗的来访。当谈及手稿征集一事时,章先生极为诚恳地表示他很想把鲁迅先生的书信捐给鲁迅博物馆,并当即把原件捧出来给她们看。据叶淑穗回忆:

那是一个装有楠木托板的、有近10厘米厚、折叠起来的长卷,装裱得极为精致。这是60封99页鲁迅的手迹呀!当章先生轻轻翻开里面的鲁迅书信,我顿时感到整个屋子都为之一亮。一页页鲁迅的真迹展现在眼前，那挺秀的字迹，书写在各式鲜艳多彩的印花宣纸的信笺上，加上托裱的讲究，真使人叫绝。

为表彰章先生无私捐赠的义举，鲁迅博物馆特将这批书信拍成照片，放大成原信大小，装入四本精致的照相册中，送交章先生留念，并在当年的《人民日报》上发表一则报道，以示表彰。

（二）向曹靖华征集鲁迅书信

曹靖华（1897—1987），河南卢氏人，著名翻译家，未名社成员，鲁迅挚友。1927年后在莫斯科中山大学等校任教并向国内读者译介苏联文学，还替鲁迅收集苏联木刻原拓近200帧。新中国成立后，一直在北京大学任教授。1959年年初，曹老在寓所接待了许羡苏和叶淑穗的来访，答应将鲁迅给他的85封信的手迹全部捐赠鲁迅博物馆。许、叶二位则提出希望曹老能对这些信件逐一加以注释。曹老慨然应允。据叶淑穗回忆，曹老的捐赠先后分三次进行：1937年许广平征集鲁迅书信时曹老捐赠5封；1965年7月，他向鲁迅博物馆捐献出鲁迅书信71封半，同时把他自己对这些信件加注的说明，也一并捐赠，尚有9封，暂留在他的手中；第三次捐赠是由他的女儿曹苏玲按曹老的嘱托在曹老过世后完成的。

目前鲁迅致章廷谦和曹靖华的书信均已收入新版《鲁迅全集》的书信卷中，供中外读者共享。

## 文物保管

文物保管旨在守护文物的质量。文物库房要做到温度、湿度适宜；要防盗、防火、防虫、防尘；文物要建账（包括总账和分类账），要登记，手稿要放入樟木盒，再入保险柜；各类文物要存放有序，提取方便；文物借出，须经领导同意，用毕及时归还。特殊情况下，尚须使用特别措施。20世纪60年代，鲁迅博物馆不仅一度闭馆，文物库房还曾加派部队战士站岗放哨。对去向不明的文物设法查找，例如，鲁迅故居的北房东屋中鲁迅母亲鲁瑞的床一直不见。鲁瑞是1943年去世的，床哪里去了呢？谁也说不清，道不明。直到1986年，叶淑穗在接待周作人的大儿媳张菼芳女士时聊起了那张床。张女士说："这床曾搬到八道湾周作人家，周去世后，床送给他儿子的保姆了。"又说："此人可能还活着，但不知床是否还在。"获得这一线索后，叶淑穗和她的助手杨燕丽多方设法，终于打听到那位保姆的地址并登门拜访。令人惊喜的是，不仅保姆健在，那张床也保存着，床栏和床架均完好。这样，她俩就立即同老保姆商量，答应馆方为她买一张高档的席梦思床，把鲁母的床换回。老人当即表示同意。虽说只是一张床，但它是1919年鲁迅举家北迁时从绍兴老家搬来的，当然也是宝贵的文物。这样，鲁迅故居中鲁瑞的居室才真正恢复了原貌。

由此可见，文物无小事，时时事事要操心。做一名鲁迅文物的守护者，真可谓责任重大，使命光荣。

## 研究应用

文物征集和文物保管的最终目的，就在于研究应用：可供专家学者研究；可供广大读者查阅；可供展览出版之用；可供影视拍摄报刊发表……并借此将鲁迅的业绩和精神向国内外受众做广泛的传播。

1959年鲁迅博物馆出版了《鲁迅手迹和藏书目录》（内部发行）

一书后，又于1960年陆续编辑《鲁迅手稿选集》《鲁迅手稿选集续编》《鲁迅手稿选集三编》和《鲁迅手稿选集四编》（均由文物出版社出版）。其间许羡苏和叶淑穗抱着装满手稿的小皮箱，经常往返于博物馆和制版厂之间；没有公交车的路段，就须负重步行，真是风尘仆仆，劳苦异常。令人欣慰的是，这套手稿选集的出版，不仅受到社会各界的欢迎和好评，而且引发了对于鲁迅手稿的研究热。此外，叶大姐还参与编著了《鲁迅画传》《鲁迅与世界》《鲁迅手稿全集》《鲁迅辑校石刻手稿》《鲁迅藏汉画像》等书籍。另，与杨燕丽合著出版了《从鲁迅遗物认识鲁迅》一书。

我国古典文论家刘勰在《文心雕龙·知音》中说过："操千曲而后晓声，观千剑而后识器。"叶淑穗的鲁迅研究是在苦读《鲁迅全集》（包括鲁迅的书信、日记、书账）的同时，结合鲁迅文物的实际进行的。她的这部著作被誉为"晓声"之作和"识器"之作，当不为过。

在工作期间，叶淑穗曾为许许多多来馆查阅文物的学者和读者热情服务，其反响可用"好评如潮、有口皆碑"八字来概括。用人民日报社姜德明同志的话来说："叶淑穗是一个理想的国家博物馆工作人员。"

我还想引用鲁迅评价韦素园的一段话，作为这篇序文的结束。鲁迅这样说：

> 是的，但素园却并非天才，也非豪杰，当然更不是高楼的尖顶，或名园的美花，然而他是楼下的一块石材，园中的一撮泥土，在中国第一要他多。他不入于观赏者的眼中，只有建筑者和栽植者，决不会将他置之度外。

有人称赞叶淑穗是鲁迅文物的"活字典",她说:"我不敢承受。"但我想鲁迅的这段话用在她的身上,恐怕是十分贴切的吧。

是为序。

2023 年 5 月于北京

# 文物递藏

# 关于《可爱的中国》手稿的转送

最近在《书林》《北京晚报》《妇女》等报刊的有关文章中，都谈到关于方志敏烈士遗著《可爱的中国》是谁转送的问题。10月20日的《羊城晚报》刊载了一篇摘自《妇女》的短文《〈可爱的中国〉是谁转送的！》。文中这样写道："方志敏烈士《可爱的中国》一书的前言中说，此书是鲁迅先生保存下来的。事实上文稿转到上海时，鲁迅先生已经逝世，是由胡子婴转送的。"这种说法，前几年我已经听说过，也曾为此于1979年7月9日和李何林同志一起访问过胡子婴同志。胡子婴同志详细地讲述了她所经历的事情经过。几年来我们对这件史实也进行了一些调查与了解。现在就所掌握的材料，谈谈自己的看法。

在转送方志敏烈士的手稿上，首先应当肯定胡子婴同志是有功绩的。她曾两次冒着生命危险接送烈士的手稿。第一次是在1935年夏天，即方志敏烈士说服看守所的上士文书高家骏（后改名高易鹏），高家骏从杭州请来他的女友程全昭（化名李贞），将方志敏给党中央的信及文稿送到上海，请宋庆龄、鲁迅等设法转给党中央。程全昭到上海后，几经周折未见到宋庆龄和鲁迅，于是，在一天傍晚找到生活书店。她说明情况并要求邹韬奋到宝隆医院去取方志敏给党中央的信和文稿。适值邹韬奋出国，当时在店中的毕云程和胡愈之得知此事，十分焦急。因为稍有不慎就会落入国民党的圈套，而置之不理又怕误了大事。正在踌躇中，胡子婴得知此事，她坚决表示："我去！我是非党群众，即使被捕也牵连不了别人。"她赶快回家，哄睡了五岁的女儿，并做好牺牲的准备，给孩子写下了遗书。马上赶到接头地点宝隆医院，从那个女孩子手里，取回了一个纸包，并送到生活书店，交给了正在焦急等待的毕云程、胡愈之。她回家时已经夜深了。

再一次是在1936年11月18日傍晚，和方志敏同牢的国民革命军总司令部军事法官胡逸民，将方志敏的遗稿送到胡子婴家中。他说："你们都是救国会的知名人士，一定能将稿子转给共产党中央。"但五天后的一个深夜，章乃器等"七君子"被捕。胡子婴怕敌人抄家，为保护好烈士的手稿，她万分焦急，当即请章乃器的弟弟章秋阳（中共党员）将烈士手稿转宋庆龄处。

我认为胡子婴同志讲的是事实，特别是所讲的第一次的情况与高家骏、胡愈之等当事人的回忆是基本相符的。但是，胡子婴同志一直认为，她看到《可爱的中国》的原稿是在1936年11月，也就是鲁迅逝世以后。所以她对此稿曾经鲁迅保存并转给冯雪峰交党中央的说法，多年来是有疑问的。但她为什么没有出来更正呢？正如她在答记者问时所说："重要的是烈士的这部著作能够保存下来和群众见面，至于是谁传送保管，那是次要的事。而且这件事又是直接关系到我自己，出来更正，似有争功之嫌，这在我的思想上是通不过的。"

那么，事情到底是怎样的呢？《可爱的中国》一文的手稿又是什么时候从狱中带出来的呢？

高家骏的自述证实，方志敏在狱中写《可爱的中国》一文时，不但纸张、笔墨是由高家骏提供的，而且原稿的前三四页还是高家

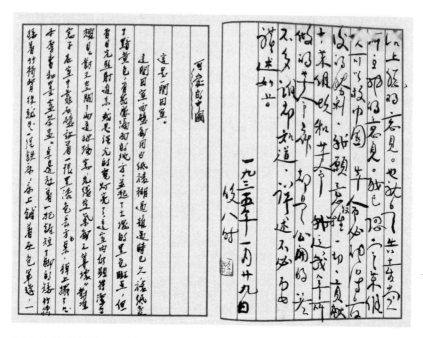

《可爱的中国》两种不同的字迹。右页为方志敏给党中央的密信

骏替他重抄的,从现在影印的《可爱的中国》的稿本中,还可以清楚地分辨出前后两种不同的字迹。再者,高家骏讲,在决定让程全昭到上海去送信的"第三天深夜,方志敏交给我一个纸包,说,这是给党中央的密信和《清贫》《可爱的中国》两篇文稿,要亲手交给鲁迅,另外还有三封信。还交代了看信的方法"。关于《可爱的中国》一稿的写作情况和送出经过,高家骏应当是最知情的人。直到40多年后的1977年8月25日,他在给军事博物馆负责人的亲笔信中还写道:"方志敏烈士生前,在狱中所写的《清贫》和《可爱的中国》文稿是在1935年7月初,南昌大水后的第五天,由我从狱中携出,交给程全昭(当时方给化名李贞)转送到上海,在宝隆医院前,面交许广平同志收的。"他讲的许广平,应当是胡子婴无疑了,因为除胡子婴同志外,许广平同志从未讲过有这样的经历。

那么，胡子婴同志前后两次接到的方志敏烈士手稿，是否均是《可爱的中国》呢？1979年9月15日，我们鲁迅研究室写信向宋庆龄同志询问此事。9月19日，宋庆龄同志的秘书张珏同志打电话答复我们："宋庆龄副委员长说：'曾经转过方志敏的稿件，但不记得有《可爱的中国》一稿。'"事实上，经查对，《可爱的中国》手稿现仅存一份，藏于中国国家博物馆。

这些情况证实，《可爱的中国》的手稿是1935年夏送到上海，即胡子婴从宝隆医院取回来的那一份。胡子婴同志看到此稿，也当是在此时。时间当然是在鲁迅生前。

那么这份手稿究竟是否经鲁迅保存？冯雪峰同志所写《鲁迅先生手迹说明》又是否有误呢？

唐弢同志曾说过，他亲耳听到雪峰同志讲过此稿确经鲁迅保存的经过。笔者也曾几次问过雪峰同志，回答也是肯定的。1972年12月25日冯雪峰同志到我们馆座谈时，也曾谈道："我印象中鲁迅先生把一包东西（其中是方志敏同志给中央的一封密写的信和《可爱的中国》《清贫》两篇文稿）交给我，是1936年5月间我到上海后大约两星期交给我的。鲁迅先生说过方志敏给他的信，他洗出来看过后就毁了。他又说过，'送来的人像一个商人。'这印象我是清楚的。""给中央的信，记得是三页，我洗出后抄送给中央了。文稿则请示过中央如何办，中央叫我在上海设法保存，我就保存在谢澹如家中。"这与他在《鲁迅先生手迹说明》中写的也是一致的。

鲁迅是怎样得到《可爱的中国》的手稿的呢？曾流传几种说法，到底哪种是实情呢？最近笔者再次访问了胡愈之同志，据胡愈老回忆，当年胡子婴同志将手稿取回交生活书店后，是经他转鲁迅的，具体经办这件事的是毕云程同志。在当时党处于地下的情况下，胡愈老考虑到鲁迅的安全，是不到鲁迅家中去的。他说，当时可能是借着生活书店给鲁迅送稿件的机会带给鲁迅的。这样鲁迅说的"送来的人像一个商人"也就可以印证了。他还谈道：这稿当时为什么要转给鲁迅呢？一则因为方志敏附有给鲁迅的信，二则因为从1933年至1935年期间，上海党组织和中央失去了联系，能和中央间接取得联系的只有鲁迅和宋庆龄，而鲁迅比宋庆龄就更方便一些。胡愈老还说道，冯雪峰到上海后，也曾向他讲过鲁迅将方志敏的手稿交给冯雪峰的情况。

在《〈可爱的中国〉说明》中冯雪峰写道："这里影印出来的两篇作品和一封短信，是方志敏同志就义前在狱中写的。它们怎样地从狱中带出来，看方志敏同志的这封短信就可知道，而从狱中带出之后，终于能够送到上海鲁迅先生手里，并因而能够把志敏同志给党中央的信送到中央，这是应该感谢这位带信的朋友的。这两篇文章和这短信中所说的三封信，送到鲁迅先生手里的时候，大概已经在方志敏同志就义后很久，即是一九三五年临末或一九三六年初，因为我在一九三六年四月从陕北到上海，鲁迅先生立即把它们交给我的时候，他说收到已经有几个月了。"

从这些回忆中，完全可以说明《可爱的中国》一文的手稿送到上海时，鲁迅还未逝世，而且确实是经鲁迅保存并转给冯雪峰交党中央的。

# 鲁迅的藏书是怎样保存下来的

鲁迅一生酷爱书籍。至今保存下来的14000多册藏书，就是他在非常困难的条件下，通过各种可能的途径，几经周折，一本本收集的。有的书上留有鲁迅的批语、题字或题诗，有的书上有着中外友人亲笔的赠言，有些破损的书是鲁迅亲手修补和装订的，还有的残本是经鲁迅几十页、几百页地影写补齐的。抄本字迹工整，酷似刻本，本身就是稀有的珍本。还有一些外国美术作品，其中包括苏联、德国版画原拓。这些珍贵的美术作品，是友人辗转通过敌人封锁线寄给或带给鲁迅的，有不少在作者的本国也是难得的珍品。这些藏书是研究鲁迅的思想和创作的第一手材料，其中不少项目是当前研究工作中尚未深入涉及的。

鲁迅藏书得来不易，保存它则更不易。它经历了中国最黑暗的年代，面临着帝国主义的摧残和国民党反动派的破坏，那么这些珍贵的藏书是怎样免遭灾难而较好地保存下来的呢？这里有着一段不平凡的经历。

鲁迅的藏书，在他生前大部分存在上海，小部分存在北平。1936年鲁迅逝世以后，鲁迅的许多好友纷纷写信给许广平，劝慰与鼓励她无论如何要把鲁迅的遗物保存好。如许寿裳在1936年10月26日给许广平的信中就写道："无论片纸只字务请整理妥为收藏"，并说，"豫才兄照片、图象、木刻象等及其生前所用器具、文具、无论烟灰缸、茶杯、饭碗、酒杯、筷子及破笔、砚台亦请妥善保存，所有遗物，万弗任人索取，此为极有意义之纪念品，均足以供后人兴感者"。许寿裳先生是很有远见卓识的。许广平没有辜负鲁迅生前好友的嘱托，在日本帝国主义侵入上海，形势很紧张时，她为了保护鲁迅的遗物，毅然留在上海。许广平在《遭难前后》一书中说："我这一个家，这毫没有贵重物品的家，在有些人眼里是看不起的，但也更有些人，用精神在感召我，如同我自己一样，希望把这个家，不，这一草一木，一桌一椅，一书一物，凡是鲁迅先生留下来的，都好好地保存起来，这不是私产，……我在这种精神感召的情况之下，毅然不敢自馁，负起看守的责任。"

许广平当时的经济是不宽裕的，完全是依靠鲁迅留下的版税，除了解决她和孩子的生活开支外，还要担负起扶养鲁迅的母亲和鲁迅原配夫人朱安的义务。为了减少一些开支，1936年年底，许广平和周海婴从大陆新村迁到霞飞坊64号，并将原存于狄思威路的鲁迅藏书移到这里的三楼。在日本占领期间根本没有安宁的生活，经常会遭到敌人的盘问以至于搜查。一次，日本宪兵闯入许广平的家中，要进行搜查，家中的女工勇敢地以身体挡住三楼藏书室的门口，说："三楼租给别人了。"这才使鲁迅的藏书免遭敌人的破坏。许广平每当提起鲁迅的藏书，都会自然地想起这一惊险场景，无比感激这位女工。在《鲁迅回忆录》中她写道："现在那位女工已经离开我们了，但我每想到横遭惨祸的那一幕情景时，就不由地要想到这位聪明、机智、沉着、勇敢的女工同志。"

在敌人的眼皮底下保存鲁迅的遗物，无时不使许广平忧心忡忡。为了保护鲁迅的遗物，许广平是毫不吝啬的。相反，她在个人生活上却是十分节俭。当时海婴身体不好，需要吃一些鸡蛋或

许广平与周海婴的合影,许广平在照片背后写:"一九三九.九.廿五,海婴十岁,照于上海"

肉类以增加营养,而许广平自己却舍不得吃一口。许广平先是把一楼租给别人,后来又把二楼也租给了别人,自己和海婴挤在放书的三楼上。由于鲁迅的藏书当时在上海的有七八千册之多,而大部分又是精装的外文书,很是沉重,负荷量过大,压得地板都不平了。海婴同志曾和我讲起,一天晚上妈妈外出有事,只有他一个人在家。十多岁的他,坐在床上疲倦地等着妈妈回来,坐着坐着就要睡着了。忽然觉得床前的书箱有些倾斜,他猛然惊醒,本能地向后一跃,跳到床里边,顷刻之间那些书箱就倒在他刚才坐的地方,险些遭难。

1941年太平洋战争爆发后,许广平被日本宪兵队逮捕,受尽了折磨。敌人对她严刑逼供,还上了几次电刑,但她从没有屈服过,唯一使她牵挂的就是孩子和鲁迅的藏书与遗物。从狱中出来以后,她首先寻找的就是被日本宪兵队抄走的书籍和手稿。许广平把鲁迅藏书和遗物看得比自己的生命还宝贵。

许广平还十分关心在北平的鲁迅藏书及遗物。1943年4月鲁迅的母亲去世了,只有朱安独自在北平照料西三条故居及那里的鲁迅藏书。曾经有一段时间，因许广平被捕，战争吃紧，南北交通阻隔，汇兑时间长，加上货币迅速贬值，汇款到手，所值无几等，朱安的生活一度发生困难。1944年8月，在周作人的挑唆下，朱安同意将整理的鲁迅藏书中文、日文、西文三册书目委托来薰阁向南方兜售，先到南京又到上海。1944年8月25日，许广平在《新中国报》上看到一条"鲁迅先生在平家属拟将其藏书出售，且有携带目录向人接洽"的消息，大惊失色。她一面托人找来书目，并且表示要买下全部藏书；一面请律师在《申报》上发表启事："鲁迅先生终身从事文化事业，死后举国哀悼，故其一切遗物，应由我全体家属妥为保存，以备国人纪念。况就法律言，遗产在未分割前为公同共有物，不得单独处分，否则不能生效，律有明文规定。如鲁迅先生在平家属确有私擅出售遗产事实，广平等决不承认，并深恐外界不明真相，予以收买而滋纠纷，为特委请贵律师代表登报声明。"此事也引起了鲁迅许多好友的焦虑。唐弢同志回忆道："记得首先得到那份书目的便是开明书店，而奔走呼号最为起劲的却是郑西谛。西谛爱书，推己及人，听说鲁迅藏书要被出卖，就像割了身上的肉一样，紧张得寝食不安起来。"唐弢曾专程为此事到北平十数日。他到北平后，先走访了各个旧书店，向店铺掌柜打招呼，防止鲁迅藏书流散出去，然后偕鲁迅老友同去拜访朱安。经唐弢耐心开导、解释，并将"在沪家属及友好意见代为转达"，还设法替她解决一些实际问题后，朱安终于打消了"卖书之议"。这场风波总算暂时得到了平息。

在这以前，在北平的藏书，曾被人以受雨淋湿等理由，拿到西四牌楼旧书摊上去卖。爱逛书摊的赵万里先生得知后，将这几十种书全部买下，收藏起来，新中国成立后又主动交给了鲁迅博物馆。因而，在鲁迅博物馆的旧书分类记录中还保存有"归还"一栏。

抗战胜利后不久，在《世界日报·明珠》上刊载了署名"海生"的一篇题为《为鲁迅先生遗族和藏书尽一点力吧》的短文。文中写道："对于鲁迅先生谁都承认他是中国的大文豪、大思想家、文化斗士……可是他的夫人——一位白发萧萧的老太太，现在仍住在北平，度着极清苦的生活……关于鲁迅生前的藏书，仍旧由她保存着，她一度曾有出卖的意思，后经友人的劝阻作罢，可是她对我表示，在实在没有办法的时候，也只有出卖了完事。"文章最后向大家呼吁救济鲁迅的遗族。在1945年12月21日《世界日报·明珠》上，又有署名"朽木"的《响应援助鲁迅遗族》一文，文中建议以《明珠》为中心"发起一个捐助运动"。一时在《世界日报·明珠》上引起了热烈的讨论。当时还有不少人纷纷给报社或到西三条给朱安送去现款，以示慰问和资助。仅几天时间朱安就收到五千八百元（法币）。鲁迅的老友沈兼士，受各方面友人的委托，直接给朱安送去五万元。朝鲜艺术剧团的理事长徐廷弼在得知这个消息以后，也给朱安送去法币四千元。朱安婉言谢绝了，并在给海婴的信中说："我想我之生活费，既由汝处筹寄，虽感竭蹶，为顾念汝父名誉起见，故不敢随便接受漠不相关之团体机关赠送……故宁自苦，不愿苟取。"此信是朱安请别人代笔的，可见其深明大义。

从当时的情况来看，似乎这个"运动"波及的面还不小。1946年1月24日，突然有一位国民党中央党部秘书长名叫郑彦棻的到西三条来，说他是奉蒋介石之命前来看望，并赠送法币十万元。朱安开始也不肯收，后来此人反复强调："别人的可以不收，委员长的意思一定要领。"朱安感到为难，只得勉强收下。1946年2月1日，朱安曾将此事写信告知许广平。

许广平对报界掀起的这一"运动"是有自己的看法的。1946年1月27日的《世界日报》刊载了她给朽木的公开信。

> 朽木先生：两奉惠教，殷殷垂念鲁迅家属生活，无任感荷。平方生活，当竭尽微力，倘劳社会贤达如先生们者费心，实不敢当，因胜利之后，各方待救济较个人为重者实多。肃此布瞭，并候台绥
>
> 　　　　　　　　　　　　许广平
> 　　　　　　　　　　　　一月十八日

简短的复信表明了许广平鲜明的态度，也表现了她在政治上的成熟与老练。

就在写这封信的同时，许广平又尽力筹集了一笔不小的款子，数目达十九万（法币）之多，分三路带给朱安，以解除她生活上的困难，并写信鼓励、赞扬她"宁自苦，不愿苟取"的精神。由于朱安多忙于家务，对社会上斗争的复杂性了解不多，许广平在信中还特意提醒她，不要听信报界的一些人"想捐一笔款买下藏书仿梁任公办法放图书馆内"的歧意，因为这绝非保存鲁迅藏书的正意。所以许广平说："我们不赞成"，"想你也不会赞成的"。

许广平时时把鲁迅藏书挂在心上，为了不使鲁迅的藏书出现意外，1946年秋天她专程来北平，在西三条将北平的藏书整理一过。她在《北行观感》一文中写道："我从十月二十日至十一月五日差不多两个星期，天天躲在这书箱周围，逐只打开，去尘，包裹，再放些樟脑丸，然后重行封锁。"在整理藏书的同时，她也将一些重要的手稿拣出带回上海。

1946年秋的北平，被白色恐怖笼罩，军警四处抓人，空气十分紧张，西三条鲁迅故居和鲁迅大批藏书随时都有遭到敌人破坏的可能，对此许广平十分忧虑。虽然鲁迅故居有朱安与鲁迅的亲戚阮家

暂住，但如果没有社会力量的帮助，故居的安全也是没有保障的。所以，许广平很费了一番心思，决心一定要把保护鲁迅故居和藏书的重任托付给可以信赖的人士。值此危难之际，王冶秋同志毅然接受了这份嘱托。

1947年6月朱安去世，之后鲁迅故居的情况更加令人担忧，藏书面临被烧毁的困境。此时，刘清扬和徐盈、王冶秋、吴昱恒秘密商议出了新对策。他们巧妙地利用敌人专政工具，以周作人的妻子羽太信子等曾到西三条要取走东西为由，向地方法院提出申请，并由法院做出判决，将鲁迅故居查封。如此，几位同志以"假执行"的办法，达到了掩护革命文物的目的。

鲁迅的藏书能够完整地保存下来，是我们的先辈历尽艰险所取得的成果，也是我们永远不能忘怀的！

# 略谈鲁迅著作手稿的保存情况

鲁迅生活和战斗的年代是中国最黑暗的年代，从北洋军阀到国民党反动派都曾多次下令通缉鲁迅，他的作品也被多次下令查禁：1934年1月由潘公展签署、国民党上海教育局发布的1422号密令，查禁鲁迅的《二心集》；1934年5月国民党上海市特别执行委员会发布1063号训令，查禁鲁迅的《集外集》；甚至在1936年10月鲁迅逝世以后，上海社会局仍发布密令，查禁鲁迅的《伪自由书》和《准风月谈》。由于鲁迅的作品被禁，他的手稿要保存是不易的，是要经历各种艰难风险的。敌人的压迫和环境的险恶，是鲁迅手稿不能完整地保存下来的重要原因。

鲁迅对保存自己的手稿并不很在意，这是其手稿不能全部保存下来的另一原因。鲁迅从不认为自己是一个特殊的人物，所以他并不珍惜自己的手稿，只要书一出版，他就再不过问自己的原稿。正如许广平在《关于鲁迅的生活》一书中所说："他对自己的文稿并不爱惜，每一书出版，亲笔稿即行弃掉。有时他见我把弃掉的保存起来，另一回我就见他把原稿撕碎，又更加以讽刺，说没有这么多的地方好放。其实有许多不大要紧的书，倒堆在那里，区区文稿会没有地方放？不过他不愿保留起来就是了。"萧红在《回忆鲁迅》一文中也写道："鲁迅先生的原稿，在拉都路一家炸油条的那里用着包油条,我得了一张,是译《死魂灵》(实是译《表》的手稿。——笔者注)的原稿,写信告诉了鲁迅先生,鲁迅先生不以为稀奇。许先生倒很生气。"为此,鲁迅在 1935 年 4 月 12 日给萧军的信中写道:"我的原稿的境遇,许知道了似乎有点悲哀,我是满足的,居然还可以包油条,可见还有一些用处。我自己是在擦桌子的,因为我用的是中国纸,比洋纸张能吸水。"鲁迅将他的手稿用来擦桌子或擦手是经常的事。萧红也曾回忆道:"鲁迅先生出书的校样,都用来揩桌子,或做什么的。请客人在家里吃饭,吃到半道,鲁迅先生回身去拿来校样给大家分着,客人接到手里一看,这怎么可以?鲁迅先生说:'擦一擦,拿着鸡吃,手是腻的。'到洗澡间去,那边也摆着校样纸。"鲁迅自己从没有有意识地保存过自己的文稿。而得以存留下的文稿都是别人,特别是许广平背着他保存下来的。所以后期的鲁迅手稿如《且介亭杂文》三本及《集外集》《集外集拾遗》等手稿保存得比较完整,而前期的手稿除《朝花夕拾》为李霁野保存、《故事新编》为黄源保存以外,几乎没有存留下来多少。《呐喊》和《彷徨》则一篇原稿也无。再加《野草》《热风》《华盖集》《二心集》《准风月谈》等也是一篇手稿都没有保存下来。其中《呐喊》中的《阿Q正传》的第六章虽有一页手迹,但并非手稿,而是在《太白》上影印的一页图版;《野草》中《我的失恋》一诗有手迹,但并非《我的失恋》的原稿,而是鲁迅后来录赠内山完造的手迹。至于《坟》《华盖集续编》《而已集》《三闲集》《伪自由书》《花边文学》等,每集中也仅有一两篇稿子保存下来。鲁迅一生共写了 770 多篇杂文,而现在保存下来的仅有 170 多篇手稿。写小说 33 篇,而手稿仅存 8 篇。现存的鲁迅文稿的手稿,仅占他全部文稿的一小部分。

1936 年 10 月 19 日鲁迅逝世以后,鲁迅的好友和热爱鲁迅的人士都非常关心鲁迅遗物的保存。鲁迅生前的至友许寿裳在鲁迅逝世一周后的10月26日就写信给许广平，劝慰她并殷切地鼓励她，一定要把鲁迅的遗物保存好。许广平作为鲁迅的学生、战友、夫人，首先承担了这个任务。她在鲁迅的葬仪以后，就将鲁迅的遗物和文稿细心地一一整理起来。为了文稿的安全，也为了减少开支，1936年年底她和海婴从鲁迅原来住的大陆新村9号迁往霞飞路霞飞坊64号一栋三层楼的房子。为了不引人注目，藏书放在三楼，手稿装起来放在堆煤的小灶间，以防反动派的搜查。

由于日本帝国主义的入侵，1937年11月上海沦陷，形势十分紧急，鲁迅手稿也面临十分危险的处境。对此，上海地下党的同志、鲁迅生前好友以及许广平均为之担忧，在手稿已无法转移出去的情况下，他们经过反复商议，认为要把鲁迅的文稿全部保存下来，最好的办法只有一个——出版，因为印刷出来才可以广为流传，才不至于像孤本毁于一旦。这个重要的决策，得到了我党及时的赞同与支持。据胡愈之同志介绍，当时在上海联系这项工作的是从延安来的刘少文同志。由于各方面人士的齐心协力，1938年6月，中国第一套20卷本《鲁迅全集》在非常困难的条件下，在敌人占领的区域里诞生了，仅用了短短的四五个月就出版了，这在中国出版史上也是少见的。但印刷品不能代替手稿，要保存手稿却没有别的变通的办法，伪装起来放在堆煤的小灶间，也不是长久的办法。后来许广平看到一些有钱人和资本家将一些金银首饰和贵重器物存入银行，因而得到启示。许广平也巧妙地在英商办的麦加利银行租了一个大保险箱用来存放鲁迅手稿。许先生租的是个大保险箱，这就要付好多租金，而许先生当时的生活并不宽裕，为此她不惜紧缩开支。

新中国成立以后，许先生把多年精心保存的鲁迅手稿和遗物交给了国家,受到了党和人民极高的赞誉。

在鲁迅的生前,鲁迅的学生和好友,也曾不顾反动派的禁止和敌人的迫害,在困苦和颠沛流离的环境下精心地保存了鲁迅的手稿。如鲁迅的学生李霁野,就曾经在鲁迅生前将他经手送去发表的鲁迅手稿亲自送到印刷工厂,并再三叮嘱排字工人在使用手稿时不要弄脏和损坏,取回手稿后整理、装订好,并精心地藏在箱子里,就这样将《朝花夕拾》《小约翰》的手稿及《坟》中的几篇和一些译稿保存下来。在鲁迅逝世后,抗日战争前夕,他将这些手稿完整地交给了许广平。许广平在《欣慰的纪念》一书中说:"李君把他积存的《小约翰》、《朝花夕拾》等六七种原稿,毫不污损地装订起来见赠。我们想想,这三数位青年,一面在求学,一面在做译著、校对、出书等繁忙工作,仍留心保存先生手迹,一点一滴地抄出副稿付印。"再如黄源同志,他在经手出版鲁迅的《故事新编》时,看到鲁迅并不想保存原稿,就请求鲁迅把原稿给他,鲁迅毫不迟疑地同意了,因此他在把原稿交给巴金、吴朗西时就做了声明,黄源说:"他们很尊重鲁迅先生的意见,把原稿校毕,装订成册,交给我,鲁迅先生也知道这件事。"抗战发生后,他将原稿存在文化生活社,和他的全部书籍以及行李放在一起,直到上海解放。这是迄今保存下来的仅有的几篇小说手稿了。黄源在给我们的信中写道:"我觉得《故事新编》虽是鲁迅亲自答应给我的,但要保存这珍品,鲁迅博物馆(应是上海鲁迅纪念馆。——笔者注)比我更可靠,更合适,为此我无条件地交给了博物馆。"巴金同志也曾将鲁迅在《中流》上发表的《立此存照》原稿保存起来,新中国成立后交给上海鲁迅纪念馆;孙用同志也曾精心保存了鲁迅为他的《勇敢的约翰》一书而写的校后记手稿,新中国成立后也把它交给了上海鲁迅纪念馆。

但是在那腥风血雨的年代，保存鲁迅手稿是不易的，不但要冒各种风险，有时也要付出一定的代价。

1941年日本帝国主义的魔掌已伸向中国的大片土地，抗日救亡的烈火在中国到处燃烧，此时许广平正积极参加抗日运动。就在这年12月15日清晨，日本宪兵突然闯入许广平家，不由分说地将她押解到日本宪兵队总部；同时还搜走了两大包书，其中一包中就有《鲁迅日记》。这些手稿原是存放在银行保险箱内的，鲁迅的一位好友出于对鲁迅作品的热爱，来信说"恐只留一份……不大妥当，希望陆续出版，以便流传"。为此许广平将手稿提出，正在逐字抄录中，被日本宪兵带走。许广平在狱中受尽了折磨。敌人为了迫使她供出她的组织和与她有联系的人，多次拷问她，并上了电刑。许广平始终以顽强的意志对付敌人的酷刑，而没有供出任何一个人。郑振铎曾赞扬说："她以超人的力量，伟大的牺牲精神，拼着一己的生命，来卫护着无数的朋友们。"两个半月后，当她被释放回家时，发现退还回来的东西中少了鲁迅1922年的日记，这使她万分痛心。她曾想尽办法，多方奔走托人去寻找，但一直没有下落。几十年中她曾多次叹息："这真是莫大的损失！"

1937年，李霁野将他保存的鲁迅书信和文稿交给了许广平，但他出于对鲁迅的怀念，要求留下鲁迅给他的最后一封信和《朝花夕拾后记》的复稿做纪念，并得到许广平的同意。他将手稿妥为收藏，1943年离开北平后，他又辗转存了好几个地方，但在抗战胜利后，却毁在国民党反动派的手里。事情是这样的，1947年王冶秋同志在北平从事党的地下工作，他对鲁迅文物关心备至，当他发现李霁野寄存文物的地方比较潮湿的时候，就将文物转移到他家，并将手稿取出进行通风。不料这时国民党特务到王冶秋家来抓捕他，王冶秋从后门脱险，而爱人高履芳被捕。特务搜查了他们的家，待到高履芳出来后，发现鲁迅手迹早已失踪。

在国民党的统治下，为了将鲁迅的手稿保存下来，有不少同志想了各种办法。如《天上地下》一文的手稿，当年就是被藏在地板下边才保存下来的。手稿也因此发霉而缺字。但也因为保存了这篇原稿，人们才知道鲁迅的原稿和发表在《申报·自由谈》上的文章不尽相同，前者比后者多两小节。

新中国成立后情况则根本不同了，全国成立了五个鲁迅纪念馆（博物馆），鲁迅手稿受到国家高度重视，各个纪念馆（博物馆）用尽可能好的条件保管鲁迅的手稿，并积极征集鲁迅手稿加以收藏，同时对手稿进行研究和介绍。手稿的征集工作得到鲁迅生前友好、家属和不同行业的手稿保存者的积极支持，他们热情地甚至无偿地将鲁迅手稿捐献给国家。

但也有个别保存者并不珍惜鲁迅手稿，不但将它随意送人，甚至将鲁迅手稿送给收废纸者，如鲁迅辑录的《会稽郡故书杂集》中一节《夏侯曾先〈会稽地志〉序》手稿就是我们从一个收废纸的人手中买到的。据他说，他曾找到某人五四时期的一篇稿子，此人就将其保存的两页鲁迅手稿作为答谢送给了他。而后这位收废纸者又以10元卖给了鲁迅博物馆。

珍贵的鲁迅手稿能够保存下来，经历了艰难曲折的过程，这里面不仅记录了革命老前辈所付出的艰辛，同时也包含着国际友人对鲁迅、对中国的一片炽热的心。捷克斯洛伐克的普实克当年曾将鲁迅的《呐喊》翻译成捷克文出版，鲁迅曾为他写了《呐喊》捷克译本的序言。几十年来他一直珍藏着这篇序言手稿和为出版这部书鲁迅给他的两封书信。70多岁的普实克，怀着对中国人民的友好情谊，于1977年6月的一个傍晚，来到中国驻捷克斯洛伐克大使馆，亲自将这篇序言的手稿和两封书信交给大使馆的负责人，请他转交给中国的博物馆,表达了他对中国人民的真挚感情。

鲁迅生前和日本人民建立了深厚的友谊。鲁迅的手稿在日本也受到日本人民的珍爱并得到珍藏。在鲁迅逝世后,鲁迅的生前好友内山完造在得知许广平征集手稿时,就将他保存的鲁迅书信及诗的条幅等交给许广平。长尾景和在1956年许广平访日时,亲自找到许广平下榻处,将他珍藏多年的鲁迅1931年在避难时给他写的两幅条幅交给许广平,并说,这些字我几十年放在身边,无论遇到什么困难都没有离开过,像鼓励我工作的老师一样,现在请你带回中国,送给纪念馆。这是多么真挚而深切的感情啊!鲁迅为镰田诚一写的题词手迹,近年来由镰田诚一的侄子镰田恒雄专程送到中国,赠给鲁迅博物馆。

保存鲁迅手稿的事例很多,就不一一列举了。生活在今天的人们,当你从博物馆的陈列中或影印的书册上,看到鲁迅刚劲而秀丽的字迹时,请不要忘记那些曾为保存鲁迅手稿而付出艰辛的人们。

(发表于《鲁迅研究资料》1987年第18期)

# 鲁迅手稿被调走与博物馆被迫闭馆

北京鲁迅博物馆建立于1956年10月，至今已有58个年头了。在这半个多世纪的风风雨雨中，博物馆有兴盛也有萧条，有繁荣也有平静。她就是在这样的历程中，逐渐成长、壮大起来，目前可谓是一座现代化的博物馆了。对于她来说可回眸的往事，可谓多矣。这里谨向您述说"文革"中的几桩旧事。

## 鲁迅手稿被调走

那是1966年6月间，"文化大革命"的风暴已经来临，社会上掀起了要"横扫一切"的飓风。两种文化思想的斗争被摆上日程，鲁迅作为中国文化革命的旗手，备受人们推崇和关注。鲁迅的书信中反映了20世纪30年代文艺界的状况，因而成为一些人注意的焦点。面对这种情况，鲁迅书信手稿的保护得到了极大的关注。

作为文物局局长的王冶秋同志，在那段时间里，经常骑着自行车到馆里来查看文物保护的情况。有一次还特别让我们提出鲁迅给他的十封信，一页一页地翻看，其中有两封信，各有一处他当年涂抹几个字的痕迹。他告诉我们，在当时的环境下是出于保密才这样做的（如涂抹掉的"这一翼"是指"左联"等），我们对此是很理解的。但从他的表情看，他对此多少是有些担心的。我们知道冶秋局长和鲁迅有着深厚的情谊，他对鲁迅的文物更是倍加爱护的。冶秋局长在这时的一次萧望东主持的文化部党组会议上提出加强鲁迅书信保护的意见，得到了同意，后由文化部石西民副部长具体指示执行。

1966年6月30日，中央文化部文化革命小组派文物局副局长张恩起、文化部秘书处副处长雷仲平和文物局保密处科长田育仁来鲁迅博物馆，提出要调走鲁迅全部的书信。他们出示的是钤有"中国共产党文化部文化革命小组"字样的介绍信，信上有北京市委宣传部副部长白涛、北京市文化局文化革命小组负责人江晋海（当时鲁迅博物馆属北京市文化局领导）、鲁迅博物馆文化革命小组负责人赵卫生以及鲁迅博物馆原副馆长弓濯之等人"同意借出"的批语。这样就将馆内全部鲁迅书信1054封（1524页）和鲁迅《答徐懋庸并关于抗日统一战线问题》的文稿（15页），当面点清写下收据，并将手稿装入八个楠木盒，又将这八个楠木盒分别装入两个大木箱中（由于箱子没有锁，只得在木箱上加上封条）拉走了。

后来因革命博物馆要提借鲁迅文稿，我们曾去文化部看过，才得知鲁迅书信手稿是放在文化部三楼档案室。原来告诉我们要放在保险柜，如今只放入一般的铁柜内，这个房子还西晒，条件并不比鲁迅博物馆好。

1967年1月，群众去文化部抢黑材料，档案室的群众向戚本禹反映，鲁迅书稿在文化部。1月14日，戚本禹就去文化部取走了全部鲁迅书信手稿。

1968年3月2日，街头大字报贴出戚本禹被揪出。因为此前戚本禹曾将鲁迅书信取走，为此全馆同志都十分焦急。当时馆里领导都靠边站了，群众组织的头头召开会议研究办法，馆里同志推举我去与许广平先生联系。许广平先生得知情况后,为鲁迅手稿下落不明而忧心如焚,立即写信给中央,恳请中央"帮助了解"此事。由于焦急和紧张,先生突发心脏病,于3月3日与世长辞。周恩来总理得知这些情况后,十分关切,连夜安排人员,要求彻查鲁迅手稿的下落。3月5日凌晨,北京卫戍区派人到鲁迅博物馆调查情况,负责人事保卫工作的王新同志接待了他。由于王新同志不了解情况,只得用电话通知我,让我速来馆接待。我向来者介绍了1966年6月30日事发当日的全过程,并出示了当时调走鲁迅书信的批件和收据。来者未做任何表态就离去了。我以后才从报刊上得知,此事为江青一手制造的,负责调查此事的北京卫戍区傅崇碧司令员也为此受到了迫害。由于发生了鲁迅书信手稿被调走的事件,1968年3月15日北京卫戍区向鲁迅博物馆派驻部队,守卫文物库房。博物馆实行了军管。这些手稿后来转存中央档案馆,1982年3月18日才由中央档案馆归还鲁迅博物馆。

## 鲁迅博物馆被迫闭馆

1966年冬季红卫兵大串连,鲁迅博物馆馆门大开,陷入混乱。红卫兵批判鲁迅博物馆陈列为"大毒草",因而被迫闭馆。之后,鲁迅故居大门紧闭,文物库房贴上封条,业务工作停顿。直到1968年10月,周恩来总理通过北京市委,查问鲁迅博物馆的牌子为什么在大街上看不见了,鲁迅博物馆才重新开放。

鲁迅故居被封闭两年多,当我们和军代表一起揭开封条,步入久违的鲁迅故居时,看到的是一片凄凉景象,博物馆的大院杂草丛生,陈列大厅虫网横生,室内布满灰尘。小东屋成了野猫的巢穴。见到我们进去,大猫从窗户逃跑了,留下一窝小猫。军代表看到此情景,也怒火中烧,抓起那些小猫,就一只只地往院子里摔。看到这种景象我都蒙了,这是鲁迅的家吗?怎么成了这个样子?作为鲁迅博物馆的工作人员,我真感到心里疼痛。更难堪的是,由于猫摔死了,猫身上的跳蚤在草地上繁殖,数天后,我们再去鲁迅故居时,遭到众多跳蚤的袭击,一会儿就在腿上爬满了,真叫吓人。几经整治,这些跳蚤才被清除。

当时在鲁迅故居另有一件出奇的事,除野猫在故居筑巢繁衍以外,在北屋的大门上,有人用粉笔留诗一首。现在仅记得其中的几句:

> 寂寞庭院杂草生,
> 凄凉破败似荒茔。
> 鲁迅在天如有知,
> 骂翻汝等败家精。

记得仿佛最后一句还有"王八蛋"几个字。这绝不可能是馆内人员所为,因为故居的前门和后门都被加封加锁,一般人员是进不去的,况且那时只顾打派战,哪有心思写这些?估计是有人翻墙从房上下来写的。可惜当年没有将其拍照记录下来。我佩服这位无名氏,他骂得对,可能正写出了当时老百姓的心里话。

1969年3月,形势好转,在上级的领导下,鲁迅博物馆开展了一系列业务活动,搞流展,编写新的陈列提纲,准备修改陈列,等等,一切逐步走上了正轨。

(2014年)

# 北京鲁迅故居史话

北京宫门口西三条21号鲁迅故居,是1923年鲁迅亲自设计和改建的。1924年5月25日迁到这里居住。在这里鲁迅完成了他的《野草》《华盖集》,以及《华盖集续编》《坟》《彷徨》《朝花夕拾》等200余篇作品,还翻译了《苦闷的象征》和《出了象牙之塔》等著作。同时,他还在北京大学、北京高等师范大学、北京女子师范大学等八所学校任教,在这里鲁迅建立了与广大青年的联系。

这个故居还有一段感人的故事。1926年8月鲁迅离开北京后,鲁迅母亲和鲁迅的原配夫人朱安仍在这里居住,这里还保存着鲁迅的大量藏书和文稿。20世纪40年代后期,当时的北平被白色恐怖笼罩,西三条鲁迅故居随时都有遭到敌人破坏的可能。1943年鲁迅母亲去世,故居只有朱安孤身一人在此守护,此情此景引起很多关心鲁迅文物的人士的极大忧虑。当时王冶秋受许广平的委托,并在党的地下组织秘密支持下,与徐盈取得联系。王冶秋的公开身份是孙连仲第十一集团军少将参议长,徐盈的公开身份是《大公报》记者。为保护鲁迅故居,他们想了好多办法:二人穿着军装,以孙连仲第十一集团军军官的身份查看故居;并假借集团军的名义贴出布告,将鲁迅故居列为军队征用的民房。但这些办法只"蒙混"了一时,随着形势的严峻和朱安病情恶化,故居面临无人照管的状况。

特别是 1947 年 6 月朱安病逝后，住在八道湾的鲁迅的亲属几次来到鲁迅故居，要强行搬走故居器物。这时鲁迅故居的安全又受到新的威胁。在这一紧急情况下，王冶秋、徐盈联系刘清扬、吴昱恒共同商量办法。刘清扬是中国民主同盟北平临时工作委员会主任，吴昱恒的公开身份是北平地方法院的院长。他们研究出一个巧妙的对策，就是利用敌人的专政工具，以北平地方法院的名义查封鲁迅故居。按他们的说法，这叫"假执行"。他们利用八道湾要抢东西的事由，并由法院做出裁决，查封了鲁迅西三条故居，在大门上贴出布告，还在院内各房门及室内的各种器物上均贴上"北平地方法院封"的封条。这样就将鲁迅故居完好地保护下来了。现在鲁迅故居的器物上有的还贴有"北平地方法院封"的封条，就是这段历史最有力的证据。

1949 年 1 月下旬北平解放了，军管会文物部的王冶秋同志立即派人查看西三条鲁迅故居，安排人员进行保管和筹备恢复的工作，并请许广平依照鲁迅居住时的情况对故居进行布置。在新中国成立后的第一个鲁迅逝世纪念日——1949 年 10 月 19 日，鲁迅故居特对外开放一日。当日《人民日报》第一版做了报道："今日鲁迅忌辰"，"先生故居定今日开放"。1950 年 3 月，许广平将鲁迅故居及故居内的全部文物捐献给人民政府。6 月，中央人民政府文化部特向许广平颁发"褒奖状"。随即文化部文物局派人对鲁迅故居进行全面清点，除故居内的器物外，还请北京图书馆的中文组、日文组、西文组、德文组的专业人员对鲁迅藏书进行清点并编辑藏书目录。同时，将鲁迅故居在保持原貌的前提下进行彻底修缮，于当年 9 月初竣工，并正式开放。修整完工的故居大门旁有"鲁迅故居"四个大字。这"鲁迅故居"的题名王冶秋局长原本是提请毛泽东主席题写的。毛泽东主席说："还是请郭老题写吧。"因而，这是 1951

年由郭沫若先生题写的。正是因为有这座鲁迅故居，1956年鲁迅博物馆才建在这里，这是有着特殊意义的。

开放后的鲁迅故居，曾有一件令人们不解的事，也值得一叙。

1956年7月，我来到正在筹建的鲁迅博物馆，结识了许羡苏先生。她是当年鲁迅和周建人的学生。鲁迅生前，她是这里的常客。她不只熟悉鲁迅，更熟悉鲁迅的母亲和这个家的一些事物。1956年，她来到博物馆，负责文物保管工作。我和她一起整理故居文物时，先生总是念叨："摆在鲁迅母亲屋里的床不是她的，是朱安的。"那么鲁迅母亲的床哪里去了呢？朱安的床又为什么会放在鲁迅母亲屋里呢？先生知道原来鲁迅母亲住在北房东头，朱安住在北房西头。而今鲁迅故居对外开放时，朱安的居室上面挂的是"鲁迅藏书室"

1950年6月12日，文化部向许广平先生及其子周海婴颁发的奖状

的牌子。有的观众,特别是日本外宾常常会提问:"朱安夫人住在哪里?怎么不见她的居室呢?"他们知道朱安是鲁迅的原配夫人,朱安从1924年5月入住直到1947年6月离开人世,在这23年里她送走了鲁迅,送走了婆母鲁瑞,是这个故居最后的主人。而在这个小小的四合院里,却没有朱安生活的踪迹,这是不可理解的。

原来,1943年鲁迅母亲去世后,朱安就搬到鲁迅母亲住的北房东头,朱安居室就作为存放鲁迅藏书的地方了。1950年许广平在恢复鲁迅故居时就依样展出了。鲁迅博物馆建馆后,把鲁迅藏书全部搬到文物库房了,那为什么还没有恢复为朱安的居室呢?我认为这虽有客观原因,但也反映了那个时期的博物馆领导不够尊重历史事实。不过关键还是缺了一张床,朱安的居室恢复起来有困难。

30多年后的1984年12月,周丰一夫妇和他们的孩子6人来馆参观,我与他们谈起此事,才得知鲁迅母亲的床在她去世后就搬到八道湾周作人家去了。周作人去世后,这个床被送给了周作人孙子的保姆。他们说这个保姆可能还活着,但不知床是否还在。得知此消息,我们即刻前去拜访这位保姆。床仍在,除床屉已破损外,床栏和床架均完好。我们当即与老保姆商议,用高档席梦思床与她交换,她表示同意。于是我们向文物局申请特批,到工厂订制了一张床与她交换。一切办妥后,将鲁迅母亲的床运回博物馆。我们又请周丰一一家人,和当年住在故居旁的鲁迅的表亲阮家兄妹等人鉴定。他们确认这床是鲁迅母亲当年用的,是鲁迅母亲从绍兴老家带来的。

有了这张床,鲁迅母亲的居室就恢复了她居住时的原样。朱安的居室经过鲁迅亲属的回忆、绘图并鉴定,也得以恢复了。

1986年鲁迅博物馆建馆30周年时,鲁迅故居进行了重新翻修,重新布置。这次不只恢复了朱安的居室,还恢复了鲁迅的工作室兼卧室"老虎尾巴"凸出的原貌（鲁迅离京后，1928年鲁迅母亲将她居室的后墙向外延伸，与"老虎尾巴"墙取齐，使"老虎尾巴"看不见了）。经过这番修整，故居才真正恢复了鲁迅在这里居住时的原格局。

1979年8月21日，鲁迅故居被列为北京市重点文物保护单位；2006年5月25日，又被列为全国重点文物保护单位。

# 一部未能出版的木刻选集

在本人积存的旧资料中,有一部50年前李桦先生和力群先生亲手编就的《鲁迅珍藏现代木刻选集》稿本。书中收录了1931—1936年的中国早期木刻118幅,系从鲁迅收藏的约3000幅木刻作品中选出的,并由李桦先生亲笔书写目录。每幅作品的版式、名称、作者姓名、创作年代、尺寸等均一一标画清楚。附有样片,标明页码,排列规整、细致。书后有附录,为"鲁迅书简中有关木刻的评语摘录"。"摘录"又分为二节:一为"对青年木刻家的作品的评语",选作品26幅,均画出版式及评语的方位;一为"关于木刻运动和木刻艺术的评语",选鲁迅有关评语16则,并绘版式。最后有李桦先生写的"后记",上有力群先生用铅笔修改的印迹。书已装订成册,书长27厘米,宽19.5厘米,厚4厘米,全部用废旧的宣传画纸反面书写。由于本子比较厚,当年是用铁丝装订的,应当还有一篇序言,但已因种种变迁丢失。

统观全貌,已可确定这是一部完整的稿本了,然而当年为什么没能出版呢?又为什么会被我珍藏至今呢?

这就要从1960年说起了。当时为了纪念鲁迅诞辰80周年和新中国木刻运动30年,鲁迅博物馆与中国美术家协会联系准备出版一本木刻集,得到他们的支持,并专门请了李桦先生、力群先生帮助选材和编辑。同时，我馆又和人民美术出版社联系，他们表示愿意出版此书。因为鲁迅收藏的版画作品分别藏在北京鲁迅博物馆与上海鲁迅纪念馆两地，经与上海鲁迅纪念馆商议，决定以两馆的名义共同出版。

由于文物分藏两地，而专家均在北京，当年组织者就提出必须将上海的藏品调往北京，再将两地藏品集中整理，并派我与上海方面联系相关事宜。然而，这一要求起初并未获得上海鲁迅纪念馆的上级单位——上海市文化局的同意，因为一般情况下文物是不允许出省、出市的，特别是上海馆藏的鲁迅收藏木刻有2000余件，对这一大宗文物的运出应相当慎重。我还记得当时上海市文化局局长是方行同志，他坚持原则，对工作十分认真。我那时年轻，确实是初出茅庐，顾忌很少，就和方行同志力争，他不同意，我就一连三天在上海市文化局坐等。后来在中央文化部文物局领导的支持下，上海市文化局又向中共上海市委请示，经批准后才将上海鲁迅纪念馆藏的全部木刻以空运的方式运往北京。

说来也怪，那次我和方行先生因工作而引起的争执，并没有造成彼此的隔阂，相反，我们在以后的许多年中却成了忘年交。1987年在我编辑《郑振铎文博文集》时，他给了我很大的帮助，一直通信不断，这是使我不能忘记的，此皆是后话。

为了便于编辑，文物运到北京后，就在人民美术出版社一一拍了照片。当时负责拍照的是力群的夫人、曹白的妹妹刘平度女士。那时摄影条件很不好，拍摄这批文物前后花了大约一个月的时间。

在编辑过程中，李桦和力群经常到馆里来，逐个地查阅作品，对它们进行分析研究，选出一些有代表性的，还通过各种方式，对每位作者一一进行调查。我们则在一旁负责登记、整理。当时，有的木刻家无辜地被扣上"右派"帽子，因而他们的作品虽然有代表性,却不能入选,这就给编选工作增加了一定的难度。那段时间二位先生确实辛苦,他们不只自己深入其中来工作,还要指导我们如何配合。

1960年8月,正好中央召开第三次全国文代会,二位先生利用这个时机,请来七八位当年的木刻家来鲁迅博物馆座谈并参加审稿。我记得有胡一川、黄新波、刘岘、马达、赖少其等。给我印象最深的是胡一川,他谈笑风生,性格开朗。我看到他,就不由自主地会想起他创作的《到前线去》和《怒吼罢中国》的木刻,风格豪放、气势磅礴。他的神态和气质至今仍历历在目,使人难忘。

大约经过半年时间,李桦先生将稿本交到博物馆。稿本的封面上写着《鲁迅珍藏现代木刻选集》,署名"李桦 力群",注"人民美术出版社出版"。"序言"内写明"感谢北京和上海鲁迅博物馆的负责同志和工作干部的大力协助"等语。我们当时的馆长弓濯之看到稿本后,就发火了,责怪我没有向先生们讲清楚,同时也对他们的做法深感不满。其实,以现代的眼光和法律的观点来看,当时二位先生虽然是受我馆委托编辑此书,但他们为此付出了辛勤的劳动,且有大量独创性、专业性的内容,他们的著作权理应受到尊重和保护,即使京、沪两馆有约在先,二位先生起码也应该享有署名的权利。而在那个不重视个人权利的年代,他们这种"目无集体的个人主义行为"是不可理解的。面对这种情况,馆里十分为难,又不便直接向二位先生言明。凑巧的是,此时人民美术出版社也通知我馆:他们不准备出版这本鲁迅藏木刻选集了,因为此书与他们编的《版画三十年》和《版画示图录》重复。一时间,鲁迅博物馆在此书的出版问题上陷入僵局。

为解决与出版社的矛盾和稿本署名的问题,北京鲁迅博物馆于1961年2月24日上书中央宣传部文艺处并周扬同志,表达我馆的意见。经过中央宣传部的调解，1963年10月，《鲁迅收藏中国现代木刻选集》最终以北京鲁迅博物馆和上海鲁迅纪念馆的名义由人民美术出版社出版了。书的选材，基本上是按照李桦、力群选定的材料，作品略有增删和调整。1962年年初，一批被错划为"右派"的木刻家如江丰、野夫等摘了帽子，因而将他们一些代表性的作品加了进去；删掉的部分是附录，即鲁迅对木刻家作品的评论和对木刻运动、木刻艺术的评语等。

事后我见到李桦先生，他对此事非常坦然，告诉我这是一个"误会"。在这之前李桦先生也曾写信给博物馆说明"这是一场误会"。我了解李桦先生的为人，相信他说的是实话。其实，与其说是"误会"，倒不如说是那个年代铸就的错误。尔后，李桦先生就再没有过问过此书，也从未要求索回这个稿本。自始至终，二位先生都没有从这件事上获得过任何应有的报酬，即使是1963年出版的这本选集，也仅仅在后记的末尾提了一句对李桦先生的感谢，对力群先生只字未提，他们成了真正的"幕后英雄"。

虽然二位先生的稿本最终未能得到出版，但和李桦、力群以及刘平度女士一起工作的时日，却令我珍惜和难忘。在这段时间里，我学到了许多知识，特别是了解了中国新兴木刻运动和鲁迅对新兴木刻的卓越贡献。更重要的是，他们那种对鲁迅的真挚情感，深深地打动着我，感染着我。这种情感以至于影响了我以后的工作和人生道路的选择。因而，我不只钦佩他们，更由衷地珍惜这段难得的时光，从而默默地深藏着它。几十年来无论生活怎样变动，我都舍不得丢掉这个稿本。因为它是一段历史的记忆。

这个稿本虽完成于1961年，但其创作思想、创作理念，特别是在后记中所反映出的作者极其鲜明的历史唯物主义思想，在今天读来仍具有深刻的现实意义，令人肃然起敬。下面将李桦先生、力

**群先生写的未发表的后记全文录出：**

　　这本选集，只限于选入鲁迅先生生前珍藏的作品，所以还不能说已概括了中国初期木刻运动的全貌。但是，我们力图选入具有代表性的作者和作品。通过这些作品不仅可以反映鲁迅先生提倡木刻的热心，和中国新兴木刻成长的过程，而且可以反映当时中国人民的政治斗争和生活面貌。这是中国革命艺术的历史资料的一部分，我们必须用正确的历史观点来对待它。比如说某些作品，在今天看来在技术上还未脱离幼稚阶段，艺术思想也非尽正确，但在当时是曾起过一定积极作用的，我们也选用了。至于附录的鲁迅先生对木刻运动和木刻作品的意见，更应用历史观点来理解。比如说，在国民党反动统治下，白色恐怖最严重的上海环境内，鲁迅先生对木刻运动的某些指导意见，显然是带有策略性的。当人民已经翻了身，社会制度已经变革了，中国木刻已经成长了的今天，就不能曲解鲁迅先生的意见，也不应生硬地搬用鲁迅先生的意见。现在我们之所以仍将鲁迅先生当时的意见介绍出来，是想使今天的读者更明了当时的客观形势、木刻运动的实质和鲁迅先生爱护木刻运动与木刻家的殷情。

　　四分之一世纪已经过去了，世事的变迁确实很大。有些作者已物故，有些情况不明，有些作品的画题、创作年代和出处都不易查考了。编者已尽了应有的努力，对入选的作品一一加以考证，但仍难免有错误的地方，希望读者指正。

编者<br/>一九六×

李桦和力群是鲁迅倡导和培育的新兴木刻运动的第一代传人，他们不只在20世纪30年代，在新中国成立及我国社会主义建设时期，以至近年，仍引领着中国版画事业的发展。他们以自己的实践活动为我国的美术事业做出了不朽的贡献。如今，李桦先生已离我们远去了，力群先生也已是年近百岁的老者。这个稿本记录了他们的业绩，留下了他们的墨宝，更显现了老一辈美术工作者无比崇高的工作精神。它不但是二老的知识产权和心血的汇聚，更是一个有文物价值的珍贵版本，值得我们这些后辈学习、研究和珍藏。

（2010年9月）

# 鲁迅博物馆六十年

1956年10月鲁迅博物馆在北京建成，今年正好是她60岁生日。作为鲁迅博物馆的老职工，我十分怀念在鲁迅博物馆工作的日日夜夜。1956年我从部队转业来到正在筹建的北京鲁迅博物馆，从一个普通的讲解员、文物保管员到文物组组长，一干就是37年。我为当年能够身处这些岗位而感到无比的光荣和自豪。至今我已退休23年。我有责任把我所知道的鲁迅博物馆的过去，向我后来的伙伴们讲述一番。

博物馆的建立

1945年郭沫若从苏联参观回来后，于10月19日在重庆《新华日报》上发表《我建议》一文。文章一开头就明确提出："我建议应该设立鲁迅博物馆。"文中除了谈到一些建立博物馆的措施外，更强调建立鲁迅博物馆的意义，那就是："为使鲁迅的纪念由书斋走到社会，为使鲁迅精神深入人民大众的生活。"郭老的文章发表后，影响很大。当日就有胡乔木、何其芳、戈宝权、司徒慧敏、周而复、聂绀弩、胡绳、骆宾基、侯外庐、刘白羽等十余位知名人士联名写信给在上海的鲁迅纪念委员会，表示赞同郭老的"建议"，并希望鲁迅纪念委员会促成此事。但在当时,这种愿望是不可能实现的。

1949年1月北平解放了。军管会文物部王冶秋等领导同志立即派人查看宫门口西三条的鲁迅故居。解放后的第一个鲁迅纪念日——1949年10月19日,鲁迅故居经过修整,并请许广平按鲁迅居住时的原样布置,就开始接待观众了。当日《人民日报》第一版做了报道:"今日鲁迅忌辰","先生故居定今日开放"。全国解放后,百废待兴,但筹建鲁迅博物馆的工作从1953年就着手进行了。首先是确定馆址,当时由中央文化部报请国务院并列入北京市城市规划。1953年北京市都市计划委员会发函(都地字1741号)称:"复准该局在西四区宫门口西三条'鲁迅故居'附近收购民房十三所。"之后即开始迁移居民,准备扩建了。1955年1月6日,北京市人民政府建筑事务管理局又有正式批件:"同意在西四区宫门口原有基地内建鲁迅纪念馆。"从这些文件中可知,一开始筹建鲁迅博物馆时,它的馆址就确定在宫门口西三条鲁迅故居旁。把鲁迅博物馆建在鲁迅故居旁,这个原则是十分正确的。这样可以把人物的生活环境和博物馆的展览紧密地结合在一起,增加博物馆的实物展览效果。况且北京鲁迅故居作为鲁迅在北京有代表性的居所,是有特别意义的:首先,这座故居是鲁迅亲自设计改建的;再者,这座故居之所以能够完整地保存下来,是当年我们地下党的同志千方百计采取各种办法才得以实现的。

1955年正式筹建鲁迅博物馆。关于博物馆的设计工作,中央组织了建筑部门的专家进行精心设计,先后做了13个方案,其中有豪华型的大屋顶,有亭台楼阁式的园林建筑,也有花园式的高层建筑等。各种设计均制成模型。设计虽然十分精美,但经过讨论,以上这些方案大部分被否决了。在鲁迅博物馆的建筑原则上,中央文化部和文物局特别是王冶秋同志始终坚持两条：馆的建筑要适合鲁迅这个人物的特点，首先要符合鲁迅精神，鲁迅一生艰苦朴素，所以博物馆的建筑不能搞成豪华型；再者，鲁迅故居是低矮的北京四合院民居，博物馆建筑的高度必须与它相适应。为了审定博物馆的设计方案，除设计部门的专家进行讨论外，中央还组织了有关领导和鲁迅专家等参加的专题讨论。周扬、郭沫若、沈雁冰、夏衍、冯雪峰、王冶秋、林默涵、许广平等出席了方案的讨论会。现保存在文化部档案室的1955年11月28日中华人民共和国文化部致北京设计院函，记录了当年关于鲁迅博物馆建筑设计问题讨论的经过及决议："关于鲁迅纪念馆的设计问题，在11月20日中央宣传部周扬部长、中国科学院郭沫若院长、文化部沈雁冰部长召开的研究明年纪念鲁迅先生逝世廿周年会议上，对你院设计的第四方案及第十三方案，提出讨论。一致同意第十三方案。21日又邀请我部前苏联首席顾问及社会文化事业管理局苏联专家同到鲁迅故居实地观察，并将你院两方案请他们提意见，他们也同意十三方案。因此我部不再召集讨论会。为了配合1956年10月19日鲁迅先生逝世20周年的纪念活动，建馆任务需在1956年6月底以前完成，即请你院根据十三方案原则进行为荷。"

鲁迅博物馆的建筑工程由北京市第五建筑公司承担。1955年12月开始挖槽奠基。1956年6月准时完工。当时，文物局王冶秋局长考虑到此馆建在首都，而鲁迅的大量藏品均存在这里，因而定名为"鲁迅博物馆"。竣工后的鲁迅博物馆，是一座淡绿色的平顶建筑。建筑的屋隅均有橄榄枝的浮雕，门窗上亦镶有木雕橄榄枝花环，给人以庄严、典雅、朴素大方的感觉。整个展厅建筑面积为1000平方米，展览面积为800平方米。这是新中国成立后建成的第一座个人博物馆，在社会上反映很好。几十年后，1994年博物馆展厅的改建仍遵循当年确定的原则，建成的新展厅外观为四合院式，青砖灰瓦，是一座民族风格浓郁的建筑。

## 博物馆藏品的由来

为了使鲁迅精神能够传承下去，我们的先辈们历尽千难万险，为我们保护了这份珍贵的文化遗产。鲁迅博物馆有鲁迅文物11200余件，其中一级文物700多件，鲁迅生前大量的藏书、手稿、藏画都完好地保存在这里。今天当我们面对鲁迅的文稿、墨迹及鲁迅的遗物时，请不要忘记先辈们为我们付出的一切。

首先是许广平先生。她在鲁迅逝世以后，在鲁迅好友的支持下，首先想到的就是竭尽全力保护鲁迅的遗物。这是极有远见卓识的。当年许广平先生带着年幼的海婴，历尽艰辛保护着鲁迅一件件的遗物，特别是在日本帝国主义的铁蹄下，保护鲁迅遗物的艰难是可想而知的，许先生甚至为此受过日本人的酷刑。许先生先是把鲁迅手稿藏在柜子里，但不放心，又把它藏在小灶间的煤堆里，仍觉不妥。在海婴生病，生活拮据的情况下，她仍然租了英商麦加利银行的大保险箱存放鲁迅手稿。这些在极端困难的情况下保存下来的鲁迅文物，新中国成立后许广平先生都无偿地捐献给了国家，没有提任何要求，没有举行任何仪式。在博物馆成立以后，许先生除了将大批鲁迅的文物交给博物馆外，有时临时又找到一两件，就打电话来说："找到一件鲁迅手稿，你们来取吧！"文物的捐赠就是这样简单，体现了许先生的真诚与无私。许先生在她的《鲁迅回忆录》中曾写道，她特别感谢一位女工，是这位女工阻止了日本宪兵队的搜查，从而保住了鲁迅的藏书。这13000余册鲁迅的藏书，新中国成立后她也将其全部捐赠给国家。许先生是一片赤诚，无怨无悔，倾其所有、全部地捐献。

那么还有 1000 余封鲁迅致友人的书信又是怎样得来的呢？1937 年 1 月与 4 月，许广平在《中流》杂志上分别发表了《许广平为征集鲁迅先生书信启事》和《许广平为征集鲁迅先生书信紧急启事》。许先生的行动得到各方面的支持，很快就有 70 多位收信者从四面八方寄来鲁迅书信 800 多封。这些人是鲁迅精神的受益者，为了保存，更为了传承，他们将这些珍爱的鲁迅书信无私地献出来，值得我们由衷地感激。我们的先辈为了保护鲁迅的书信，不遗余力，千方百计甚至不怕牺牲的精神，使人备受感动，他们的故事应当代代相传。

在这里我们要特别提到曹靖华先生。他为了将鲁迅的书信从苏联带回中国，想出了"二仙传道"的办法。曹老保存的鲁迅书信总共有 85 封半之多。1965 年因为战备，他将其中的 71 封半 99 页交给鲁迅博物馆。为了纪念，他自己还留有 9 封，并嘱咐女儿待他过世后捐赠给博物馆。老人的执着让人由衷地敬佩。

我们在征集鲁迅手稿的过程中，还遇到很多感人的故事。如章廷谦先生，他是鲁迅的学生和挚友，对鲁迅的书信也是珍爱备至，将鲁迅 60 封书信全部装裱成册页，上下均用楠木板衬托，非常精美。当他得知我们在征集鲁迅手稿时，就主动与许广平联系，表示要将全部手稿交给博物馆。得到许先生的通知后，我就和许羡苏先生乘坐公交车，提着一个小箱子到他家。他热情接待了我们，很快把鲁迅书信取出，点交给我们，没有任何仪式，更没有提出任何要求，真诚地奉献了他的珍爱。

在国际友人中感人的事迹也很多。1977 年在中捷关系有些紧张的时候，捷克斯洛伐克汉学家普实克得知我们在征集鲁迅手稿时，这位 70 多岁的老者利用一个傍晚，一瘸一拐、步履艰难地来到中国驻捷克斯洛伐克大使馆，亲自将鲁迅写的《呐喊》捷克译本序言和鲁迅给他写的两封信，交给大使馆的负责人，请大使馆的负责人转交给鲁迅博物馆。这表达了他对中国人民的真挚感情。日本友人长尾景和在许广平1956年访日时，亲自找到许广平下榻处，将他珍藏的鲁迅于1931年避难时给他写的两幅条幅交给许广平，并说，这些字我几十年放在身边，无论遇到什么困难都没有离开过，像鼓励我工作的老师一样。现在请你带回中国，送给纪念馆。多么感人的事迹呀！这样感人的事迹实在太多了，就不一一列举了。

## 博物馆的文物保护

为了保护好这份珍贵的文化遗产，60年来各级领导煞费苦心。20世纪50年代鲁迅博物馆的建馆是白手起家，对于如何保管好这些文物是没有经验的。为了确保鲁迅手稿的安全，王冶秋局长多次亲自督促和检查库房的筹建工作，要求用保险柜来保管鲁迅手稿，最后选中了两个德国造的经过整新后的保险柜。为了能妥善地保护好手稿，又向北京图书馆取经，用楠木与樟木制作手稿盒。到哪里去找这些名贵的木材呢？后来是经国家文物局特批，从故宫博物院调来一批尚好的楠木和樟木（由于调来的楠木数量较多，陈列室用的镜框也全部是用楠木制作的），请琉璃厂专做细木工的师傅，根据手稿种类、特点、体积的大小，还依据保险柜内的格局，制作了一批手稿盒。手稿盒的外壳是楠木的，抽屉是樟木的，由于设计得精细，这些手稿一盒一盒放入保险柜里整齐而美观。楠木与樟木结合制作的盒子，既防虫又防潮，至今仍在使用。

要保护好文物，非常重要的是要建造一个合格的文物库房。鲁迅博物馆为保管好鲁迅的文物，曾四次建文物库房。

建馆初期由于没有经验,建文物库房时只考虑到防盗,因而建了一座100平方米平顶的库房,除了门窗用钢筋外,没有其他要求。由于房顶封闭不严,每逢雨季,室外下雨,室内漏,修不胜修。湿度过大,致使一个特大的保险柜因受潮而受损。

1970年文物局同意重建库房,但因缺乏调查研究,也缺乏实际的资料,主观地要求从战备出发,提出:"不只要达到一般库房的五防(防火、防盗、防尘、防潮、防虫),还要求防原子弹。"因而这个库房是采取了用钢筋水泥加厚建造的,属全地下密闭式库房。库房上边盖了三间办公用房,在屋内开一地下通道进入库房,既密闭又安全,库房与人防工事还有密闭口相连,可以说是考虑得相当周到了。但建成后试用,却让人大失所望。这地下库房因为密封条件不过关,库内墙角向里渗水,根本不能放置藏品——据了解,当时北京一般的建筑单位还缺乏建全地下文物库房的经验,只得废弃。不得已,只能将库房上面原准备做办公室的三间房子用作库房。由于墙薄,又西晒,夏日温度高达34度、35度,不利于纸张保护,国家文物局又特批了一台大空调机,但因墙体过薄,不能保温,无法使用而闲置。

1976年,国家文物局又决定重建一个半地下的文物库房。虽然也提出"五防"的要求,但仍然由于密封性不好,夏季相对湿度均在85%左右,只能采取人工除湿的办法,如设置抽湿器和用吸潮的药物。保险柜内放硅胶,屋内放石灰类干燥剂,还要经常更新。即便如此,仍不能解决问题。1983年一场大雨,从北边墙基向库内渗水,给文物带来极大的威胁,引起鲁迅的亲友及鲁迅研究界极大的焦虑。有的同志还通过内参向上级反映情况。

1993年,上级批准新建展厅和再建文物库房,这是博物馆第四次再建文物库房。于1994年9月竣工,2001年正式启用。这是一座有900多平方米的半地下库房,做到了恒温恒湿,并拥有各种先进设备。鲁迅的文物安放在这里,人们是可以放心了。

## 博物馆的陈列

博物馆的建筑完成以后,博物馆的陈列在各方面的支援下,很快就上马了。当时革命博物馆(今国家博物馆)、故宫博物院、北京图书馆(今国家图书馆)、中央美术学院、上海鲁迅纪念馆等单位从人力物力上给予了大力支持。1956年是鲁迅逝世20周年,我馆正式开馆,鲁迅生平展首次展出,受到国内外极大的关注和好评。最初的陈列提纲是由上海鲁迅纪念馆原馆长谢澹如先生起草的,后又由王士菁先生加工完成。

在建馆初期的基本陈列的基础上,博物馆陈列至今经历了七次大修。"文革"期间,上级领导三番五次批评鲁迅博物馆的陈列"政治色彩不鲜明",认为博物馆宣传鲁迅对中国古籍的研究,对儿童教育、民间艺术及文字改革的提倡等,都是脱离政治的,应当删除,对"不合时宜的人物"也要求从陈列中删除。为了执行上级的指示,博物馆陈列只得将这些内容撤掉。对于有些所谓"不合时宜的人物"单个人的照片可以撤掉,但必须陈列的文件上面出现的"不合时宜"的人物就不好处理了。如鲁迅逝世时的《讣告》上有胡风和周作人二人的名字,博物馆只得将这件《讣告》重排、再印,将二人名字去掉。这样的做法,曾引起上海鲁迅纪念馆的疑虑,他们致函说:"你们这个鲁迅《讣告》是哪个报纸上发表的?我们怎么找不到?"再如《中国工农红军北上抗日宣言》的文件上署名有毛泽东等人,同时还有项英。因为项英是犯有路线错误的人,按当时的规定在陈列上是不能出现的。这件事让陈列的负责人犯难了。后来他们想了一个办法，将这个文件做成被虫咬蚀的效果，将项英的名字去掉了。鲁迅追悼会上蔡元培讲话的照片上面有萧军，不得已只好把他的人像涂黑了。再如，在为鲁迅抬棺的照片上，16人中出现了胡风，因为胡风是秃顶，特别显眼，采取涂黑的办法不行了，就开了介绍信到新闻纪录电影制片厂，从当时的纪录影片中找到一张抬棺的照片。那张照片里胡风的头刚好出现在下边，就给用上了。就这样采取种种"措施"后，陈列仍然通不过，从1971年一直到1974年反反复复多次修改，才勉强得到同意开馆。改革开放以后的20世纪80年代，博物馆经过再次修改陈列，才把颠倒的历史颠倒过来，向人们展示一个真实的鲁迅。

## 博物馆的成就

博物馆建成以后，我们经历的最辉煌的时期是李何林先生领导博物馆的时期。李何林是鲁迅博物馆建馆以来首任馆长。在1975年周海婴上书毛泽东主席，并得到主席的重要批示的新形势下，李何林先生为博物馆开创新天地，做出了一番大事业。他调集了全国鲁迅研究界的精英，成立了鲁迅研究室，为研究室聘任了九位负有盛名的鲁迅研究界的前辈为顾问，他们是常惠、曹靖华、杨霁云、孙用、林辰、唐弢、戈宝权、李霁野、周海婴。在他的领导下，鲁迅博物馆编辑出版了一部观点正确、内容丰富、资料翔实的四卷本《鲁迅年谱》，该书至今仍被人们视为经典。他还创办了《鲁迅研究资料》《鲁迅研究动态》等刊物。其中，《鲁迅研究动态》就是今日的《鲁迅研究月刊》，此刊物向国内外发行，颇有影响，至今已出到405期了。李何林先生在1979年五届全国人大二次会议上提出编写《鲁迅大辞典》的提案，得到中国社会科学院的回应与支持。

80多岁的李先生为此而奔波，组织全国各大学的学术骨干，成立"鲁迅大辞典编辑委员会"并先后在杭州、成都、厦门召开出版会议。此书最终于2009年由人民文学出版社出版。在先生的指导下，博物馆与文物出版社历时十年共同编辑出版了《鲁迅手稿全集》，这也是一部经典之作。在先生主持鲁迅博物馆工作期间，真是硕果累累：对《鲁迅全集》进行微机检索，这是鲁迅研究领域开创性的成果；北京鲁迅博物馆与上海鲁迅纪念馆共同编辑出版了《鲁迅辑校古籍手稿》、《鲁迅辑校石刻手稿》、《鲁迅重订〈寰宇贞石图〉》、《鲁迅藏汉画像》（一）、《鲁迅藏汉画像》（二）；组织开展了多种多样的全国性或国际性的学术研讨会；出访瑞典进行国际交流活动；在鲁迅博物馆李先生还带了五个进修生。博物馆在李何林先生的领导下，开创了学术研究的先河，树立了学术研究的新风尚，并流传至今。

另一个使我感到宽松愉快的时期就是孙郁先生领导的时期，这时我虽已退休十余年了，但仍经常被邀请参加馆里的业务活动。本人还和几位同志一起编写了《鲁迅博物馆五十年》。孙郁先生是第五任鲁迅博物馆馆长，他除继承了李何林先生开展学术研究的治馆方针外，更有他自己的特点，那就是"走出去请进来"。他开展了鲁迅博物馆与多国的学术交流，如匈牙利、韩国、日本、新加坡等；组织编辑了"鲁迅读书生活"的展览，除在以上几国展出外，并深入各大专院校，还到福建、黑龙江、河北、西藏等省区和香港、澳门特区展出和开展活动；组织了"在鲁迅身边听讲座"的活动，初步统计有近30场，其讲题包括文学、艺术、历史、老北京文化与建筑等，深受群众欢迎。这对培养人才，促进学术交流，增长群众的知识是极为有益的。讲演者均为知名的作家、学者，如莫言、刘心武、陈丹青、罗哲文、舒乙、朱正等。这是鲁迅博物馆此前从未有过的开创性的活动,效果很好,为人们所称赞,本人十分钦佩。

现今的鲁迅博物馆,正在继承着前辈们的业绩努力再创新的辉煌。我衷心地祝愿他们,在事业上取得更大的成绩,把博物馆建设得更好!

(2016年)

# 我所知道的鲁迅博物馆代管周作人被抄物品的真相

2012年嘉德拍卖公司春拍,以高价拍出唐弢珍藏的周作人手稿《日本近三十年小说之发达》,由此引发一件周家后人与嘉德的诉讼案,多家媒体予以报道,引起人们的关注。2014年12月15日《北京晚报·五色土》刊发了记者就此案撰写的长篇报道,文中援引周作人长孙周吉宜的说明,其中写道,"'文革'结束后,国家将一些被抄物品分批返还给周家,鲁迅博物馆返还了我们上万封书信,我们也到各单位认领了一些,但是找回的还是少数",等等。因涉及鲁迅博物馆,本人作为知情人、经手人之一,有必要说明这批周作人被抄物品是怎样进入鲁迅博物馆的,鲁迅博物馆为了保护这批物品做了哪些工作,又是在怎样的情况下,将这批物品全部归还周家的。

那是"文革"爆发不久的1969年2月12日下午,北京航空学院附中(以下简称"北航附中")红卫兵来电告知,他们那里有一批从周作人家抄的物品,问鲁迅博物馆是否愿意收留。由于"文革"已经开始,鲁迅博物馆已实行"军保"。我们当即将此事请示军代表,并得到军代表的同意。开了介绍信,又向北京市文化局(鲁迅博物馆当时的上级单位)借了一辆130卡车,我与馆里的两三位同事于当日下午5时许坐车到北航附中。这里的红卫兵带着我们穿过几道院落,来到一个小屋前,开锁后,请我们进去。展现在眼前的,是满屋堆着的杂乱的陈旧纸张、书籍、册页、条幅等,被厚厚的尘土覆盖着。旁边还有几个破烂的空木箱和柳条箱。一片凄凉的景象,令人心痛。由于天色已晚,我们几位同志商量了一下,无法对其清理。在征得北航附中红卫兵负责人的同意后,我们扒开这厚厚的尘土,将这些物品全部装入屋内已有的木箱和柳条箱中,一个纸片都不舍得留下,装了有六七箱,将其带回鲁迅博物馆。记得在装箱的过程中,扬起满屋灰尘,呛得我们几乎透不过气来,但同志们没有一句怨言,因为我们知道它们的价值。

这批物品运到鲁迅博物馆后,鲁迅博物馆曾辟了一间小屋专门存放,由馆里文物部门设专人保管。1975年10月,周海婴上书毛泽东主席。自1976年元旦起,鲁迅博物馆划归国务院国家文物事业管理局直接领导,请李何林任馆长兼鲁迅研究室主任。这期间鲁迅博物馆经历了拆迁、重新建馆、陈列修改、库房重建等事宜,这批转来的被抄物品,又被转入新建库房的单间存放。虽几经搬迁,但鲁迅博物馆的同志以负责任的工作精神,保护着这批物品,无一件丢失。

李何林馆长到任后,非常重视这批周作人被抄物品的整理和保管,曾组织研究室手稿组与保管部门的同志共同整理。从中发现鲁迅亲笔书信17封共22页,周作人日记20册,还专门请做锦匣的师傅做了囊匣加以保护。从中还找到五四时期一批重要人物的书信,如陈独秀、胡适、钱玄同、刘半农、沈雁冰、陈望道、郁达夫、蒋光慈、徐志摩、蔡元培、林语堂等人的亲笔书信200余封。这"上万封书信"确是一批极为宝贵的历史资料,从中必然还会发现更多珍贵的文物。遗憾的是,由于鲁迅博物馆需要开展的业务繁多,工作十分忙碌,人手有限,未能投入更多的人力和时间来整理，数年来仅整理了其中的十分之一二。

20世纪80年代，中共中央全面落实"文革"后的各项政策，周作人之子周丰一写信给时任文化部部长王蒙，要求有关单位归还被抄的周作人物品。王蒙部长当即做了批示。鲁迅博物馆遵照王蒙部长的指示，于1988年3月31日派三位同志首先将周作人日记20册，以及陈独秀等人的重要信件送还周家。为此，周丰一于4月20日致信鲁迅博物馆文物资料室主任云："前于百忙之中来访，携下发还日记等件，对鲁迅博物馆决心照政策行事，表示钦佩。"并对存藏于鲁迅博物馆的其他物品提出要求。对此，鲁迅博物馆也曾请示国家文物局关于抄家物品中鲁迅亲笔书信的处理意见。6月28日，国家文物局特发088文物字569号文件，明确批示，凡鲁迅博物馆代为存藏的周作人抄家物品，包括鲁迅书信在内，一律返还周家。根据文件规定，鲁迅博物馆即于当年7月19日将鲁迅亲笔书信17封22页奉还周家；而后又将被抄的"上万封书信"全部交还。这批物品是由周丰一夫人张菼芳女士亲自来馆取走的。至此，北航附中红卫兵组织转来的周作人被抄物品全部归还原主，无一遗漏。

使人不解的是，本人与周丰一夫妇原本是非常要好的朋友，不但经常有书信往来，我也常去探望，有事还互相帮助。可是当鲁迅博物馆将周作人被抄物品全部归还周家后，我们之间的关系发生了明显的变化。他们从此不再与我联系，以至到了老死不相往来的地步。记得在周家取走鲁迅博物馆交还的最后一批物品时，丰一夫人张菼芳女士还反复问我，是否还有东西未还。她对我们持有怀疑的态度，使我感到很失望，甚至感到很委屈。当时我只好当着她的面，把屋中所有装有周家物品的柜子、抽屉一一打开，请她过目——里边空空荡荡，片纸皆无。她也无话可说，就离开了，可能心里的疑团并未散去。有这种心情，应当说也是可以理解的。如今，二老均已仙逝，这也许是一场无法消除的误会吧！

实际上，作为国家的博物馆，它的每件藏品都必须署明来源，必须做到来龙去脉一清二楚，并要建立详细的档案以备查。我们绝不会将违反国家政策的物品作为馆藏文物而入藏。

这是要请周家放心的！

（发表于2014年4月26日《中国文物报》）

# 鲁迅故居南屋的八个书箱及两块石头

鲁迅故居的南屋是会客室，里面陈列着鲁迅的25个书箱，而其中有八个是鲁迅在这里居住时的陈设。这些书箱并不起眼，只是本色木的方箱子，有盖，箱子的上端有锁头。八个书箱被排成两行，陈列在故居南屋的北墙边。每个书箱均有鲁迅亲手写的编号，从"中一""中二"至"中八"（"中"指装中文书的书箱）。当您走进故居南屋，首先映入眼帘的就是这两行书箱。这八个书箱是鲁迅从绍兴带到北京来的。许羡苏先生的回忆文章中曾写道："解放后有一次周建人先生来参观故居，当他走到南屋的时候，顺便告诉我存在那里的八只书箱是1919年鲁迅先生从绍兴搬出来的。鲁迅先生的农民朋友除闰土之外，还有一个农民兼木匠叫作'和尚'的，也就是当他还穿红棉袄时给他做过大关刀的那位老木匠。鲁迅先生每次返乡都要和这位木匠商量设计家具。那八只书箱也是'和尚'师傅给他做的。搬家那一次，'和尚'师傅以竹子劈成篾条，仿络酒坛的方法，把书箱编在络内运到北京来。"由于木匠师傅的精心设计，再加上得力的措施，书箱和书籍得以完好地运到北京，安然放置于鲁迅的新家——北京八道湾居所。因此，鲁迅更加珍爱这些书箱。它们的特点是体积小，搬运方便，把它们层叠并列起来，颇似一个组合书柜，平时放书，分类排架，查找方便，因而深得鲁迅的喜爱。鲁迅在上海居住时，为装点上海溧阳路藏书室，又按这个书箱的样子订制了12个（见鲁迅1930年5月17日日记）。1923年7月兄弟失和后，鲁迅从八道湾搬出来，当时没能带出多少东西，而他心爱的书籍和这木匠师傅所做的八个书箱却设法拿了出来。

在鲁迅生前，这八个书箱有它一定的摆法，即摆成二层四排，上面还放着一张大照片，注明："国立女子师范大学欢迎易寅村校长大会，民国十五年一月十三日"。这是北京女子师范大学驱逐校长杨荫榆斗争胜利后师生的合影。在建馆初期，故居南屋这八个书箱就是这样摆放的。这是许广平、许羡苏等先生照鲁迅居住时的原样恢复的。但由于故居的翻修，室内陈设的搬动，书箱的摆法就各异了。有时摆成二层三排，六个书箱，上面放上那张大照片；有时则摆成三层八个书箱，上层缺一角，就在上面放上一个小书箱。由于高度增加，照片就无法摆放了。二十几年来这张大照片只得在库

鲁迅的书箱

文 物 递 藏

鲁迅故居南屋三角架上的石头

房里"沉睡了"。

由此而想起来,在鲁迅故居南屋的东头,有一个三角形摆物架,上面原来第一层摆放一块汉代的"君子"砖,第二层摆放一尊"翟煞鬼墓记石"。而今在这三角形的摆物架上,只摆放了装在一个小花盆里的几块石头。没有说明,使人不解,其实这里边还是有一段故事的。据许羡苏先生告诉我,那是鲁迅去西安讲学归来时在河滩上拣的石头。

1924年西北大学与陕西省教育厅举办暑期学校,鲁迅应邀前往讲学。于7月21日至29日在该校讲授中国小说的历史变迁。那时路途艰难,交通不便,鲁迅于7月7日从北京出发,先是乘汽车,然后又乘船,其间遇大风,7月14日才到西安。讲学完成后,鲁迅于8月4日启程回京,先是乘骡车上船,五天后的8月9日才抵河南灵宝东北距黄河约里许的函谷关。当日的鲁迅日记有:"九日,晴,逆风,午抵函谷关,略泊,与伏园登眺,归途在水滩拾石子二枚作纪念。"特意去函谷关眺望,这或许与老子西出函谷关的故事有关吧!原来这几块并不引人注意的石头,不只承载着鲁迅西安之行的回忆与纪念,更是他以后创作灵感的所在吧!

# 小小水盂记述着一段往事

在鲁迅"老虎尾巴"的书桌上，有一个用来装水研墨的小水盂：白瓷的质地，小巧的造型，展现在人们眼前的是一个美丽的少女。她穿着洁白的短衣短裤，手扶着一个竹编的大篮子，浓密的头发几乎遮住了她的小脸。她的眼睛注视着远方，嘴角闪出一丝微笑，迷人的姿态，使人由衷地喜爱。

这样一个有些西洋风格的艺术品，与鲁迅书桌上摆放的其他物件，如"大同十一年"的砖砚以及陶猪、笔筒、喝水的盖碗等，是极不协调的。它为什么会出现在鲁迅的案头呢？

我的老师许羡苏先生给我解开了这个谜团。一次，她向业务人员介绍鲁迅故居的文物，在讲到这个小水盂时，她出乎意料地对我们说："这个水盂不要摆了，是我送给鲁迅的。"听到先生这话，我感到新奇，当时因为时间匆忙，不便打断她，也没有来得及多问。我知道这是先生的谦虚，博物馆陈列的物品，是依据历史情况而陈设的，怎可以随便撤掉呢。

直到1976年许羡苏先生离开了博物馆，我才又想起这个问题。5月22日写信给先生，请她把水盂的经历再详细地介绍一下。很快5月26日先生就回信了，在信中写道："那个小水盂的经历是这样的。1926年'三一八'惨案后，鲁迅被通缉，他不得不去避难，常常得往医院去住。在医院他照常校文稿、写文章。我时常把文稿、衣服等东西送来送去。他的'老虎尾巴'桌上原来他自己的那个水盂，我也把它送到医院去了，但（他）又时常回家看母亲，也写文章，我就把我的那个水盂给了他。至于我的那个水盂，是从头发胡同小市地摊上买的。因为它全身雪白，远看很像我在绍女师做石膏手工时，刚从洋菜（按：可能是一种原料）中取出来的产品，一时就触动了我的思乡之情，就把它买下了。当时市面上日货处处都是，水盂可能是日货，毫没有一点把它当成礼物的意思，不料它竟成了千古文物了。"

先生所说的"三一八"惨案后被通缉的鲁迅所住的医院，是指西单原旧刑部街的山本医院、东交民巷的德国医院和法国医院。这

鲁迅"老虎尾巴"书桌上的水盂

些医院一所在西城，另两所则在东城，距离西三条鲁迅故居均有很长的一段路。鲁迅1926年3月29日入住山本医院，4月8日返家；4月15日入住德国医院，4月23日返家；后又入住法国医院，5月初才返家。前后约有一个月的时间。许羡苏先生就这样经常地，有时甚至是每天往返于西城与东城、医院与西三条鲁迅的居所之间，为鲁迅送书、送报、送衣服以至于食物。出于对鲁迅的崇敬，她不辞劳苦，无怨无悔，默默地做着这一切，在鲁迅遇到困难时给予无私的帮助。这是值得我们敬佩和永远铭记的。

# 复制鲁迅文物的故事

1956年鲁迅博物馆建馆后，举行了首次鲁迅生平事迹展。当时所有展出的实物均是原件，无论是鲁迅的手稿、条幅、印章、文件，还是日常生活用品等，均用的是原物。但博物馆的基本陈列，要长时间展出，采用实物不只是文物要受损，同时也是不安全的，所以要逐渐将文物原件换成复制品。为了保证复制品的质量，文物局当时还特地从南京太平天国纪念馆借调来专搞文物复制的陈新民师傅。据说此人在旧社会是做假古董生意的，对复制文物有特殊技能，所以他复制的手稿、书画以及各种器物几乎可以乱真。鲁迅的许多文稿和鲁迅设计的书刊封面、鲁迅四弟的画像以及章太炎写的条幅、老鼠娶亲的版画、陈师曾的绘画等都是他复制的，效果极佳。

为了具体地表现鲁迅在北京时期的生活，鲁迅博物馆还陈列有鲁迅常穿的竹布大褂、马褂和蓝色毛围巾等。竹布大褂、马褂等可以自备原料找特设的裁衣店做，毛围巾就比较麻烦了，除了要找到相同的毛线，还要编织成和原来一样的花型。使我们异常惊喜的是，当时和我们一起工作的许羡苏先生说，鲁迅先生的毛围巾当年就是她替鲁迅编织的。在鲁迅1927年12月2日日记中确实记有："收淑卿所寄围巾一条，十月二十八日付邮。"为什么许羡苏先生要为鲁迅编织毛围巾呢？我们好奇地问先生。许先生说："1925年的冬天，鲁迅先生外出不慎把毛围巾和毛手套都丢掉了，家中无人会做。太师母焦急地告诉我，过去在八道湾，大先生的毛衣是三太太做的，现在三太太不来，大太太不会织毛线，怎么办呢？这事真使太师母犯难了。我就和俞芬商量，想办法解决。俞芬说，她可以织手套，让我来织围巾。就这样我就为鲁迅织了一条毛围巾。"[1]当时许先生就自告奋勇地表示愿意为博物馆再织一条毛围巾。

那时正值生活困难时期，许多商品都要凭票购买，毛线也如此，我们只得打报告，请上级特批。记得是到百货大楼配到了相同颜色的毛线。当时是夏天，许先生冒着酷暑，大约用了一个星期的时间就织成了。先生全凭记忆，无论是围巾的花型还是长短、宽度等均按原来的做法。织成的围巾除了"生产时间"与鲁迅用过的围巾有所不同外，可以说与原件没有差别，论它的价值却是超越了所谓的"复制品"，意义更是非凡的。由于机会实在太难得了，我们又请她织了一条，以备将来之用。许羡苏先生亲手编织的毛围巾至今仍陈列在鲁迅博物馆，人们看到它有如见到生活中的鲁迅，产生诸多的遐想。

为了复制鲁迅故居"老虎尾巴"中两个茶几上的桌布，许羡苏先生又给我们讲了一段当年的故事。她说，那是1925年的暑假，她住在西三条鲁迅先生家里。一天，她在南屋描花，要给太师母做一个出门逛庙会时提的袋子，并准备在上面绣一朵花，还考虑给太师母的帐眉上都绣上花。当时太师母因为在学着打毛衣，有些问题要和她商量，就叫她搬到故居北房去画。不久，鲁迅先生下班回来了，先生翻看了她的花样说，"描花和作画不同，描花要线的粗细

---

[1] 余锦廉：《我谈"鲁迅与许羡苏"》，《鲁迅研究月刊》1994年第6期。

陈列厅鲁迅的大褂、鞋子与围巾

一样",然后就让许羡苏先生到他的"老虎尾巴"工作室,指着那两个茶几说,也给这个做个毯子吧。于是,许羡苏先生找来两块四方形的漂白布,将它的四边抽了丝,中间绣上简单的红色图案,放在两个茶几上非常合适,与整个屋子的装饰也很和谐。1950年许羡苏先生回北京,第一次参观鲁迅故居时,发现那两件几毯依然铺在那里,真是"人去物在",而且依然白底红花,毫不变色。[1]

听罢许先生娓娓动听的故事,我们不只感动,更感到无比幸运。因为我们可以请先生再为博物馆制作两件与鲁迅当年用过的一

---

[1] 余锦廉:《许羡苏在北京十年》,《鲁迅研究月刊》2007年第6期。

样的茶几盖布了。当时考虑到漂白布太白了，认为不如本色布与原件色调相似，就请许先生用本色布制作了。哪知道，做出来的桌布花色虽然依旧，但由于布质不同，就逊色许多了。至今回想起来，仍感到很遗憾，也很愧疚。

1966年3月，文化部办公厅曾发文："根据中国人民对外文化协会和日中文化交流协会签订的1966年文化交流协议书，日方提出在鲁迅逝世三十周年前后，在日本举办规模较大的鲁迅展览会。"因为这个展览是我国首次组织的鲁迅生平事迹的对外展出，中央极为重视，由文化部主办，文物局王冶秋局长亲自挂帅并组织。他除了对陈列设计的方案进行审阅外，为丰富展览内容，还主动提供自己收藏的与鲁迅有关的实物史料，如照片等。展览经过半年多的筹备，于1966年4月完成，并在故宫博物院文华殿进行预展，还邀请了中央有关部门领导和文艺界的负责同志前来审查。展览得到各方面的好评。遗憾的是，1966年6月"文革"开始了，这个展览就这样夭折了，没有留下任何可以展示这个展览的内容和形象的资料。

本人在清理过去工作中的零散资料时，无意中发现了一页当年北京市文化局局长陈鼎文签署的"赴日本《鲁迅生平事迹展览》展品费及制作费"的预算报表。这应当是那个展览留下的珍贵史料了。它虽然是一个预算报表，也可以大致展现此展览的规模、内容概况、形式特点以及制作的项目和展览总的费用等，其中最突出的就是这个展览中出现的泥塑和各种模型，还有很多的文物复制项目等。我印象最深的就是对外文委展览工作室的同志们对这个展览的精心安排。他们为了既搞好这个展览又节省经费，想了好多办法，如复制鲁迅手稿、条幅等时，尽量用手写复制，而不用珂罗版印刷，要展出的实物则尽量去找仿品替代。

1966年赴日鲁迅生平事迹展览展品费及制作费预算表

展览工作室中有位王米先生使我由衷地佩服，他是这个展览工作室的负责人，如为复制鲁迅"老虎尾巴"桌上的煤油灯，他亲自跑到北京的远郊区，挨家挨户地寻访，终于找到了一盏和鲁迅用的一模一样的大号煤油灯。我还清楚记得，他兴奋地捧着这盏煤油灯来到博物馆，向我们生动地述说找寻它的经历，使我们非常感动。

鲁迅桌上原来有一个单铃的老式钟，为了找到替代品，他又跑遍北京市的修表店，终于在一家钟表修理店找到一台一模一样的。他不辞劳苦地去找到这位老式钟的主人，同他商量可否用一个新钟作为交换。钟的主人高兴地同意了，因而使他又获得了一件可替代鲁迅原物的宝物。

就这样，他们经过千方百计的寻访以及精巧的手工制作，配齐了鲁迅故居"老虎尾巴"和上海鲁迅故居一角中的各样复制品，可谓功夫不负有心人。至今，他们想尽各种办法搜集来的复制品仍陈列在鲁迅故居"老虎尾巴"的书桌上,原件则因已被列为国家一级或二级文物而被珍藏。

我们由衷地感谢对外文委展览工作室的同志,特别是那位王米先生,他的敬业精神是值得我们学习的。不幸的是,20世纪80年代初,这位先生就过早地去世了,但他留给博物馆人的记忆是不会被遗忘的。

# 鲁迅书韦素园墓碑

1974年4月的一天,北京市文物局接到国家文物事业管理局王冶秋局长函,请他们在万安公墓查找韦素园墓。据北京市文物局专家吴梦麟先生回忆,接到此任务后,北京市文物工作队曾委派北京市文物管理处一位北京大学毕业的于杰同志来办理。于杰同志在万安公墓荒芜的老坟区辛苦地转了数日,终于找到了韦素园的墓。

4月28日北京鲁迅博物馆接到冶秋局长的电话,要馆里派一位同志与北京市文物管理处的同志一起到万安公墓去取韦素园墓碑。当时馆里的军代表鲁正同志就派我去了,记得是北京市文物管理处的同志开了一辆130卡车,接我一同到万安公墓。车开到万安公墓管理处,下了车后,我惊奇地看到,王冶秋局长也在那里。在于杰同志将情况向冶秋局长汇报后,由他和墓地管理处的同志一起带领我们到韦素园的墓地。这里杂草丛生,墓地旁有一棵小树,墓碑已被挖出来,平放在小树旁。碑有110厘米高,40厘米宽,13厘米厚,一面刻有鲁迅写的"韦君素园之墓",另一面有鲁迅题的碑文:"君以一九又二年六月十八日生一九三二年八月一日卒呜呼宏才远志厄于短年文苑失英明者永悼弟丛芜友静农霁野立表鲁迅书"。冶秋局长审视无误,就对公墓管理处的负责人说:"那我们就让鲁迅博物馆的同志把墓碑取走,以后他们负责做一块复制的墓碑,再给你们

鲁迅手书碑文（右图）
韦素园之墓（左图）

送回来。"当即得到这位负责人的同意。这样，几个小伙子就把这块墓碑搬上了130卡车，由文物管理处的同志和我一同将墓碑送到博物馆并将其放入文物库。

鲁迅书韦素园墓碑就这样从墓地搬到鲁迅博物馆了。为什么会这样顺利呢？为什么万安公墓管理处会这样轻易让我们把墓碑搬走了呢？我想这是在冶秋局长的指示下，人们事先做了周密的安排。

在博物馆将墓碑运走以后，万安公墓的管理部门在韦素园墓地旁边立了一块牌子，以作为标记。1975年3月，曾有人在《北京晚报》上写文道："万安公墓的鲁迅书韦素园墓碑丢失了。"一时引起了不少人的焦虑，在天津的李霁野先生非常着急地写信给博物馆，要求赶快查找。接到李霁野先生的信后，我曾写信给李先生详细地说明了事情的经过，并寄去文物工作队实拍的韦素园墓碑的照片。而后在李先生写的《韦素园墓碑记》（见1984年7月人民文学出版社出版的《鲁迅先生与未名社》）一文中曾有这样的记载："前些天听到一位朋友说，鲁迅先生所写的韦素园墓碑被移置到北京鲁迅博物馆保存，在墓前另立了一块仿制的新碑。我感到很大的欣慰，以为这样作是很适当的。"此文写于1975年3月17日，说出了先生从焦虑到欣慰的心情。实际上当时墓碑还未刻，更没有"另立一块仿制的新碑"，这是先生的愿望，当然也是我们必然要做的工作。要复制原碑，必须要有从原碑上拓下来的拓本。在我的工作日志上有"1975年12月22日文物局请故宫的师傅到鲁迅博物馆拓韦素园墓碑"和"1976年2月21日到北京市雕塑工厂联系刻碑事宜"的记录。正是这时才和那里的师傅商妥，选用大青石，工本费130元。墓碑于1976年3月15日刻成，3月18日博物馆用车将复制的墓碑送到万安公墓。当时万安公墓虽有解放军驻守，但找不到工作人员，只得将复制的碑暂存解放军处，请他们转请公墓管理人员进行安置。

1984年5月12日，鲁迅博物馆组织馆内同志到万安公墓举行纪念李大钊的活动。我曾顺便去查找韦素园墓，看到碑已立好，并在墓旁立了一个介绍此墓的说明碑。

为写此文，我又专程去万安公墓探访，见墓地陵园已大为改观，整个建筑修筑得庄严肃穆，以李大钊烈士陵园为中心又扩展了六个区。韦素园墓划在"土字区"中的"张"字系列。在韦素园墓旁，虽不见说明碑了，但墓已重修。复制的鲁迅书的韦素园墓碑端庄地立于墓前。墓的四周筑起了一尺多高的石质的围栏，周边松树林立，冬青围绕，环境幽静、肃穆。这是对安息在这里80余年的韦素园先生最大的敬慕，使我感慨万千，更使我对公墓的管理者由衷感激。

写到这里不由得想起吴梦麟先生（她是当年接到王冶秋函的见证者）给我提的问题：王冶秋为什么要找寻韦素园墓？

当年王冶秋作为一位新中国成立初期的文物局局长，他心里时刻装着的就是要尽一切力量保护好祖国的文物。无论是古代的或近代的文物，在可能的情况下，他都要一一过问，甚至亲自为之。再者，韦素园墓碑上有鲁迅手迹。冶秋局长对鲁迅由衷敬仰，并有着特殊的深厚的感情。对鲁迅文物的保护，更是非常用心的，况且鲁迅书写的墓碑，在国内是仅有的一块。其三，对韦素园其人，冶秋局长也是十分敬佩的。韦素园是鲁迅创办的文学社团未名社中六名成员之一，是一位非常有成就的青年翻译家。他的译著有俄国果戈理小说《外套》、俄国短篇小说集《最后的光芒》、北欧诗歌小品集《黄花集》等。鲁迅深切地关爱着这位青年，为纪念韦素园，鲁迅写了《忆韦素园君》，文中写道："素园却并非天才，也非豪杰，当然更不是高楼的尖顶，或名园的美花，然而他是楼下的一块石材，园中的一撮泥土，在中国第一要他多。他不入于观赏者的眼中，只有建筑者和栽植者，决不会将他置之度外。"

鲁迅书写韦素园墓碑表现了一位身为"建筑者和栽植者"的前辈对青年的挚爱，值得我们永远纪念并传承。这也是冶秋局长要找寻并保存韦素园墓碑的缘由。

（发表于 2016 年 3 月 11 日《中国文物报》）

# 鲁迅设计的北大校徽原物丢失的始末

1956年北京鲁迅博物馆建馆前夕，北京大学教授魏建功先生将他多年保存的北京大学校徽，通过常惠先生转赠给鲁迅博物馆。鲁迅博物馆开馆后，首次的展览中，此件校徽就在鲁迅北京大学教学活动的一组展品中展出了，受到人们的关注。

校徽丢失是如何发现的？

1985年4月18日的一天，鲁迅博物馆接待了数位来访的日本外宾。当时负责接待的是对日本鲁迅研究界非常熟悉的江小蕙先生。这些外宾对鲁迅的生平极为熟悉，对江先生的介绍听得非常投入，并不断提出问题，江先生一一给予解答。江先生介绍鲁迅在北京大学的教学活动时，外宾格外感兴趣。江先生为他们详细介绍了鲁迅在北京大学讲授"中国小说史略"的情况，并特别讲解了鲁迅为北京大学设计校徽的故事。讲到此，江先生突然发现展柜里陈列的北大校徽不见了，江先生一下蒙了，又非常尴尬，但并未露声色，只是对外宾说"北大校徽可能提出去照相了"，一时遮掩过去了。江先生在对外宾做了整体展览的介绍，并送走外宾后，就急切地找到陈列部和保卫部的负责人，报告展厅陈列柜中不见了北京大学校徽一事。原来他们对此事也全不知情,更不知道北京大学校徽何时丢失。此事当时在鲁迅博物馆内引起极大的震惊。

## 对案情的分析

这件鲁迅设计的北大校徽丢失得非常蹊跷,作案者的手法极其巧妙,竟然没有留下蛛丝马迹,使人们一时难以发现。偷盗者似乎是个高手,而且是一个对鲁迅文物非常熟悉的盗贼。

这件文物是怎样被盗走的呢?偷盗者是使用什么样的手法呢?这就要从这件文物当时所处的位置和环境来分析了。

20世纪80年代鲁迅博物馆的陈列展厅是一座东西长的800平方米的"一字形"展厅,正门开在厅的中央。鲁迅生平陈列展是从展厅中央进入,观众要从东向西沿着大厅观看展览。这组展示鲁迅教学活动的展板,陈列在展厅的最西头,鲁迅设计的北京大学校徽就放在这一组展板下边的展柜中。当时博物馆的开馆时间是早9点至下午4点半,中午不休息,而中午极少有观众。值班人员就坐在展厅的入口处,因观众少,值班人员放松警惕,盗贼中午作案的可能性极大。这个盗贼盗取文物的手法极其独特,他不是打碎展柜的玻璃,而是将展柜的斜面玻璃用工具撬开,盗走了文物。为使人们不易察觉,盗贼在盗走北大校徽的同时,还把校徽的说明一起取走,并将其他展品摆放匀称,掩盖丢失文物的痕迹,因而此件文物何时丢失,人们一时全然不知。

## 对文物被盗事件的处理

本人当时作为文物组的负责人,对于这件文物的丢失,也是有责任的，曾及时向保卫部门详细介绍此文物的特征及其价值，要求尽快调查处理。

此校徽是1917年8月鲁迅应北京大学校长蔡元培先生之请设计的。校徽上有"北大"二字。此二字上下排列，上部的"北"字是背对背侧立的两个人形，下部的"大"字是一个正面站立的人形，有如一个人背负两人，构成了"三人成众"的意象。校徽是金属的，圆形，浅蓝底黑字，非常醒目，当时受到各界人士的好评。

北京大学校徽被盗事件，虽然在鲁迅博物馆的大事记中有所记载，但始终未见有关部门对此事进行任何调查与处理，可能是当时对此件文物的价值认识不足，或者以为不过是一枚小小的徽章，还可以再找到。因此就这样不了了之了。

但我们作为从事文物工作的同志，对此是不甘心的。我与我的同事杨燕丽同志曾多方搜寻，想尽全力找回一件鲁迅当年设计的北京大学校徽的原物件。我们开了介绍信，到北京大学，找到了负责的同志，恳请他们设法帮我们找到一枚鲁迅设计的校徽。我们想这是北大校徽的发源地，应当可以找到鲁迅设计的校徽的原物吧！但他们经过数天的查找，告诉我们，他们没有此藏品。

北大校徽原件（见本文文末所附说明）

无奈，我们又把希望寄托在旧货市场。而后，我与杨燕丽同志跑遍了潘家园、报国寺等旧货市场，仔细搜寻，并向摊主们询问，但都无果而归。

我们也曾想过复制，但手头仅有的是校徽的黑白图片，弄不清精确的尺寸，只记得校徽的质地是金属的，特征是圆形，浅蓝底黑字，但这蓝色的深浅度也说不准，无法准确复制，也就只能就此搁下了。

而今丢失这件文物已近40年了，人们对鲁迅设计的北大校徽的意义有了进一步的认识。正如有的文章介绍说："北京大学是国内最早设计校徽的大学。"是的，创立于1898年的北京大学初名京师大学堂，是中国近代史上的第一所大学，1912年5月15日更名为"国立北京大学"。1916年12月蔡元培先生出任北京大学校长。蔡元培出任北京大学校长之前，北京大学虽然是中国最高学府，但并没有校徽这一新生事物，亦即没有专属自己的旌旗标识，学生与教工出入极不方便。蔡先生上任后第二年，即出面请鲁迅设计北大校徽。

现今对鲁迅设计北京大学校徽的思想与理念也有更深层的认识，如有的评论说，"'北大'二字包含篆刻风韵，由三个人字形图组成，标志形似瓦当，具有鲜明的中华传统文化特色"，"校徽突出的理念，在于'要以人为本'，校徽之象征意义在于北大当肩负开启民智之重大使命"；还有的认为，"'北大'二字还有脊梁的象征意义"，鲁迅用"北大"二字做成了一具形象的脊梁骨，借此希望北京大学毕业生成为国家民族复兴的脊梁；等等。总之，鲁迅的设计饱含他独特的艺术风采，笔锋圆润，线条流畅规整，整个造型结构紧凑，明快有力，色调独特，充分展示了鲁迅的天赋，使作品蕴含深厚的寓意，一百年以后的今天，仍被人们广泛认同。而今的北京大学的校徽，在2007年6月正式推出。修改后的北大校徽标识，是在鲁迅设计的校徽图案基础上丰富和发展而来的。新的设计添加了新的内涵，但仍沿用鲁迅当年设计的图案，这就充分说明它具有的历史价值和深厚现实意义。

这件鲁迅设计的北京大学校徽原件的丢失，使我们痛心，也将是永久的遗憾，但我们仍热切期盼广大热心的人士能够协助我们找到一枚校徽的原件，以使我们的后人得见鲁迅设计校徽的原状，这是功德无量的！

（发表于2021年5月18日《北京晚报》）

附：

此文发表后的第二天，《北京晚报》就接到北京师范大学高继辉先生的电话，告知他家存有一枚北大校徽，并表示愿意捐赠。得到此信息，《北京晚报》编辑姜宝君先生即刻前往北师大探访。姜先生亲见此校徽，并了解收藏情况后，及时与笔者联系，告知此喜讯。6月初的一天，高继辉先生来到鲁迅博物馆，将这枚北大校徽捐赠给博物馆，受到馆领导的热情接待。鲁迅博物馆接收了这件珍贵的文物，并向高先生颁发了捐献证书。

捐赠者提供的北大校徽原拥有者的信息如下：北大校徽744号持有者屈震寰，河北定县人，1906年生。1925年入北大预科，1926—1928年离校参加北伐和南昌起义。1929—1932年在北大法学院政治系学习，毕业。2005年在北京去世，享年99岁。现由其女婿高继辉负责献出。

# 鲁迅故旧

# 许羡苏与鲁迅文物

许羡苏先生（1901—1986）即《鲁迅日记》中所记的"许璇苏""淑卿""许小姐"。她是绍兴人，许钦文的四妹，周建人先生在绍兴女子师范学校时的学生。1924年毕业于北京女子高等师范学校数理系。1920年来京求学期间曾借住在八道湾鲁迅寓所，鲁迅兼任她的监护人和保证人。毕业后，鲁迅介绍她到私立华北大学附中任教。1925年女师大风潮后，鲁迅介绍她到女师大图书馆工作。鲁迅迁居西三条21号后，她又于1925年夏、1926年夏至1930年春，前后约五年，借住在这里。鲁迅离家南下后，她又帮助鲁迅母亲和朱安夫人料理生活。《鲁迅日记》中有关于许羡苏的记载257次，有致许羡苏书信155封。许羡苏先生1956年4月到鲁迅博物馆工作，1959年退休，退休后仍在鲁迅博物馆工作至1965年。她住在鲁迅博物馆宿舍，直到1976年离开北京。许羡苏先生是我的领导，更是我的启蒙老师，她引导我走上鲁迅研究的道路，使我终生难忘！

我第一次见到许羡苏先生是在1956年7月。那时我刚从部队转业到正在筹建的鲁迅博物馆工作，而许羡苏先生已有50多岁了，头发略有些花白，但依然精神抖擞，精力充沛。由于她是当时馆里唯一一位熟悉鲁迅，也了解鲁迅家人的非常难得的长者，所以颇受人们的尊敬。鲁迅博物馆从领导到工作人员都亲切地称呼她许大姐。

她原在文化部出版管理局幼儿园工作,由于许广平先生极力推荐,并通过文化部、文物局,才将她调到鲁迅博物馆。她在1956年4月24日给她儿子余锦廉的信中谈到了这段经历:"三个月前,文物局局长提出想把我调到鲁迅纪念馆去工作,因为幼儿园王大姐哭鼻子,把我扣下来,直到(本月)16日晚上,因为文物局催得紧,陈宜(幼儿园园长)就和我谈了这是组织上工作需要,我不能表示意见,只好去。昨天我到出版局、文化部和文物局转了关系,到了鲁迅纪念馆,大概明天就可搬过去。"

许羡苏先生是许广平先生的同学和好友,由于对许羡苏先生的了解和信任,许广平先生将她多年历尽艰辛保存下来的鲁迅手稿和遗物托付给许羡苏先生保管。对此,许羡苏先生不但理解,而且始终如一、全身心投入地做好这项工作。

到鲁迅博物馆后,许羡苏被委任为文物资料室的负责人,负责保管鲁迅的文物、管理鲁迅故居和征集有关鲁迅的文物。许羡苏先生是一位性格坚强,能吃苦耐劳,积极进取,对自己要求非常严格的女性。她一到馆里就投入紧张而繁忙的建馆工作。在8月26日给她儿子的信中,她谈到了当时馆里的情况:"我馆新进来了许多高中毕业生,一部分是已经考上大学的义务劳动者,一部分是没有考上而分配来的,非常热闹,生气勃勃,常常看戏、游园,但工作还是十分紧张的,简直是突击,但也快预展了。"为了能按时完成建馆任务,全馆的同志都日夜加班加点地工作。她虽然年长,但也不示弱,和年轻人比着干,处处都表现得兢兢业业,干劲十足。许羡苏先生为鲁迅博物馆的建设,付出了辛勤的劳动,建立了不可磨灭的功绩。

## 鲁迅文物库筹建

20世纪50年代，鲁迅博物馆的建设是白手起家，大家对于如何建好一个合格的文物库，不但没有经验，更没有可借鉴的模式。但库房的建筑一旦竣工，库内的各种文物保护设备与具体保护措施就必须跟上去，这就忙坏了负责该项工作的许羡苏先生。

为了确保鲁迅手稿的安全，王冶秋局长多次亲自督促和检查库房的筹建工作，并要求用保险柜来收藏鲁迅手稿。因而许羡苏先生就和那些采购人员走访了各个保险柜市场，特别是在前门、天桥一带转了好多天，最后才选中了两个德国造的、经整新后的旧保险柜。许羡苏先生告诉我，其中的一个是当时市场上看到的最大的保险柜，约有二米高，它是用吊车弄进库房的。

为了能将手稿妥善地、有顺序地放入保险柜，许羡苏先生又到处取经。最后她在北京图书馆看到一种用楠木和樟木制作的保存纸张或珍贵文物的盒子，才大受启发。她先是想办法从有关单位批来珍贵的楠木和樟木，接着又从琉璃厂请来专做细木工的师傅。根据手稿的种类、特点、体积的大小，还依据保险柜内的格局，精心设计，做成了大小不等、各式规格的手稿盒子。例如当时鲁迅的书信计有982封1421页，她就设计出高50厘米、宽25厘米的两个大盒子来专门保存。盒子外壳用楠木，里面用樟木，做成一个一个小抽屉，整个盒子外面还有一个楠木做的盖子，可以防虫与防潮，非常精致美观。一类手稿一种盒子，这些大大小小、形状不等的盒子码放在保险柜里，适应了柜里的格局，显得整齐而规范。

博物馆建馆至今已近50年了，库房也改建了一个又一个，现在博物馆已建起了恒温恒湿的现代化地下库房，而这些盒子仍被视为保护鲁迅手稿最好的设备。这种采用天然珍贵木材，安全而又有

许羡苏（中）与鲁迅博物馆工作人员

效的保护设备也被一些兄弟馆所采纳。国家档案馆的同志在参观我馆库房时，看到这些精美的手稿盒子也极为赞赏，还借走一个，以便回去仿制。

## 鲁迅文物首次展出

1956年是鲁迅博物馆最繁忙的一年。为了能在这年10月将陈列搞出来，迎接鲁迅逝世20周年的纪念活动，全馆的同志都围绕这一任务而加班加点地干，许羡苏先生更是忙得不可开交。因为布置陈列时除了管理照片的同志要选印放大照片外，其他所有陈列的实物均要经过许羡苏先生的手来出库入库，如各个时期的鲁迅手稿、笔记、条幅，鲁迅用过的器物、穿过的衣服等。许羡苏先生在提供这些文物原件时，是极为严格的，没有相关领导签字她绝对不会让你提走任何文物。一次因陈列设计急需要看有关手稿，而领导又不在，设计人员恳求她破例提出文物用一下，她毫不留情地拒绝了，弄得这位设计人员很不高兴。这件事正反映了许羡苏先生的性格——坚守岗位、坚持原则。

由于这个展览是鲁迅博物馆建馆后的首次展览，所有陈列物品均用原件展出。但原物陈列时间长了，一是对文物有损坏，二是不安全，所以要逐渐将原件换成复制品。为了保证复制品的质量，文物局当时特意从南京太平天国纪念馆借调来搞复制的陈新民师傅。他在旧社会是专做假古董生意的，复制的手稿、书画以及各种器物几乎可以乱真。那时我还在陈列室当讲解员，就天天看见许羡苏先生抱着一个小皮箱，里面装着当天要复制的手稿原件，去请这位陈师傅复制。当年的复制是手工的，也是极为简陋的民间办法。先生虽然和这位师傅办了严格的交接手续，下班时可即刻将文物收回，但她仍然很不放心，还是经常在那里巡视，生怕有一点闪失。这既是为了手稿的安全，避免人为的损坏，同时也是为了及时解决师傅提出的问题。一连好多天先生都盯在那里，每完成一件手稿复制品，她都兴奋不已，并且要马上钤上"复制品"印章，以免乱真。现在回想起来，可以告慰先生的是，她当年经手搞的复制品，经过半个世纪的不断陈列，如今有不少还在沿用着。这说明这些复制品的质量还是很高的，先生的辛劳确实没有白费。

## 文物征集

应当说是博物馆文物征集工作的开展，才使我有幸调到资料部并在许羡苏先生的领导下工作。记得那是在博物馆正式开馆以后，由于我在陈列室担任讲解员又做清洁员和保管员，对工作比较认真，让先生看中了，她向领导提出要把我调到资料部。

最初我是分工帮助先生整理许寿裳的遗物。许寿裳先生的遗书计有 1137 种 6136 册，另有一大箱手稿和遗物。据许羡苏先生告诉我，许寿裳先生的这批遗物是 1946 年许寿裳先生离开北京赴台湾时，寄存在一位姓王的老中医家中的。王老先生的儿子王曾怡和儿媳赵希敏都是许寿裳先生在北京大学教书时的学生。1956 年鲁迅博物馆成立后，在文物出版社从事编辑工作的赵希敏先生，主动向文化部反映此情况。鲁迅博物馆得知后，及时与在上海的许寿裳夫人陶伯勤联系，许夫人欣然同意将许寿裳先生这批遗物捐赠给博物馆。

当年也是许羡苏先生和馆里的同志一起到东城区府学胡同 29 号王家，将这批文物运到博物馆的。据许羡苏先生说，王家的住房并不宽敞，这些书籍和物品在屋里放不下，当时是放在走廊的。说来也不易，在国民党统治的黑暗年代，物件的主人惨遭国民党暗害，而主人的遗物却能安然无恙地保存下来。这之中的艰辛，王家的后人现在已无法说清了。

这批文物是很珍贵的，其中大部分是古版的线装书以及文艺和教育方面的外文书。还有一个大箱子，从中发现许寿裳先生的日记、笔记，许寿裳先生写的鲁迅年谱、《亡友鲁迅印象记》的原稿、纪念鲁迅的单篇文章的手稿，以及徐悲鸿等数十位著名书画家的佳作。许羡苏先生还从中找到鲁迅写的关于地质学的佚文、鲁迅赠许寿裳的条幅《亥年残秋偶作》和鲁迅录李贺《开愁歌华下作》二幅珍贵手迹。当时只有许羡苏先生熟悉鲁迅的笔迹，所以，这一发现除了使大家惊喜之外，还使大家对先生更加敬佩。

我们应当感谢王老先生一家为保存这批文物所做出的贡献。当时鲁迅博物馆对王先生一家，特别是赵希敏先生并没有任何精神上或物质上的奖励，王先生一家对此也没有提出过任何的要求。半个世纪过去了，他们的事迹恐怕已鲜为人知了。

1958年，馆里经上级同意决定整理出版《鲁迅手迹和藏书目录》，许羡苏先生和我负责编辑鲁迅手迹目录。这样我们除了要掌握馆藏手迹情况外，还要经过函调、走访与征集，把收藏于兄弟馆和散存于社会上的现存鲁迅手迹搞清楚，以使我们这本书基本上可以反映当时全国鲁迅手稿收藏的情况。这样，我们首先进行的就是征集工作。为此我在许羡苏先生带领下走访了鲁迅的学生、挚友和已知的鲁迅手迹的收藏者。这期间我学到了许多东西，工作中有苦有乐，确实给我留下了一段难忘的记忆。

我们最先拜访的是章廷谦先生。他是北京大学教授，绍兴人，与许羡苏先生是同乡。1920年许羡苏先生借住在八道湾鲁迅家中时与章先生认识。因为是老相识了，所以见面时非常亲热。许羡苏先生把我介绍给章先生和章师母，说这是"小叶"。在以后的20余年与章先生和章师母的交往中，他们老是亲切地称我为"小叶"。也正是因为有许羡苏先生的介绍，二老喜欢我也相信我，这给我以后的工作带来很多的方便。

在叙旧的气氛中，大家谈得很融洽。尤其是章先生，他非常高兴，谈起了八道湾时的生活，谈起了鲁迅和鲁迅家人的情况。章先生还特别生动地描述了鲁迅在1924年6月11日回八道湾取书和物件时，周作人和羽太信子的表现，他深为鲁迅鸣不平，因为那一幕是他亲眼所见。章先生对往事的回顾给我留下了很深的印象。当谈起章先生保存的鲁迅书信时，章先生非常诚恳地说，他很想把书信捐出来，因为他时时担心鲁迅书信的安全。他说，现在博物馆成立了，把这些珍贵的书信捐献给国家，他就放心了。说到这里，章先生转身进屋把他20年前已裱好的鲁迅书信捧出来给我们看。那是一个装有楠木托板的、有近10厘米厚、折叠起来的长卷，装裱得极为精致。这是60封99页鲁迅的手迹呀！当章先生轻轻翻开里面的鲁迅书信，我顿时感到整个屋子都为之一亮。一页页鲁迅的真迹展现在眼前，那挺秀的字迹，书写在各式鲜艳多彩的印花宣纸的信笺上，加上托裱的讲究，真使人叫绝。章先生真诚地将书信手迹交给许羡苏先生，请她交给博物馆妥善保存。许羡苏先生犹豫了一下，和我商量以后，她表示谢谢章先生的诚意，但由于我们当天没有带任何保护文物的物件，不便拿走，容我们下次再来。

回馆后，许羡苏先生向领导汇报了情况，又商量好酬谢办法。很快，我和许羡苏先生再次去了章先生家。章先生当时住在西郊北京大学的蔚秀园17楼101室，记得当时只有一趟31路公共汽车离他住处较近。我们必须到平安里去乘车，那里是31路车的起点站。这天我与先生吃过午饭，带着小皮箱和用来包裹文物的柔软的丝绸料等就出发了。当我们到达平安里时，车刚发走一辆，因为是中午，必须再等半小时才可以发第二辆。那时正是3月，天气还比较冷，而且还刮着风。我们就在汽车总站的车棚下，避着风寒，等了半个小时才上了车。40分钟后到了章先生家。章先生已将鲁迅书信准备好。见面后大家又聊了一会儿，然后章先生提出，让我们赶在下班前回去，因为这个时间公共汽车可能不太挤。于是章先生和我们一起将手稿用丝绸包裹好，轻轻地将它装进小箱子里。从他每一个细小的动作中都表露出他对这批文物的珍爱。我理解并体会到章先生的心情。就这样，我们带着他的嘱托，护着这批珍贵的文物，乘坐31路公共汽车，原路返回单位，将文物呈报领导并入库珍藏。

后来我们将这批珍贵的信件拍成照片，放大成原信大小，装入四本精制的相册中，送给章先生。对于章先生的回报仅仅如此，而章先生对此却表示很满意。因为章先生的本意完全是为了文物的安全，除此，他别无所求。章先生的捐赠得到人们的称赞，当时《人民日报》还为此刊登了一则消息，以此对他进行表彰。以后章先生又将他保存的鲁迅辑录的《游仙窟》稿本一册（19页）和鲁迅书赠他的《司马相如大人赋》册页一幅捐赠给博物馆。

很可惜的是鲁迅写给他的60多封信的信封（因原信装裱起来，信封就另存了），章先生将鲁迅书信交给许羡苏先生时，曾将这些信封拿给我们看，并说："这个就不要带走了吧。"当时我们没有在意，更没有认识到信封的文物价值，因而没有坚持。1981年章先生去世以后，我曾多次去看望章师母孙斐君先生。谈话中提起那些信封，斐君先生每次都表示："我帮你找一找。"她毕竟年纪大了，身体也不好，记忆力也不如以前了，所以信封的事一直没有着落。直到1990年斐君先生也告别人世了，此事就此搁置下来，这些信封就很难寻觅了。此事应当是我们工作的一大失误，也是一件不可挽回的损失。

鲁迅博物馆建馆初期，有很多人主动将自己珍藏的鲁迅手稿无偿地捐赠给博物馆。有一位观众，在参观了博物馆之后，就主动找到博物馆的负责人，告知她有一页鲁迅为她写的册页，并留下她的姓名和住址。她是北京第三十九中学教授语文的老教师熊君瑢先生。一个星期日，我和许羡苏先生就去拜访了她。她住在西四十字路口右边的一个胡同深处，一间狭窄而简陋的居室，室内陈设简单但整理得很有序。她得知我们的来意后，热情地接待了我们，从抽屉的深处取出一本纪念册，翻到鲁迅给她题字的那一页，并向我们介绍：她是周建人先生的学生，当年她是通过建老转请鲁迅书赠此册页的。这是一首鲁迅1931年3月5日书赠日本友人松藻女士的《无题》诗。这幅册页的内容是："大野多钩棘，长天列战云。几家春袅袅，万籁静愔愔。下土惟秦醉，中流辍越吟。风波一浩荡，花树乃萧森。一九三二年十一月廿四日写  应君瑢女士之命  鲁迅"。

（原文无标点）原诗中的"已萧森"在这里为"乃萧森"。[1]

此后鲁迅博物馆回赠熊君瑄老师一件做得非常精致的复制品。这件复制品是在许羡苏先生精心安排下复制出来的。因为原稿是写在淡蓝色虎皮宣纸上的，为寻找同样的纸张，先生颇费了一番功夫。复制出来的手稿与原件几乎看不出差别，熊老师也很满意。

1959年年初，许羡苏先生又和我一起去拜访了曹靖华先生。由于曹老不认识我们，开始有些生疏，但当曹老得知许羡苏先生是建老和鲁迅的学生，并且了解到我们正在做的工作后，"生疏"的云团一下就消失了。曹老当即表示要全力帮助我们，使我们非常感动。曹老很快从他的房间里拿出鲁迅给他的80余封信，并全部摆在我们的面前，我们一一做了登记。这批信当时都是未发表过的，由于有的信的年代我们搞不清，因而我们希望曹老能给每封信加一下注释，曹老欣然答应了。

在后来的日子里，曹老将这85封半的鲁迅书信全部抄录下来并加上注释。1965年8月，他在将这批信中的71封半先捐赠给博物馆的同时，把自己抄录的有注释的手稿也一并捐赠给博物馆。后来许羡苏先生委托荣宝斋将曹老的手稿配上绫绸面，装订成线装的两册，编入博物馆的珍贵藏品中。

以后我又和许羡苏先生多次去拜会过曹老。许先生和曹老谈起鲁迅的事情，曹老总是有说不完的话，因而也勾起了他对许多往事的回忆。他对鲁迅的感情是那样真挚，正因为如此，他对我们这些从事鲁迅工作的同志也非常亲切，和我们有共同语言。每次我们告辞的时候，曹老总是一再挽留，要和我们多聊一会儿。

曹老所讲的事情中，我印象最深的就是曹老无论在怎样困难的

---

[1] 查1932年11月24日《鲁迅日记》无此记载，此时鲁迅正回京探望母亲。

情况下，都千方百计地保护鲁迅的书信：在国外工作时，他用"二仙传道"的办法将书信传递回国；在白色恐怖袭来时，他不断将手稿转移至安全的地方；在敌机狂轰滥炸的情况下，他躲进防空洞时唯一带在身边的就是鲁迅书信；以至1976年北京地震时，他来鲁迅博物馆暂住，带在身边的仍是存在他那里的9封鲁迅书信。他把鲁迅的书信看得比他的生命都宝贵。曹老的事迹深深地感动着我，这种感动使我一生难忘。在跟随许羡苏先生征集、访问的过程中，我学到了许多东西，这些知识是我们的前辈用他们的生命所谱写的。

我和许羡苏先生进行征集、访问工作，也不是事事都顺利，也有做得不好的时候。记得当我们得知王瑶先生家中有鲁迅手稿时，马上决定去拜访他。事先也没有和王先生联系，就匆匆赶到北京大学镜春园76号王瑶先生家。当时王瑶先生上课去了，只有师母在家。我们说明来意以后，师母就把我们带到客厅，让我们看那一页放在镜框内，挂在墙上的鲁迅手稿。我们凑上前仔细地阅读，看那一行行小字，正是鲁迅《古小说钩沉》原始稿中的一页，其中有鲁迅手迹二条，周作人手迹二条，为《古小说钩沉》里《录异传》中的四节。这页手迹的后面还有一段题跋，署名是"怀沙"，即文怀沙先生，可知此页手稿是文怀沙先生从周作人那里得到，并转送给王瑶先生的。我们正在仔细地观看这页手稿时，王瑶先生回来了。我们急忙自我介绍并说明来意。由于我们和王瑶先生初次见面，未曾事先通报就突然闯进他的家，这是失礼之处，加之我们又说了些关于征集文物的极不策略的话，王瑶先生当时脸就沉了下来，说："那你们就拿走吧！"我们一下就愣在那里了，赶快改口说，我们主要是做一个记录，不是要把手稿拿走。就这样，我们二人极为尴尬地草草抄录下手稿的内容，匆匆告辞了。

这件事对我们的教育极深。许羡苏先生的感触更深,她说征集文物确实不能贸然从事,更不能搞突然袭击,要尊重收藏者的所有权。她说王瑶先生不高兴是可以理解的。以后我们也陆续得知文怀沙先生和贾祉先生处都有周作人送给他们的鲁迅手稿,我们在前去拜访时,就特别注意吸取这次的教训,使问题得到圆满的解决。

在征集工作中还有一个重要的项目,就是收购鲁迅藏书副本。对这项工作,文物局领导特别是王冶秋局长极为重视,每年都要拨相当大的一笔经费,专为收购鲁迅藏书副本。当年主要是矫庸先生和常惠先生负责此项工作,他们配到的副本最多。但许羡苏先生为了能尽快完成副本的收购任务,有时也和我们一起带着《鲁迅藏书目录》到中国书店的库房去寻找。库房中旧书成堆,有的落满了灰尘。她也和我们一样,在书堆中一本本翻检,查找着和鲁迅藏书相同的书。如果能找到一两本,就觉得很有收获了。在十多年的努力中,鲁迅藏书的中文部分配齐了八九成。这就是很不易了。这之中也有许羡苏先生的一份功劳。

## 文物整理

许羡苏先生还承担了鲁迅博物馆建馆初期鲁迅手稿、鲁迅文物等的整理和编目工作。这应当是博物馆极为重要的基础工作。当年许广平先生将她保存下来的大批鲁迅书信、文稿、辑录和鲁迅的遗物等交给博物馆保存,还有周作人及鲁迅生前好友,也纷纷将自己保存的鲁迅手稿捐赠给博物馆。因而鲁迅博物馆成为在全国四个鲁迅纪念馆中拥有鲁迅手稿最多的一个馆。

那时许羡苏先生对于这些珍贵的文物进馆,都极为郑重,谨慎从事。先生将它们一件件登记在册,按捐赠人分别一一记载,一些文物有"特殊的经历"时，她还要求捐赠者给写下来。例如许广平先生在交来文稿《势所必至，理有固然》时叙说了它的"经历"，在交鲁迅赠瞿秋白条幅时讲到它的深层含义，这些讲述许羡苏先生都要求许广平先生给写下来——有的是当场用铅笔写在纸板的后面，有的是许广平先生用钢笔另纸写出。周作人在捐赠鲁迅购书小条和鲁迅照片时都加上了说明。这种例子在手稿中还有一些。这些都是考证文物时极重要的原始依据，由于先生的细心才得以留存。

那时没有正规的文物总账，许羡苏先生开始时是将进馆的手稿记录在一个大的笔记本上，后来觉得不满意，又将它们分别抄在一本本的小册子上。先生有一个习惯，总是不厌其烦，甚至不辞劳苦地将一些记录，反复地誊抄在各种本子上。这工作都不是在上班时间做的，而是在业余时间，在自己的小屋子里，独自完成的。现在博物馆的库房里还保存着好多本先生写的收入文物的各种原始记录。

为鲁迅手稿编目，对先生来说也是一个新的课题。好在那时人民文学出版社出版的新中国成立后的第一部《鲁迅全集》（1958年版）可以作为依据，解决了许多查考中的难题。先生在为鲁迅手稿编目时发现了多篇未发表过的鲁迅手稿，如《绍兴镜跋》（后定名为《吕超墓出土吴郡郑蔓镜考》）、《为北京女师大学生拟呈教育部文二件》、《鲁迅自传》（1934年写）、《关于黄萍荪》等。先生都将它们及时提供给人民文学出版社鲁迅著作编辑室，以后均收入1981年版《鲁迅全集》中。我印象最深的是，在整理鲁迅的译文手稿时，发现蒲力汗诺夫的《车勒芮绥夫斯基的文学观》第二章译稿17页（是一篇未完稿），还有一篇用文言文写的《察罗堵斯德罗如是说的绪言》。因搞不准是否发表过，我还特意去请教孙用先生，孙先生说确实是未发表的。当时《鲁迅译文集》正在编排，就将它们及时地收入了《鲁迅译文集》第十卷《译丛补》中。

鲁迅书信的编辑,先生主要依据许广平先生编辑的《鲁迅书简》,其中收鲁迅书信800余封。建馆后又收到各方面人士捐赠的鲁迅书信300余封,这些书信大部分已失去信封,所以考证其年代是关键。我曾为此发愁。先生对此很有耐性,也很有信心。她曾对我说:"鲁迅的书信我基本上都看得懂。"这句话给我的印象太深了,使我由衷地敬佩先生。我理解,要看懂鲁迅的书信,既要知晓当时的背景,更要深刻地了解鲁迅。这对我这个刚开始鲁迅研究工作的学徒来说是很困难的。

这项编目工作,先生大约花了半年时间,她是和张希真同志一起完成的(那年我下放到河北遵化劳动锻炼)。先生一一核定目录,并将手稿的来源、流传情况、尺寸大小、完残情况详细地记录于其间,由张希真同志抄录并复写成册。这就是我馆最早的《馆藏鲁迅手稿目录》。依据《目录》将手稿分类编号,分门别类入库保管。

为了保护手稿,许羡苏先生还定制了大量半透明的玻璃纸袋,手稿装入这种纸袋里,可以防止外界的污染或手的接触对手稿的损害。一次王冶秋局长来馆查阅鲁迅书信时,看到手稿均装在这种半透明的玻璃纸袋里,十分欣赏,并称赞说:"这样保管很好。"因而此项措施也一直沿用至今。

1954年,在鲁迅博物馆建馆之前,许广平先生为了安全曾将一批鲁迅手稿交到北京图书馆保存,其中有鲁迅文稿、辑录稿和手录金文、碑拓手稿等。当时是以北京图书馆代管的形式存放在那里的,没有进行整理和编目。为了能具体了解北京图书馆所藏鲁迅手稿的情况,1959年年初我下放回来后,许羡苏先生就带着我到北京图书馆,在那里工作了近两个星期,将那批鲁迅手稿一件件做了记录,计有手稿1045种6901页,编制成了一册《北京图书馆藏鲁迅手稿目录》，这也是《鲁迅手迹和藏书目录》中《鲁迅手迹目录》的内容。1976年，鲁迅博物馆成立了鲁迅研究室，才得到北京图书馆所藏鲁迅手稿的全部复印件。

许羡苏先生还和常惠先生、矫庸先生共同为博物馆完成了一项庞大的工程——整理、考证、登记鲁迅藏碑帖拓片6000余张。那是在1962年先生退休以后。当时三位先生虽然年纪大，但仍精力充沛，热心鲁迅研究事业，并且还比较精通古碑拓本，因而馆里特聘三位老人完成此项工作。他们不只欣然接受，而且对此项工作认真的程度实在让人敬佩。为了准确地考订这些拓片，他们不辞劳苦地到北京大学、北京图书馆借来许多参考书。而在这项工作中最劳累的还是许羡苏先生。那时我就帮她每天从库房中取出一包包拓片，拿到专门为他们准备的一间大屋子里，那里放着一张长长的桌子，他们将拓片在那里展开。常惠、矫庸二位先生审视拓片，考证它们的朝代、名称、有无鲁迅批注、用何印章等。许羡苏先生则用米尺量尺寸、做记录。她将每张拓片的具体情况一一详细记录在她自制的草片上，还要复写为一式二份（一份与拓片一起保存，一份留在外面作为抄写正式卡片和编目的依据）。这草片除了记录拓本的基本情况外，还要给拓片分类和编号。由于这些拓片年代久远，大部分是未托裱过的纸张，极易破损，先生们在展开这些拓本时，都十分小心，生怕有一点损坏。为了保护文物，不能在鲁迅收藏的拓片上书写任何文字。许羡苏先生想出一个办法，就是在每张拓片内留一张复写的草片，以便查考。但先生仍不放心，怕万一草片从拓片中掉出来，丢失了，那么这张拓片的相关信息将无从查考和编排。为了防止这一情况的发生，先生又想了一个办法，即用一张宣纸小条（约一厘米大小），写上这张拓片的分类字母和序号，轻轻地贴在拓片边缘空白的角落上。这样既不损坏文物，也便于与草片或目录核对。

整理鲁迅收藏的碑帖拓本是一项非常烦琐的工程。先生们做得非常辛苦，6000张拓片，许羨苏先生写了十几匣的草片，每个匣子都装得满满的。在先生离开博物馆以后，我在清理她的物品时，发现好多本她手写的记录，其中有几本写得密密麻麻的就是她摘录的《鲁迅日记》中购买每张拓片的时间和价格。另一本已出版的《鲁迅手稿目录》中"碑录"一项中鲁迅手抄的804种碑文的后面大部分均附上了鲁迅购买此碑拓的时间。这些都是先生在业余时间，从《鲁迅日记》中一个一个查找出来完成的。我为此而深深地感动，更为此而对先生钦佩不已。

三位老人投入极大的精力整理了鲁迅收藏的碑帖拓片，先后用了两年多的时光。而后，我们在这个基础上做出了《鲁迅收藏的碑帖拓片目录》。三位老人为鲁迅博物馆开展鲁迅与中国古代金石的研究打下了一个基础。如今鲁迅藏的金石拓本的情况虽已全部输入电脑，但仍沿用许羨苏等三位老人当年为拓本所做的编排序列，保留他们考证拓本所做的记录。

## 鲁迅手稿的出版

鲁迅博物馆在1959年出版了《鲁迅手迹和藏书目录》（内部出版）一书以后，1960年又开始编辑《鲁迅手稿选集》，由文物出版社出版。因为是"手稿"选集，当时出版社要求必须提出手稿原件去照相制版。馆内没有这样的设备，必须经馆里领导批准，提出手稿，到出版社指定的制版厂去照相。

我记得那时我和年过花甲的许羨苏先生，抱着装有手稿的小箱子一起去挤公共汽车。在五六十年代单位很少有专车，特别是一些基层单位。一般职工出去办事，除了走路就是坐公共汽车，携带手稿出去也不例外。文物出版社指定的制版厂在佟麟阁路的尽头。到这个厂子去，我们要走一站地到白塔寺去坐 7 路公共汽车。在路上先生总是争着要多抱一会儿小皮箱，那时 7 路汽车经常都是人很多，特别是上下班时间，上车以后一般来说没有人给先生让座的。从白塔寺坐五站地到新文化街，还要再倒 10 路车坐一站地，或者走一站地，才可以到这个联合制版厂。到制版厂照相要服从他们的安排，让我们什么时间去，我们必须提前在那里等着。有时照完了，就在下班以后了，我们又必须挤着公共汽车回来。

这个工厂虽然很大，在当时来说还是少有的几家大的制版厂之一，但设备还是很简陋。用的是大块玻璃版，照相极费工夫。按出版社的安排，四五十张鲁迅手稿要一个多星期才可以照完。但在修版的过程中，如果发现修缺了字，还必须补照。最让我们感到累的是，那次在照相的过程中，突然赶上白塔寺到太平桥一段修路，不通车，而制版厂又不同意我们延期。这样我与许羡苏先生每天要抱着那个小皮箱，步行三四站地。那段时间不用说许先生啦，就是我这个 20 多岁的年轻人也觉得累，可先生从没有说过一声"累"。这种刚强劲儿，真让我佩服。

《鲁迅手稿选集》的出版受到社会各界的欢迎和好评，引发了对于鲁迅手稿的研究，应当说先生的辛苦没有白费。应出版社的要求，在以后的若干年中又陆续出版了《鲁迅手稿选集续编》《鲁迅手稿选集三编》《鲁迅手稿选集四编》。这第一本《鲁迅手稿选集》为鲁迅手稿的出版打开了局面。

## 鲁迅故居的复原

许羡苏先生告诉我，在二三十年代她曾在西三条鲁迅故居前后共住了五年多，对鲁迅故居的一草一木，对那里的人，对那里的事，她是那样熟悉，那样亲切。北平解放后，她第一次来故居看望时，看到故居景物依旧，而当年在这里居住的主人却先后都离去了，她一时间感慨万千，忍不住独自坐在故居的台阶上大哭了一场。她说回想当年，往事历历在目，她曾在这里留下了快乐，也留下了艰辛。的确，先生为这个家付出了许多。她作为女师大的学生时就经常到这里拜访，给这个家带来了欢乐，更给予了很多的帮助：在鲁迅被通缉避难到山本医院、莽原社、法国医院、德国医院时，她就是这个家与鲁迅联系的"交通员"，她为鲁迅送去食品和用具；鲁迅到南方去以后，她就住进这个家里，帮助鲁迅母亲和朱安夫人料理生活，负起她们与鲁迅通信的重任。现在博物馆里仍保存着许羡苏先生为安排二位老人的生活所记的账本。她熟悉鲁迅故居中的生活，更熟悉故居中的件件器物。先生确是难得的鲁迅故居生活的亲历者和见证人。

1950年在恢复鲁迅故居时，有许广平先生在，更有许羡苏先生在，使鲁迅故居得到顺利的复原。我记得矫庸先生（他是北平刚解放时，北平军事管制委员会王冶秋同志安排的保护和管理鲁迅故居的工作人员）曾告诉我，在恢复故居基本完成以后，是许羡苏先生记起来在鲁迅母亲的房门边（即北房中间屋东隔扇墙上）有一幅鲁迅四弟的画像，没有看见了。那幅画是当年因鲁迅母亲怀念椿寿，特请绍兴有名的画像师叶雨香画的，到北京后鲁迅母亲一直把它挂在自己的房门边，从她住在八道湾一直到西三条均如此。而此刻先生发现少了这张画像。后来经过四处查找，在周作人家中找到，才又挂在当年挂画的地方，恢复鲁迅母亲居住时的原样。这只是其中的一个例子。

有一件事，许多年来给我留下一个特别大的疑问：在整理故居文物的时候,先生不止一次地念叨:"鲁迅母亲的床怎么没有了?是不是卖掉了?"因为找不到鲁迅母亲的床,在恢复鲁迅母亲的卧室时,就用朱安夫人的床来代替了。外人对此是并不知晓的,但在我的心里总存着这个疑问。可也无奈,因为故居中鲁迅的家人都已离去,左邻右舍的亲友也都不在。新中国成立前的变迁,谁也说不清。但1986年在纪念鲁迅博物馆建成30周年的前夕,我在接待周丰一的夫人张菼芳女士时,聊起故居中鲁迅母亲的床。她突然想起来,鲁迅母亲去世后,这个床曾搬到八道湾周作人家,周作人去世后,他们把这个床给了她儿子的保姆。这个信息就使我们找到了鲁迅母亲的床。1986年鲁迅故居进行修缮,特别恢复了鲁迅在这里居住时的"老虎尾巴"凸出的原貌。这样鲁迅母亲的居室也恢复了原样。由于找到鲁迅母亲的床,她老人家卧室内的各样设备就都齐全了。朱安夫人的床腾出来了,她的卧室也可以恢复了。

鲁迅故居中的小西屋,当年是保姆住的地方,里面放着六个大箱子,箱内装着鲁迅家人四季替换的衣服、被褥。在清理这些箱子和衣物时,许羡苏先生总是不停地向我们讲述这些衣物的故事。记得她曾告诉我:六个箱子中有一个镶有金色花饰的衣箱是朱安结婚时的嫁妆;有的箱子上面贴有各地旅馆的商标,那是跟随鲁迅旅行的标记。先生清楚地记得箱子里面哪件衣服是鲁迅母亲的,哪件衣服是朱安夫人的,哪件衣服是鲁迅的。她还可以描述出鲁迅母亲、朱安夫人当年穿着那件衣服时的情景。在箱子内有两件大襟男式内衣。她告诉我,这是朱安给鲁迅做的。这里边还有一段故事,先生说:"鲁迅不喜欢为自己添制新衣服,朱安当然没办法,鲁迅母亲让他拿出钱来买布,也不灵。后来是她们托孙伏园做动员工作,好不容易请鲁迅拿出钱来买了布,朱安给他缝了这两件大襟衬衣,放在鲁迅的衣服堆里,又由鲁迅母亲劝他换上。鲁迅拿起衣服一看，是绍兴老式的大襟衬衣，就放下了。鲁迅母亲问他为什么不穿，他说：'爹穿了这样子的衣服三十七岁就死了，我穿它也早死？'"许羡苏先生这样一边清理各种物件，一边为我讲述着当年发生的故事。

我现在还清楚地记得先生在讲这些故事时的表情和动作，是那样生动，那样形象，甚至还透着几分活泼，使我似乎看到了鲁迅和他家人的生活，让我感到格外地亲切、难忘。我感激先生给予我的这一切，这成为我以后在工作中了解鲁迅和鲁迅家人的可贵的素材。

## 先生退休以后

先生退休以后，于1961年6月9日将工作全部移交给我和朱靖宇同志（后来是我和徐鉴梅同志来承担这些工作）。实际上先生仍在资料部承担着工作，如整理鲁迅收藏的拓片等，但就不专职保管鲁迅手稿和文物了。我开始承担这项工作时真有些忐忑不安，因为责任重大，自己业务又不太熟，但毕竟当时先生还在身旁，有不懂的事还可以随时向先生请教。可1965年，先生说她要离开北京了。这下我可着急了，因为有许多文物的事情我还没掌握，同时组里的同志也很想知道更多有关鲁迅的事情。于是组织了一次请许羡苏先生为我们讲解鲁迅故居文物的活动，先生非常高兴地答应了。记得那天是5月5日，天气很好，丁香花正开，先生带着我们走进鲁迅故居，从故居的庭院设计到室内、室外的一件件文物都给我们做了详细的介绍。我是边听边做记录。先生讲的好多事情是我们从没听说过，也从未在书本上看到过的。

许羡苏先生在介绍书桌旁的书架时说："先生随便放什么都有

一定的位置，从不变更：第一格永远是报刊或信件，我记得他从这里取下来李秉中信；第二格，排列着各种日常药品，有德国斗安氏的霍乱吐泻药水、斗安氏止痛药水、太益水等；第三格是装花生的洋铁筒和盛甜点的八角朝珠盒。客人来时，先生必从这一格里拿东西请客，先生一家人很喜欢吃花生。"

许羡苏先生讲到鲁迅的煤油灯时说，煤油灯确实是鲁迅的，不是朱安的，也不是阮家的。夏日有客人来，围在后院的井台边聊天，屋里就点着煤油灯。北平沦陷时期没有煤油，鲁迅故居曾安过电灯。先生在讲到鲁迅床上的被子时说，这被子应当是蓝白花的被面。当初还在，未做成被子。在恢复鲁迅故居陈列时，可能因为时间匆忙，就用现在这个被面的被子顶替了。（按：那个蓝白花被面，1962年由许广平先生将其调拨给广州鲁迅纪念馆了。）先生说，"老虎尾巴"在鲁迅离开北京以后经常是关起来的。鲁迅母亲在世时，想鲁迅就到屋里坐一会儿。

先生还讲道，"老虎尾巴"西壁下有两个茶几，一个茶几上放着鲁迅用来镇纸或压书的石刺猬，另一个茶几高一点，上面曾放过陶马。每个茶几上都有一块桌布。这白色方块的桌布上绣着红色的挑十字小花，桌布四边是布丝抽的穗，桌布中心有方形的镂空。整个绣品简洁、秀美。据先生说，那是当时流行的绣法，都是当年先生所绣。

先生在讲到鲁迅母亲的房间时，特别提到原来的门上是有一个布帘子的；鲁迅母亲睡觉的枕头是长条枕头（因当时我们仅放了一个方枕头），看书时手边是放一个方枕头。先生从鲁迅母亲的床上拿起这个绣有"五月九日"字样的方枕头，并解释说："五月九日"是国耻纪念日，是指1915年日本帝国主义向当时的北洋政府总统袁世凯提出企图独占中国的二十一条秘密条款，5月7日是日本帝国主义向北洋政府最后通牒的日子，5月9日是北洋政府代表签字的日子。所以中国历史上将这个日子定为国耻纪念日。如果先生不给我们指出，我是很难想到，鲁迅母亲所用的枕头上面绣的字，是和历史事件有关的。当时我感到很新奇，只顾赶快记下来，却忘记问她这个枕头是谁绣的。直到许羡苏先生离开人世14年后，我的同事杨燕丽同志向我提出上面这个问题，我才意识到当时错失了可贵的时机。我翻遍了原来的记录，却找不到确切的答案。杨燕丽同志为了搞清这个问题，专程去请教当年曾居住在鲁迅故居旁边的鲁迅家的表亲阮和森的儿子阮绍先、女儿阮云先。他们说可能是朱安绣的，因为当年朱安在家里经常做针线活，给鲁迅的母亲绣过拖鞋面。但杨燕丽同志将朱安所做的绣品与绣有"五月九日"字样的枕套的针法与风格相比较，却发现二者是完全不同的。为此杨燕丽同志又将原件拍了照去请教一位当年也同样出入于鲁迅故居的知情人——俞芳。俞芳先生回信说："看到照片，我才知道枕套花纹是用挑十字布绣法绣成的。这种绣法是1926年左右在北京流行起来的。挑十字布绣法不用绷子，只要按花样用针挑去就成，比老式绣法便当多了。当时许羡苏是很乐意绣这些小玩意儿的。我推测绣有'五月九日'字样的枕套是许羡苏绣的。朱安手工活很好是事实，但她思想比较保守，不太容易接受新鲜事物，我没有看到过她老人家做挑十字布活计。再说，她不识字，因此这枕套不可能是她绣的。"看来俞芳先生的分析是正确的。但这之中费了多大的周折才得出这样的结论啊！[1]至于这个枕套是什么时间绣的，初步确定应当是1925年。因为据一些报纸所载，1925年（即"二十一条"签订十周年）曾在社会上再一次掀起纪念国耻的活动。鲁迅母亲是一

---

[1] 杨燕丽：《鲁瑞绣枕之证》，《鲁迅研究月刊》2001年第8期。

位非常关心国家大事的人,此时必然也激起她老人家对这一历史事件的愤慨。而许羡苏先生这段时间也正好在老人家的左右,为了不忘国耻,先生就替鲁迅母亲将这"五月九日"绣在枕套上了。

在讲到鲁迅故居南屋书箱上面的一张一米长的大照片时,先生告诉我们,这是1926年女师大学生驱逐校长杨荫榆斗争胜利后在校师生的合影,这是当年的一张原照。她向我们一一指点:这是鲁迅,这是许广平、刘和珍、杨德群……最后她说,站在左边最边上的那个人就是她。当看到那位亭亭玉立的小姐,穿着一件过膝的长裙,短上衣,半长的袖口宽宽的,大家不禁惊讶地叫起来:"您那时好摩登呀!"先生和我们大家一起哈哈大笑起来。随后先生又给我们讲了鲁迅的书箱、书箱上的字和南屋里间的白皮箱等。先生对南屋中的桌椅板凳等都做了详细的介绍,说明它们的来历及特点。

先生是一位极富有责任心的长者,她尽其所知,毫无保留地一一教给我们,但我由于自己不用心、不理解,或者说缺乏事业心,而放过了许多宝贵的机会,没有向先生认真地、踏踏实实地学习,以致留下许多的空白,今天回想起来仍深深地感到遗憾。

许羡苏先生曾较长时间和鲁迅以及鲁迅的家人交往并生活在一起,她对他们应当说有比较多的了解。但先生为人谦虚、谨慎,不愿出头露面,我曾多次劝她写回忆文章,她总是推辞。1961年在鲁迅博物馆重新开馆时,一次我陪同《光明日报》记者黎丁先生参观,他向我提出想请人写些回忆鲁迅的文章,我向他推荐了许羡苏先生。后来许先生为他写了一篇稿,发表在当年的《光明日报》上。在鲁迅博物馆的鲁迅研究室成立以后,她又将另一篇回忆文章发表在1979年《鲁迅研究资料》第3期上。她的文章手稿仍保存在鲁迅博物馆文物资料库内。

许羡苏先生在鲁迅博物馆工作和生活了20年,为了在鲁迅博物馆工作，她始终过着两地分居的生活，但从未听说她向组织上提出过任何要求。博物馆分给她一间十多平方米的房间，20年就这样住下来了。无论老伴来，还是儿子来，女儿来，她都这样住，从未说过困难。她生活简朴，一年四季总是那几身衣服。饮食也很简单，几乎都是在食堂吃饭。我们的老厨师石曰琪同志回忆说："许大姐吃饭从不挑剔，而且很少吃好菜。"许先生对自己要求很严格，馆里组织劳动，如种树、困难时种菜、战备时挖防空洞等，虽然馆里领导嘱咐她，可以不参加，但她还是抽空参加。她住室的窗户没有帘子，中午睡觉她怕光，我总看见她无论冬夏总是习惯地用一条大手帕蒙着眼睛睡午觉。她和我们年轻人一样上下班，从不迟到早退。在生活上，在为人上，她总是克己奉公，严于律己，兢兢业业，一心奉献，从不讲条件。几十年来她是在默默无闻之中，做了许多并不惊天动地，对于博物馆却极为重要的基础工作。她的功绩应当载入鲁迅博物馆的史册，为后人所敬仰。

1986年4月29日许羡苏先生永远离开了我们，至今已去世20年了。往事历历在目，令人怀念，令人惋惜。她是我事业上的恩师，做人的楷模。我要永远纪念她！

（2005年1月初稿，2005年4月修改稿）

# 周作人二三事

周作人是一位多产的作家，在五四运动时期，他曾是一名反封建的闯将，在新诗和散文的创作上都是一位卓有成就的开拓者。

我与周作人交往不多，只是因工作关系才与他有所接触。他给我的第一印象是：此人颇讲礼仪。记得第一次到八道湾去见周作人，我们走到后院最后一排房子的第一间，轻轻地敲了几下门以后，来开门的是一位戴着眼镜，中等身材，长圆脸，留着一字胡，身穿背心的老人。我们推断这位可能就是周作人，可是开门的人听说我们是找周作人的，紧接着就说，他在后边住。由于和周作人此前没有见过面，我们不敢确定，就往后走，继续敲门。他们回答说，周作人就住在这排房子的第一间。我们只得转回去再敲门。来开门的还是这位老人，不同的是穿上了整齐的上衣。这件事给我们的印象极深。

周作人作为一位有成就的作家，是很有才学的。记得鲁迅博物馆建馆初期，经常有一些问题要向他请教。他的记忆力非常好，每问必答，而且认真、透彻。他常常是以写信或托常惠先生转告的方式，对我们提出的问题给予及时的解答。如鲁迅赠瞿秋白条幅落款处书"洛文录何瓦琴句"，很长时间一些人都把"何瓦琴"当成鲁迅的化名。当问到周作人时，他不仅纠正了这种错误的说法，还指出此句是出于何书的哪一卷。类似这种情况是很多的。周作人对别人托付的事情极为认真,我们曾问他鲁迅在北京住过的地方,他不但口头讲述,还带博物馆的同志实地去查看,那时他已经是70多岁的老人了。他亲自带着这些人去绍兴会馆、砖塔胡同、旧教育部、广和居等地方,还边走边介绍,为博物馆留下了一批活资料。

应当说周作人在博物馆建馆初期是给予了很多的帮助的。他曾捐赠了一大批鲁迅的手迹,其中最多的是《古小说钩沉》的原始稿十大本,还有《幽明录》280条、《汉武故事》85条、《述异记》23条以及《会稽郡故书杂集》中的《会稽记》49条。(这些小条是鲁迅辑录此书时,最初从类书中抄录的资料,为了便于分类,就将它们分别抄成大小不等的小条,相当于现今用的卡片。)此外,还有《谢承〈后汉书〉》一册(11页)以及鲁迅在南京求学时的购书目录等。这些文物丰富了博物馆的馆藏。

遗憾的是,博物馆当时对周作人的工作做得不好,没有在感情上和他有所沟通,致使周作人对他保存的零星鲁迅手迹,没有全部交给博物馆,而随意处置了。1961年,我们曾在一个收废纸的人手中,以十元钱购到鲁迅录《夏侯曾先〈会稽地志〉序》二页。据此人说,此稿是周作人送给他的,因他曾将在废纸中找到的周作人五四时写的二页稿子送周作人,周作人就将鲁迅的手迹回赠他。为此我们曾请常惠先生再做周作人的工作,希望他能将发现的鲁迅手迹赠给博物馆,但周作人对此不以为然。他在1961年12月8日的日记上记有:"下午维钧来访,问有无鲁迅遗迹,悉已捐献矣,不曾藏而待价也。"此后他再没有送来过一件鲁迅手迹。

周作人是生前就将自己的日记出卖的少有的作家中的一个。这一方面是因为当时有人想要出钱买(但博物馆不曾有过此动议)。周作人在1961年11月30日的日记上记有:"维钧来访,云文化部意欲得旧日记及书简存于鲁迅博物馆中。"但我想主要原因是生活所迫，此时芳子住院，信子的病经常发作，经济入不敷出。原来人民文学出版社每月付给他200元，后增加到400元，从他往来的书信看，每月都要预支。这时期他的日记上经常有卖书、卖文房四宝、卖铜镜的记载。将自己的藏书、文物廉价出售，这对一个作家来说，除非万不得已，是不会轻易这样做的。从当时的情况来看，周作人确实遇到了他难以克服的困难。

周作人将他的日记出售给博物馆是分两次进行的。1962年1月6日交来1898年至1917年3月的部分，计18册，博物馆付给1000元。周作人在当日的日记上记有："维钧来访，携鲁迅博物馆支票千元。"2月14日交来1917年4月至1927年12月的部分，8册，博物馆付800元。2月26日周作人在日记上记有："维钧来访，收鲁迅博物馆八百元支票。"1965年1月，周作人又无偿送来日记5册。在这批日记中，特别是早期的日记上，至少有十几处是经挖空或修改的，特别是1923年7月19日兄弟失和那一日的日记被剪掉了。不知此中有何隐情，也不知是对外出售时才采取的做法，还是早已如此。由于当时没有问过他，现在已无可查考了。

1966年"文化大革命"开始后，周作人受到的冲击是惨重的。开始是院里的红卫兵，后来又串连外面的红卫兵，一连抄了几次家，周作人家里的东西差不多已被洗劫一空了，就连他们的榻榻米都被砸出许多窟窿。幸好在抄家的红卫兵中，有懂得珍惜历史文物的青年人打电话通知我们，让我们去抢救这批文物，到北航附中去取。我们请示了军代表，当即向文化局借了一辆130卡车去北航附中。红卫兵小将带我们进入一间灰尘密布、堆满杂物的小屋，这里堆的就是周作人被抄的物品。我们懂得它的价值，毫不迟疑地将它片纸不留地带回博物馆。这批旧物中，除有他本人的旧稿外，还有五四时期陈独秀、胡适、钱玄同、刘半农、徐志摩等近百人的信札，它们是五四运动历史的真实记录。1988年为了落实政策，这部分资料已交还周作人家属。

周作人的结局也是极为悲惨的。1966年8月他被抄家以后，就给撵到一个小棚子里住，只有一位老保姆照料他。当我们得知这种情况以后，曾去看过他一次。这是出于对周氏兄弟的同情或对周作人过去给予我们支持的感激，也是想从他那里再抢救一点活材料……当我们走进他被关的小棚子时，眼前呈现的一切确实是惨不忍睹。昔日衣帽整齐的周作人，此时却睡在搭在地上的木板上，脸色苍白，身穿一件黑布衣，衣服上钉着一片白色的布条，上面写着他的名字。他似睡非睡，痛苦地呻吟着，看上去已无力站起来了，而几个恶狠狠的红卫兵却拿着皮带用力地抽打他，叫他起来。看到这种情景，我们还能说什么呢？只好赶快离开，没过多久就听说他去世了。非常遗憾，这是历史的悲剧！

# 唐弢与两封内容几乎一样的信

唐弢先生是我国著名的作家、文学理论家、鲁迅研究家和文学史家。他在60年的文学生涯中，辛勤耕耘，为我们留下了宝贵的文学遗产。从中国的鲁迅研究来说，唐先生是开创者之一。1938年在上海沦陷期间，在最困难的条件下，他参加了中国第一部《鲁迅全集》的编校工作，仅用6个月的时间，使20卷本的《鲁迅全集》公之于世。这不仅使鲁迅的原著得以保存，同时也使它得以传世。这在中国出版史上是空前的一大贡献。以后唐先生又花了十余年的时间，以一人之力完成了《鲁迅全集补遗》和《鲁迅全集补遗续编》等鲁迅著作的编纂工作。在鲁迅著作的搜集、整理和研究上，唐先生付出了他一生中的主要精力，为我们的鲁迅著作研究和鲁迅思想研究奠定了坚实的基础。

本人作为一名博物馆工作者，想着重谈一下唐先生为我们鲁迅博物馆的建立、建设等方面所做的开创性工作以及给予我们的无私帮助与关怀。

## 阻止朱安出售鲁迅藏书

唐先生对鲁迅有极深的感情，更视鲁迅的文物如至宝。1944年，唐先生在上海一家私人开设的小银行当秘书。一天，他从郑振铎那里得知当时北平方面要出售鲁迅藏书，情况非常紧急：汪精卫国民政府委员、国民编纂委员会主任陈群，正在到处搜刮图书，想把鲁迅藏书全部买下；周作人想乘机留下一部分；还有人想推荐图书馆将书买下；等等。

得知这些唐先生心急如焚。在那南北交通阻隔、兵荒马乱的日子里，受许广平先生的委托，唐先生毫不犹豫地担任了出面到北平谈判解决问题的重要使者。唐先生在北平的前后十余天中，主要是穿梭出入各书铺，与书铺老板打招呼，防止鲁迅藏书流散出去，其中最困难的是唐先生与北平家属的谈判了。我还记得唐先生在和我们谈到此事时，曾绘声绘色地描绘了那时的情景。当唐先生向朱安说明来意并讲了要注意保存鲁迅遗物的情况以后，朱安激动地指着自己鼻子说："你们总说要保存鲁迅遗物，我也是鲁迅的遗物，你们也应当保存保存我呀！"谈判到了非常尴尬的境地，此时唐先生非常巧妙地将话题转到上海的生活方面，谈到海婴的情况。朱安的态度一下就软下来了，进而脸上露出了几分笑意。唐先生乘机将许广平的困境和上海的情形，一一做了仔细的说明，从而打开了局面，让老人说出了心里话。唐先生为了解除朱安生活的顾虑，说明生活费仍由上海负担，倘有困难几位朋友愿意凑钱代付，千万不可将藏书出售。当时唐先生还解囊相助，以示诚意。

由于唐先生对这个问题的妥善处理，朱安改变了出售鲁迅藏书的做法。一场轩然大波就此得以平息，不少人松了一口气。唐先生自己对此也感到由衷的宽慰，他在《〈帝城十日〉解》一文中表达出他解决这一问题后的兴奋心情，他说："我们终于从一个方面解决了鲁迅藏书出售的问题"。这确实是在一个关键时刻，解决了一个众人注目，并为之担心的关键问题，使鲁迅的藏书得以完整地保存下来，成为我们今天博物馆的珍贵藏品和研究鲁迅的宝库。

唐先生将鲁迅的书信妥善保管，并全部捐赠给国家。1937年许广平刊登征集鲁迅书信的启事，唐先生当即翻检出比较有意义的四封鲁迅书信，托黄源转交许广平。唐先生十分珍爱鲁迅给他的书信，他在给许广平的信中说："周先生死后，除了他的战斗精神，他的遗教，时时使我们后死者铭念外，这一点真迹应该是他所遗留给我们的最好的纪念了。"这些信件在上海沦陷期间由许广平先生千方百计地保存下来，新中国成立后被交给国家，现保存在北京鲁迅博物馆。

1956年，在纪念鲁迅逝世20周年时，唐先生又从他的藏书中找到鲁迅书信四封和一些零星材料。那时唐先生已得知自己将要调到北京，他就将书信发表，零星材料如珍贵的《月界旅行》初版本等捐赠给上海鲁迅纪念馆，四封信的手迹则准备带到北京面交许广平，以便和以前交的四封信汇总。

1959年在正式调北京的搬家过程中，唐先生从所藏的旧书中发现鲁迅书信一封及经鲁迅圈点的《日语学习书目》一页。1972年唐先生主动写信给我们，信中说："1959年我正式调至北京，（19）60年曾问过许广平同志，她说书信手稿等都已交博物馆保管，不久我即去高级党校，以后先是忙于工作，后是忙于生病，一直没有和博物馆联系，如今广平同志又告逝世。黄垆腹痛，我保存着这些信件，真像捏着一团火，极想把这个重担卸下，由博物馆将这些信和目录一件和以前送上的四封信一起汇总妥为保管。"唐先生在将这四封鲁迅书信手迹及书目一件捐赠给博物馆时，还附有对每一封信的详细说明，除说明该信是在什么情况下写的之外，还对其中的隐语及字句进行解释。像这样捐赠手迹又做好说明的，在我们保存的鲁迅给近百人的书信中是少有的。看到这些历尽艰辛保存下来的手迹，再阅读唐先生写的说明，实在令人感动。而今回想起来，更加令人感慨万千。

唐先生先后向国家捐赠鲁迅书信手迹九封。这些都是国家一级文物，捐赠人可以得到一大笔酬金，也有理由以此提出各种要求。只要在国家政策允许的范围内，接收单位是会尽可能地满足收藏者的要求的。唐先生曾从事过文物部门的领导工作，对此是非常清楚的。但当我们问唐先生有什么要求时，他只淡淡地说一句："给我一张收条吧！"虽然我们再三说明，他仍坚持只要收条一张。

## 筹建上海鲁迅纪念馆

1950年6月华东军政委员会文化部在上海组建之初，唐先生任文化部文物处负责人。他在安排工作时，首先想到的就是要筹建鲁迅纪念馆。他还和雪峰同志一起查看大陆新村、拉摩斯公寓、花园庄旅社、公啡咖啡馆、中华艺术大学、爵禄饭店、荷兰西菜社等鲁迅活动过的旧址，并拍下了不可多得的珍贵的历史照片。

为筹建鲁迅纪念馆事，唐先生向华东军政委员会文化部请示，得到当时文化部部长陈望道，副部长黄源、金仲华的一致赞同。为此唐先生亲自草拟了《筹设鲁迅纪念馆计划草案》，并得到华东军政委员会和中央文化部文物局的批准。为尽快实现这个计划，唐先生亲自为落实建馆经费，为解决山阴路大陆新村旧址相关问题而四处奔走。为了这个工作能做得好，唐先生建议请许广平亲临指导，因而呈文中央文化部文物局转请。由于许广平当时任国务院副秘书长，此请求得到敬爱的周恩来总理的亲笔批示："同意许副秘书长于十月中赴沪一行，周恩来，八·四"。当年的上海山阴路大陆新村9号鲁迅故居的恢复工作就是在唐先生的精心安排下，由许广平先生指导,按鲁迅生前居住的情况布置的。与此同时,还在大陆新村10号鲁迅故居西邻建立了鲁迅展览陈列室。

这最初的上海鲁迅纪念馆就是由唐先生参与统筹规划,精心设计而建立起来的。仅用了五个月的筹备时间,就于1951年1月正式对外开放。这是新中国成立后建起来的第一个鲁迅纪念馆。这个纪念馆首次以毛主席对鲁迅的评价,以大量的实物与图片形象地展现鲁迅光辉战斗的一生。这在中国鲁迅展览史上是一次创举。这个展览在当时广泛接待了国内外数十万观众,同时也接待了中央领导和国际国内的知名人士,并得到好评。

1956年春,唐先生受上海市文化局的委托为上海鲁迅纪念馆编写了陈列提纲。北京鲁迅博物馆1956年建馆时,在陈列设计上还参考了唐先生编写的这份陈列提纲。

## 两封内容几乎一样的信

1950年筹建上海鲁迅纪念馆的工作中,原存于上海施高塔路霞飞坊的鲁迅藏书,许广平先生将它们全部捐献给国家。按许先生的意见其中绝大部分藏书被运往北京,原因是北京天气比较干燥,易于保存好藏书。唐先生作为上海文物处的负责人,经办了此事。他协助许先生清理上海鲁迅藏书。唐先生曾告诉我,当年在清理鲁迅藏书时,许先生的要求是:"有一本的给准备筹建的北京鲁迅博物馆,有两本的她自己留一本作纪念,有三本以上的留一本给上海鲁迅纪念馆。"当时唐先生建议将鲁迅收藏的版画、故居案头原存放的工具书、鲁迅逝世的消息报道,以及纪念鲁迅的报刊留在上海,得到了许先生的同意。在唐先生亲自安排下,2691种原存上海的鲁迅藏书被造了详细的目录,分装41箱,于1950年11月运往北京鲁迅故居,成为现今北京鲁迅博物馆藏品中的重要组成部分。正因为唐先生和许先生一起清理过上海的鲁迅藏书,所以他对这部分藏书比我们都熟悉,有时关于藏书的问题我们还要向他请教。

唐先生调北京工作以后,十分关心鲁迅博物馆的陈列。每次修改陈列,他都亲自来馆审查提意见,还经常写成书面意见,除对陈列内容指出不足以外,在说明文字上也逐字逐句修改。有时还将他对其他馆的陈列修改意见一并寄给我们,供我们参考。唐先生为搞好鲁迅博物馆的陈列是很费苦心的。

博物馆在陈列上或在鲁迅研究史料上有不明白的问题或产生某种疑问时,总是不断地登门讨教,或写信给唐先生求教。唐先生对我们所提的每个问题都非常认真地对待,不只是有问必答,而且是千方百计地从各个方面给予解释,还生怕把某个问题漏掉了。

唐先生去世后,我在清理唐先生的遗信中,发现有两封信的内容是基本相同的,原来是唐先生对我们所提的问题解答了两遍。事情是这样的:1974年6月8日我曾写信请教唐先生关于鲁迅给中共中央发长征贺电的经过,以及应当以哪种电文为准,依据是什么等问题。唐先生于6月9日当即回我一信,写了密密麻麻的三页纸,把他所了解的经过,以及过去访问茅盾的情况等一一详细做了介绍。可以说非常详尽了。可7月9日又有一信,此信的开头这样写道:"昨天雪峰同志到我处来,谈到鲁迅特别是反战大会的事,我才想起你6月8日曾有信给我,问及长征贺电的事。我向例每星期处理一次来信,但因大函放在抽屉里,年老健忘,竟记不起已经复了没有?"因而又将问题解答一遍。

唐先生解答问题,并不只是就问题谈问题,常常是从问题中给我们以新的启迪。记得在"四人帮"横行时,沈鹏年曾给上海市委一个报告,关于芸生就是瞿秋白的问题,其中所举的例证,均为死者，无以对证，但当时也迷惑过一些人。对沈鹏年所言我们当时虽觉不妥，但又说不清楚，不知应如何对待为好。我们将沈鹏年写的材料寄给唐先生。唐先生在 1973 年 1 月 18 日的一封信中，首先就说："对这个问题，我个人认为，暂以存疑为是。"他非常赞同我们对问题准备进行调查访问的做法，并且仔细为我们分析、说明可以从哪些方面去调查，在调查中要注意些什么，等等，写了长长的一封信，还非常肯定地说："我看是必要的，而且迫切的，现在是我们消灭那些'存疑'问题的时候了。"唐先生这话，不但使我们增强了工作信心，而且打开了我们的思路。因为当时有人故意把鲁迅的史料搞得很乱，甚至真假、是非难辨。

唐先生的话启发了我们，使我们确切地感到要取得一批真实材料的必要性与迫切性，以便及早澄清事实。因此，1973 年博物馆集中了一些同志共同拟定访问提纲，明确访问对象，分别请了冯雪峰、茅盾、胡愈之、周建人、萧军、曹靖华、李霁野，还有唐先生等十余位研究鲁迅的老前辈来馆座谈或登门访问。座谈后的记录稿都请本人仔细核对修改，要求真实可靠。

唐先生于 1975 年 9 月 13 日来我馆座谈，他讲的题目是"回忆鲁迅及 30 年代文艺界两条路线斗争"。从他与鲁迅的交往到他所认识的鲁迅再到 30 年代文艺界的情况等，讲了三个多小时。他还为我们画了一张 30 年代文艺期刊倾向的示意图。事后唐先生对他的讲话记录稿修改得极为认真，满纸改得密密麻麻的。这份唐先生修改的讲稿我们已编入馆内收藏的珍贵资料中妥藏。这一阶段的活动收到了很好的成效，为博物馆积累了一批珍贵的、不可多得的史料。

唐先生对博物馆的困难也是尽力相助的。在 1976 年由文物局外事处组织的鲁迅赴日展中，有关北京部分的展品由鲁迅博物馆负责提供。展品中有一件鲁迅在北大讲授小说史的油印本，我馆虽有一本,但正在展出无法提供,复制已来不及。据我所知,这本书的原件当时全国仅存三册。唐先生藏有一册,对此书唐先生是极其珍爱的。为了能搞好赴日展出,我曾非常忐忑地去和唐先生商量,可否暂借。唐先生非常慷慨地答应了,当即就从书箱中找出,包好让我们带走(后来我们向他补了一张文物局外事处的借条),为我们解了燃眉之急。唐先生乐于助人,类似的事例还有不少。

唐先生不仅关心博物馆的常规工作,还经常惦念着鲁迅生前辑录、整理的古籍和碑录的整理出版、供给社会研究的工作。他在1984年4月20日给我的信中说:"趁我们这些老头还活着,把这些重印的工作做完,实在刻不容缓。"这确实也是许多老先生和研究者所共同盼望的。上海市文物管理委员会主任方行同志积极活动,并与唐先生多次商议办法。唐先生在全国政协六届二次会议上,拟写了此项提案,提案的内容是:"为纪念鲁迅逝世50周年,建议影印出版鲁迅收藏的汉魏六朝碑刻、造象、墓志及亲笔抄校的古籍,以推进学术研究,提倡严谨学风,发扬民族艺术。"并与宋振庭、单士元、严文井、邵宇、姜椿芳五位委员共同提出。这就是434号提案,1984年9月下达到文化部,由国家文物局责成北京鲁迅博物馆和上海鲁迅纪念馆共同负责整理、编辑,分别由上海几家出版社出版。《鲁迅藏汉画像》由上海人民美术出版社出版,分南阳与山东二册,已出齐。碑录等由上海书画出版社出版,已出《鲁迅重编〈寰宇贞石图〉》和《鲁迅辑校石刻手稿》三函。古籍辑录由上海古籍出版社出版,已出二函。唐先生亲自担任辑录古籍组的编辑顾问,编辑工作在唐先生的指导下全部完成。遗憾的是,唐先生过早地离开了我们,未能见到此书出齐。最近此书获得首届全国优秀古籍整理图书奖(1994年),这个荣誉的获得首先应归功于唐先生。

1976年北京鲁迅博物馆鲁迅研究室成立,唐先生被聘为顾问。

我们有学术讨论会，只要请他，他都必来，并做发言。他的发言非常精彩，寓意极深，受到大家的好评。记得他最后一次参加博物馆的会是在1990年2月19日，那是由中国作协山西分会、中国人民政协山西省盂县委员会和鲁迅博物馆鲁迅研究室联合召开的"高长虹文集出版座谈会"。唐先生是带病参加的，但在会上他还是做了精彩的发言。没想到这竟是唐先生最后一次参加博物馆的会议了。

唐先生的一生确实是为祖国的文学事业、为鲁迅研究事业鞠躬尽瘁的一生。他虚怀若谷，平易近人，兢兢业业，刻苦工作，是备受人们尊敬的师长，最权威的鲁迅研究专家。他不应当这样匆匆离去，我们多么渴望看到他的《鲁迅传》完成呀！唐先生有着丰富的学识、优美的文笔，他与鲁迅有着很深的交往，写《鲁迅传》有着别人所没有的优越条件。但病魔缠着他，琐事困扰着他，夺去他许多宝贵时间，而我们则经常为一些无足轻重的事干扰着他，今天想起来是很内疚的。唐先生的过早去世是我们鲁迅研究界的极大损失，他的《鲁迅传》未能问世，也是我们永远的遗憾。

虽然如此，唐先生辛勤的一生，给我们留下的东西还是很多很多的。我们由衷地感激唐先生，并将永远怀念他。

# 冯雪峰送鲁迅一幅特别的画

冯雪峰先生是鲁迅的学生和挚友。他热爱鲁迅、崇敬鲁迅，又深深地理解鲁迅。他使鲁迅了解了中国共产党、了解了中国共产党的历史和政策，更了解了中国共产党的一代伟人。可以说雪峰先生是鲁迅后期光辉思想、言行的见证人。他和鲁迅亲密无间、心心相通，正如丁玲同志所说："鲁迅在雪峰的精神世界里是一尊庄严、生生向往的塑像，他们的关系远远超过一般同志和师生。"

## 揭开一幅画的谜底

1956年，许广平先生把一批鲁迅的文物捐赠给北京鲁迅博物馆，其中有一幅装在精致的镜框里的画。许广平先生在交给我们的时候再三说："这是冯雪峰从长征路上背回来的，是他路过彝族地区时，小叶丹送给他的。"许先生反复地说，生怕我们记不住。当时接收这件文物的人主要有许羡苏先生（她是许广平先生的同学和好友），以及后来被任命为副馆长的杨宇同志和我。在许羡苏的原始账上，明确记有"冯雪峰长征背回少数民族图"，还记有"冯雪峰长征带回画连框，放故居"。

半个多世纪过去了，我们只知道这些。这幅画，我们看不懂，不知道它到底是什么画，有什么意义。对于我们来说，这始终是个谜。2008年负责鲁迅博物馆保管部工作的夏晓静同志为了弄清这件文物，找到我，要了解这件文物的有关情况。这也是我从事鲁迅文物工作以来，未完成的一件工作。为此我又找到当年一起接收这件文物的老领导——88岁的杨宇同志，他还清楚地记得这件事。他说："这应当是一幅唐卡，是冯雪峰在长征途中，小叶丹送给他的。雪峰先生从长征路上背回来，专程到上海送给鲁迅。在1956年第一次组织鲁迅生平展时，为了表现鲁迅和冯雪峰的关系，曾经想把它放在陈列上，但由于当时的历史情况和唐卡的内容未能展出。"为了进一步了解这件文物，我也专访了雪峰先生的儿子冯夏熊同志。他说："曾听父亲讲过这段历史。那是1936年年初，他们跟随中央红军长征，一起到达陕北。不久父亲又接到中央的命令，以特派员的身份，由中央派人护送到我军和张学良东北军驻防区的分界地，与张学良部取得联系，并由东北军六十七军军长王以哲护送到南京，最后辗转到上海，住在鲁迅的家中。父亲说，那时一有机会就向鲁迅详细地讲述红军二万五千里长征的故事。这件小叶丹赠送给父亲的礼物，就应当是所讲的长征故事的一个纪念吧！"

2008年12月23日，北京鲁迅博物馆组织召开了一个文物鉴定会，夏晓静同志特请故宫博物院藏传佛教专家罗文华来馆鉴定。周海婴先生、孙郁馆长，以及文物资料部的业务人员和退休后的我也参加了。

这幅唐卡装在一个栗色硬木的镜框里，镜框高84.4厘米，宽52.2厘米。唐卡的尺寸高50.5厘米，宽34厘米。工作人员戴着手套按罗文华研究员的指示，小心翼翼地将唐卡取出，唐卡下面衬着的是一张托裱好的浅黄色带花纹的绫子。罗研究员细细地观看唐卡的每一个部分。罗研究员说唐卡后面一定有字，让工作人员将唐卡

唐卡《大成就者冬必巴》

翻过来，果然后面有五个梵文字母。随后罗研究员向与会人员详细讲解这幅唐卡的绘画内容、艺术风格及其珍贵的历史价值。

他说："这幅唐卡名为'大成就者冬必巴'，画的是大成就者冬必巴（有的翻译成东毘巴，还有的译成宗比巴、甘帝巴、多必巴）和明妃骑着老虎从山林里修行出来的故事。大成就者是指印度古代历史上专门修习密法的大师。根据西藏的历史，大成就者的数量不一，最常见的说法是84位，而冬必巴排在第四位……"罗研究员为与会者详细地介绍了冬必巴的故事。

据罗研究员介绍，这幅唐卡的原件上还应当镶有一个绘着天干地支的硬边。他说这个镶上的边应该是后来缝上去的，不知为什么没有了。罗研究员就带着疑问的眼神，看着海婴先生。海婴先生回答说："当时雪峰先生将它赠送给我父亲的时候，可能就是这样，如果带着镶边，父亲是不可能将它拆掉的。"我也认为这是肯定的。

罗文华研究员最后说："在藏传佛教文化区，人们之间赠送唐卡的情况并不多见，只有在关系非常好的朋友或上师之间才会赠送唐卡作为礼物。况且这是一幅古代的唐卡，在寺庙或佛堂中，都被视为圣物，一般不会轻易送人。赠送这种唐卡，一定是对对方极为尊重的一种表示。朋友间通常以赠送释迦牟尼佛、观音等吉祥慈和类题材的唐卡为主，赠'大成就者冬必巴'唐卡是比较罕见的。"

海婴先生听完专家的鉴定和介绍，面带笑容，向专家表示感谢，并再次仔细端详这幅唐卡，用手轻轻地抚摸唐卡的镜框。此时的海婴先生一定思绪万千，感动于20世纪30年代父辈们的深情厚谊。

听了罗研究员的介绍，我们才真正了解到雪峰先生当年为了将小叶丹赠送的唐卡带出来，经过了多少艰难与险阻！首先在长征路上，为了将这件唐卡带走，雪峰先生只得将镶在唐卡外边的硬边取下,将唐卡卷起来,小心翼翼地带到延安。后来又经过伪装,通过层层封锁线,才将它带到上海,送给鲁迅。雪峰先生的一片真情,鲁迅也是由衷地领会的。所以鲁迅先生用家里最贵重的镜框和很好的绫子把唐卡装裱起来,妥善地保存。70余年过去了,唐卡依然鲜亮如初。这幅唐卡真实地记载和再现了雪峰与鲁迅无私、深厚的革命友谊。

小叶丹赠送雪峰唐卡,可谓刘伯承总参谋长与小叶丹歃血结盟动人故事的续篇。

藏传佛教专家罗文华,对这件唐卡的内涵、历史及其价值做了精辟的说明,由此可以说对于这件唐卡本身的故事,我们已知晓。但我们更想知道当年小叶丹是如何将这件唐卡赠送给雪峰先生的,由于没有留下任何记载,知情者也已纷纷离世,所以没有人能说清了。这可能将是一个永远的遗憾。可喜的是,这件作为历史见证的唐卡,仍完整地保存下来了。它既是长征途中少数民族送给红军的礼物,是少数民族同胞和红军情谊的记载,又是关于鲁迅的文物,更是冯雪峰和鲁迅友谊的见证。这多重的意义,将使这件文物具有无与伦比的历史价值。

## 关于鲁迅的 14 个问题

新中国成立以后,雪峰先生作为鲁迅的战友、鲁迅事业的知情人、国家出版事业和文艺界的领导者,对鲁迅博物馆的工作是关心备至的。从鲁迅博物馆的第一个陈列展出,到数次陈列的修改,雪峰先生都亲自参加并提出宝贵的意见。

有一件事是特别要向人们讲述的。那是 1972 年,雪峰先生从干校回到北京,馆里的同志都渴望见一见这位鲁迅的亲密战友,听他讲讲鲁迅的事迹。为此，我受单位的委托，去拜会了雪峰先生，向他提出我们想请他来馆作报告的要求，并给他提供了一个讲话的提纲。他当即高兴地答应了。回馆后，我按程序，给当时的北京市文化局（鲁迅博物馆当时的上级领导）打一个报告，申请雪峰先生来馆做报告。报告打上去，文化局批下来："不同意。"我想不通，就去文化局找局里的领导。我说，雪峰先生在十年前就已摘掉了"右派"的帽子，为什么不能请他来做报告呢？但上级领导仍坚持。无奈，我只好去找胡愈之先生。胡愈老听完我说的情况后，非常气愤。老先生坚定地说："我带雪峰去。"日子就选定在12月25日。

终于等到12月25日，就在那天的傍晚，天特别冷，胡愈老用车子将雪峰先生接到了博物馆。那时，全馆的业务人员都挤在一个狭小的接待室里，等待雪峰先生和胡愈老的到来。雪峰先生和胡愈老相互扶着走进接待室，受到参会者的热烈欢迎。我们的副馆长杨宇同志迎上前，安排二老入座。似乎没有什么欢迎词，也没有一般的客套。二老给人的感觉是和蔼可亲，平易近人，所以整个气氛非常亲切、非常融洽。讲演就这样开始了。雪峰先生拿着我们给他的提纲，一一道来。他们一共讲了14个问题，其中有"关于民权保障同盟""互济会""1936年2、3月鲁迅没有接受去苏联休养的情况""李立三同鲁迅见面""鲁迅治丧委员会名单""鲁迅送给毛主席的礼物""方志敏的《可爱的中国》手稿由鲁迅转送的情况""《夜莺》月刊一卷四期所载《几个重要问题》为什么没收入《鲁迅全集》""鲁迅与爱罗先珂的关系""关于《半夏小集》""创造社为什么攻击鲁迅""'左联'的解散""关于反战大会"等（记录稿发表在《鲁迅研究资料》第一辑上）。每个问题都谈得很深入，总是一位先生谈，一位先生补充。就这样，他们结合自己的经历，谈得特别生动。他们精力旺盛，滔滔不绝地讲了两个晚上，使我们这些晚辈大开眼界。这是一些不可多得的珍贵史料，将永远载入鲁迅研究的史册。

## 最后一次看望雪峰先生

雪峰先生、胡愈老的报告结束以后，为了使材料准确和翔实，我们多位做记录的同志，将记录稿核对、整理后送给他本人修改。不巧的是，正在此时，雪峰先生患了肺癌，住进协和医院，不久又做了手术。当我去看他时，他非常抱歉地表示"讲稿暂时不能修改了"，然后又十分肯定地说，"出院以后，我一定会抓紧时间帮你们修改好。"话不多，但确实感人肺腑。当癌症正在威胁着他的生命时，他仍惦记着对博物馆所应允的工作。尔后我才知道，他出院以后不久就带病动手修改讲稿了。直到1975年夏天，雪峰先生的病情开始恶化，他仍冒着夏天的酷暑坚持着这项工作。在雪峰先生家里，全家人也只是住着总共40多平方米的房子，一大间并隔出一小间。为了能安静地工作，他用柜子和布帘子隔出只有一平方米大小的"小屋"，在里面伏案一字一句地修改记录稿。

8月下旬，他请人捎话来，让我去取稿子。那天，天气特别闷热。我到先生家，看到先生的脸明显地消瘦，精神疲惫，说话吃力。我看着他，又看看这份修改字样密密麻麻的稿子，心里很不是滋味。因为此时，他的癌症已进入了晚期，身体非常虚弱。他吃力地用沙哑的声音对我说："请你在讲稿上加上'1975年8月修改'几个字。"增加的字虽只有几个，分量却不一般，其中倾注着这位老人对工作极端负责的可贵精神。

不仅如此，雪峰先生在重病期间始终竭尽全力为后人留下一些有价值的资料，无论谁向他求教或询问有关的问题，他都尽最大的力量，认真地、极端负责地给予解决，默默地克服癌症所带给他的难以忍受的疼痛。

我最后一次去看望他，是在1975年11月，先生仍然坐在那用布帘围着的"小屋"里。这时他说话更加吃力，声音更加沙哑。在我坐了约半个小时，准备起身告辞时，他却坚持让我再坐一会儿。此时，他吃力而又语重心长地说："有一件事，希望你能给予澄清。"他说："我反复地想过，石一歌介绍的'秘密读书室'根本不是那么回事。鲁迅在溧阳路的藏书室只是存书的地方，根本不可能每天晚上到那里去夜读，因为那里又冷，又黑，又没有水喝。对此事，希望你们再有机会时，一定要给予纠正，不要再贻误后人了。"他又郑重地说："我认为，作为一个研究工作者，首先就要尊重历史，忠于历史，否则就不是一个历史唯物主义者。"他说得那样认真，那样意味深长。我想，这是他久久深藏在心里的话。今天回想起来，这些话仍然清晰地回响在我耳边。这正是他——一位革命老前辈对我们从事鲁迅研究工作者的教诲，让我牢记于心。

知道雪峰先生患肺癌后，为了安慰他并使他鼓起勇气战胜癌症，我曾送给他一本《癌症是不可战胜的吗？》。书中介绍了一些战胜癌症的事例，也讲解了癌症发展的过程等。雪峰先生去世后，我去看望何爱玉师母。师母说："不知道谁送给他的一本书，使他知道了自己病的发展。他为了能争取多一点工作时间，在身体不可支持的情况下，却要求多增加电疗的时间。"我听后心中一阵疼痛，后悔为什么要送这样一本书给先生，使他增加痛苦。

这一切都使我看到了，有一种力量使雪峰先生在遭受政治上、思想上、肉体上的各种折磨之后，仍然如此顽强，如此执着地忠贞于自己的事业。这种力量只能是自始至终蕴藏在他内心深处的坚定的共产主义信念。作为晚辈的我，由衷敬仰。

雪峰先生坚忍执着奋斗的一生，正向人们展现了一位共产党员光辉的楷模。

今年1月31日是先生逝世46周年纪念日，谨以此文向先生致敬。

（2022年）

# 萧军注释鲁迅书信的一段往事

萧老一生充满对鲁迅无比深厚的爱，他崇敬这位伟大的人物，感激这位伟人在他人生陷入困境时所给予的指引、对他无微不至的关爱和细心的培育。萧老曾说过："我生平就佩服两个人：一位是毛泽东，一位就是鲁迅。"这种信念支撑着他，无论在顺境或逆境时，都从容应对；这种信念是那样坚定，那样执着，从不动摇。因而人们敬重萧老，敬佩他刚直不阿、坦荡豁达的精神。

正因为如此，萧老对鲁迅博物馆有着特殊的感情、特别的爱。他关心鲁迅博物馆的建设和发展。多年间博物馆的各种活动他都积极参加，特别是历次修改陈列，萧老都亲临审查并提出宝贵意见。博物馆要请他协助工作，他总是有求必应。

## 萧军与鲁迅的通信与交往

记得是1975年初夏，博物馆拟请尚健在的鲁迅书信的收信人将当年的书信加以注释和说明，使博物馆能存下这方面的第一手资料。我们为此专程去拜会萧老。那时萧老住在银锭桥西海北楼，我与韩蔼丽、董静艳按约定来到那西海边上的小院。那天天气晴朗，小院里很清静，庭院中花草丛生，眼前是一幢砖木结构的两层小楼。萧老听见声音，就在楼上招呼我们上楼，我们就迎着萧老的招呼声，踏着那吱吱作响的楼梯上了楼。萧老第一个看到的就是韩蔼丽，他们在"文化大革命"时是北京市文联学习班的"老同学"，久别重逢，一见面格外亲热。我和董静艳虽然是第一次拜见萧老，见到这种热烈的场景，拘束感也一下就消除了。老人对人热情、亲切，使我们俩对他也有一种一见如故的感觉。那时萧老已是一位进入古稀之年的老人，鬓发已经花白，但仍是满面红光、精力充沛、声音洪亮，使人感到和蔼可亲。

他与我们围坐在一张小桌旁。我们请他讲讲有关他与鲁迅交往的事情和鲁迅给他写信的经过，并提出请他注释鲁迅给他的书信等。一提起鲁迅，萧老的话匣子就打开了。他讲述了当年如何"冒险"给鲁迅写第一封信的情景，描述了出乎意料地收到鲁迅的回信时的心情："只感到我们如航行在一片茫茫无际的大海上的一叶孤舟，既看不到正确的航向，也没有停泊的地方，鲁迅的这封信如灯塔射出来的一线灯光，给我们向前航行的新生力量。"这是他的原话，虽然像文学作品中的语句，但这确是他当时发自内心的真切感受。因而他对这些信珍爱如生命，他说："当时我时刻不离地带在身边，不知偷偷地读过它多少遍，有时几乎是眼中含着泪在读它。从那每一句话、每一个字，甚至是每一个字的一笔一画，每一个标点，每读一次会发现一种新的意义、新的激动和振奋。"萧老对鲁迅给他的信的珍爱，是真真切切的。

萧老还谈了当年与鲁迅第一次见面的情景，谈了他与萧红一起到鲁迅家里做客时一些有趣的故事，等等。萧老还谈到1934年10月白色恐怖笼罩着青岛，他的几个朋友相继被捕，于是被迫离开青岛。萧老说："在临行之前就给鲁迅发一封快信，请他再不要向青岛原地址写信了，我们马上就要到上海去。"他说，"我们事前做了一下准备,临时简单地化了一下装,于夜间悄悄溜出了寓所,搭了一只货船到了上海"。到上海以后,他们受到了鲁迅热情的帮助。鲁迅不只对他们的创作给予指导、支持与介绍,在经济上给予接济,而且在生活上给他们做细致的安排。萧老说:"后来我才知道,由于我初到上海,人生地疏,鲁迅特意指派叶紫充当我的'向导'。"而萧老的《八月的乡村》能够在那时出版,也是因叶紫的多方设法,才得以实现。萧老讲到这里,又生起他对叶紫的无限怀念与悲痛之情。

关于鲁迅对他们生活的关怀,1979年我们访问版画家黄新波同志时,他向我们提到过一件事。1934年年末的一天晚上,萧军去找黄新波,一进门就说,他是鲁迅介绍来的,要向黄新波借一张铁床。新波同志回忆说:"当时萧军穿的是西装,萧红也穿的是西装",并说,"我给他们叫了两辆黄包车,让他们把铁床拿走。我也是在这时才认识萧军的,后来还给他刻了一个《八月的乡村》的封面。但我一直弄不清为什么鲁迅知道我有一张铁床呢?"新波同志曾托我们见到萧老时替他问一下,但我们因忙于工作琐事,没有及时去问。后来虽有时也见到萧老,但由于谈的事情太多,而将此事遗忘。现今二老均已离我们而去了,此事却成了永久的遗憾。

萧老绘声绘色地讲述着往事,使我们一下子也仿佛生活在鲁迅的身边,这种感觉使人难忘。萧老谈得非常兴奋、投入,我们也听得入神。谈话的间隙,我回头一看,非常惊讶地发现,听讲的并非只有我们三个,在我们后面又悄悄增加了四五个人,这之中有萧老的夫人王德芬先生和萧老的几个孩子。我们赶紧起身行礼。我看见他们也和我们一样拿着笔和纸在认真听讲、记录。这个场景使我记忆犹新,使我感动。以后几次去萧老家,都见到这种情景。那时我感到自己置身于一个温暖和谐的家庭中。萧老不但在社会上受到人们的崇敬，在家庭中也为每个成员所爱戴、敬重。我深切地感到萧老的晚年是幸福的。

## 54 封信

萧老对我们的来访，以及恳请他为博物馆做书信注释的事，是非常重视的。他在书信注释的"前言"中记录了这项工作的启动："一九七五年六月间，在北京鲁迅博物馆工作的叶淑穗、韩蔼丽、董静艳等三同志来，要我把鲁迅先生给与我和萧红的五十四封信中某些她们所不明白的事情和问题给以注释，我接受了这一任务。"萧老把鲁迅博物馆请他帮助的事看成是"任务"，如此对待，我想博物馆也会有承受不起的感觉吧！

事实上萧老在做这项工作时，是极为认真的。他在书信注释一事上整整花了十个月的时间，经历了酷暑，也经过了严寒。我记得萧老曾告诉过我，他是躲在帐子里写完的。全稿有 64 页，用钢笔书写在 19 厘米 ×26.5 厘米的红行信纸上，字迹工整刚劲。题名为《鲁迅先生书简·简注》。前面是一段"前言"，正文中对我们提出的问题均一一加以注释和详细的说明。注释的结尾有"萧军"的签名并钤印。"前言"中讲述了这些书信的由来及它的"经历"。特别讲到在抗日战争爆发的危急时刻，这 54 封信能够完整保存下来，这之中经历的艰难和思想上的斗争。1937 年 8 月间上海遭到日机轰炸，当他准备离开上海时，唯一放不下的就是这一批鲁迅给他的书信。他在"前言"中写道："这些信件尽管是鲁迅先生写给我们本人的，应该属于我们所保有，但它的意义是宽广的、深刻的、伟大的……而我们不过是中国当时千千万万信仰、尊崇、敬爱……鲁迅先生的青年之一，偶尔有幸能够得到先生在书信中直接指导以至后来当面的教导……这是我们一生引以为最大荣幸的事情。但我们却没有任何'权利'可以把先生这些信件据为'私有',更何况在那大动荡的时代中,我们究竟漂流到哪里去?生死存亡全在'不可知'的情况下。如果这些信件带在自己的身边,万一失落或损坏了,对于我们来说这将是难于宽恕的错误!将成为千古的'罪人'。"因而"和萧红研究的结果,决定由我抄一份副本(为了将来印刷出版所用),连同鲁迅先生书简原件,用了两块手帕包好","全部当面交给了许广平先生"。这是由于他相信许广平先生。他在"前言"中说:"由于许广平先生能够忠于鲁迅先生的革命和文学事业。""因为她为了保护鲁迅先生的一切书籍、文稿及其他遗物是不能离开上海的。"萧老说得对,在那最艰难、最困苦的年代许广平先生不惜自己的生命,为国家和子孙后代保护了鲁迅的这份珍贵的文化遗产。

萧老保存的鲁迅给他的书信应当是最全的,这也是许广平先生最早收到的最多的一份鲁迅书信。

在《鲁迅先生书简·简注》的后面还有三个附件:一为萧红简历(三页),一为萧军简历(四页),一为《关于成立鲁迅学习研究会的建议草案》(三页)。这是萧老1974年7月22日写成的。《草案》首先说明建立鲁迅学习研究会的目的是为了"有机地结合起毛泽东革命思想和鲁迅的革命战斗精神,用以教育、改造、武装起中国人民的灵魂"。在组织部分特别写道:"先在北京由中共中央直接领导下成立一个'总会',而后按照具体情况,可先后在各地方——省、市、县……组成分会","于'分会'推动下,可在各工厂、学校、机关、部队、团体、公社……自愿组成'鲁迅学习研究小组'",每年可开一次全国性的"学习研究经验交流会"。在1976年1月4日,萧老又补充"研究小组将来可以发展到国外"等。关于这份

《草案》，萧老在给鲁迅博物馆的信中介绍道："过去我曾写下一份《关于成立鲁迅学习研究会的建议草案》，也一并奉上。它对馆方将来在开展鲁迅研究工作或运动方面，可能有所参酌之用。这份《草案》于一九七五年，曾寄给过毛主席一份。"事实上萧老这份《草案》是适应当时全国学习鲁迅的情况而写的，它比中国鲁迅研究学会的成立还早七年。就在萧老的《草案》写成以后，全国确曾掀起一个学习研究鲁迅的高潮。1975—1977年间，《鲁迅全集》的注释工作，就是在全国各大学、工厂、部队展开的，收效很大。萧老这份《草案》在组织机构部分还有很详细的阐述，他老人家的意图就是希望宣传、普及和学习鲁迅的精神，使全国人民受益，使子孙后代受益。我们应当从这份《草案》中理解老人的心！

萧老离开上海时，在将54封鲁迅书信交给许广平先生的同时，还交给许先生一个小箱子，里面装有萧红的一件衣服，还有萧红的手稿四种——《私の文稿》《永久的憧憬与追求》《两个朋友》《民族魂》，以及萧红与萧军的照片册（这个照片册，萧老也为我们一一加上注解和说明）。1956年博物馆成立时，许先生就将这个小箱子及箱内的物品一件件地交给了博物馆，它们现已成为博物馆的珍贵藏品，是研究萧军、萧红的第一手的宝贵文物。

我们应当感谢萧老为博物馆，为中国文化事业，为我们子孙后代，留下这一大批弥足珍贵的遗产。

# 许广平：用生命守护鲁迅遗物的人

2011年4月，我送走了鲁迅的儿子周海婴同志。从事鲁迅文物工作55年，我亲手送走了鲁迅的六位亲人，其中最使我心痛的是43年前——1968年3月，鲁迅夫人许广平先生的辞世。在这几十年间，我曾亲手接过他们母子交给我的一件件鲁迅的文稿、信件、书籍等遗物。我从他们那里认识了生活中的鲁迅，了解了这些文物的经历及珍贵价值，更得知了他们为保存这些文物所付出的无数艰辛。

## 萧军、萧红买油条竟发现鲁迅手稿

我第一次见到许广平先生，是在我刚从部队转业到鲁迅博物馆工作的1956年。当时，鲁迅博物馆正在筹建，许先生为了博物馆的建设，特地将她多年来呕心沥血、艰辛保存下来的大批文物分批、无偿地捐赠给博物馆，其中有鲁迅书信902封（1417页）、文稿53种（2551页）、日记24本（1112页）、解剖学笔记6本（952页）、辑录古籍手稿数十种等。那时，文物捐赠过程很简单，许先生每次仅用电话告知博物馆来人取走。

在博物馆开馆前的8月初，博物馆接到先生的约请。博物馆的业务负责人杨宇带着文物保管负责人许羡苏（许钦文的妹妹，许广他时常跑到商店去望望大街外面连雨了好多天今天可已经是八月了。

有一天黑孩子又来了。他带着一本书和彼嘉擦呼过就坐在床上。

"无聊罢？我给你拿一本书来很有趣的看有……"

彼嘉摇手：

"我早就知道的那是怎样的书……政治的……故家的……我用不着你们的政治

书……"

"这不是的这全不是政治的书。政治的书作要到冬天开始授课的时候才读呢这

不过是一本有趣的闲书如果你看完了我再拿一本别的来。"

他把书放在床边的椅子上坐了一会就去了。彼嘉躺着睡着了到晚上他才涂这晚

膳来的鲁陀尔夫凯萨起支呷哩

彼嘉喫过后又躺下了并而他睡不着。

他躺在床上，被电炉看围盘被他耐了，下去了电炉使他焦躁了起来。

他去看地板这也并不见什么有趣。

—70—

1935.10.格

萧军从卖油条人处发现的鲁迅翻译手稿《表》

平先生的同学)和我,一同来到许先生当时的住所——北海公园旁的大石作胡同 10 号。许先生将我们让到客厅,自己搬出一个大箱子,将手稿一件件地交给我们,并对每件手稿都做了详尽的介绍。

记得在介绍一页《表》(鲁迅译苏联作家班台莱耶夫的童话集,手稿仅存一页)的译稿时,许先生向我们生动地讲述了当年萧红、萧军意外发现鲁迅手稿的故事。一天,他们两人上街买油条,当小贩将油条包好递到他们手中时,意想不到的事情发生了,那张包油条的纸竟是一页鲁迅手稿!他们惊喜地写信给鲁迅并将手稿送还给他。许先生讲得有声有色,还将手稿上残留着的几处油渍指给我们看。

在介绍鲁迅文稿《势所必至,理有固然》一文时,许先生告诉我们,当年她是怎样从字纸篓中捡回这篇稿子的。为了清楚地记下它失而复得的可贵经历,她还亲手将情况写下,附在文稿的后面。

那天,先生还向我们讲述了好多鲁迅生前如何不在意自己手稿的事情。她说,很多手稿都是她背着鲁迅偷偷地收起来的,有的甚至是从厕所里发现后藏起来的。当时我看到这些字迹清秀、保存完好的鲁迅手稿,心里有说不尽的感激之情,对于许先生的良苦用心更是由衷地钦佩。

## 用生命守护鲁迅遗物

在以后与许先生和海婴同志的交谈中,我才真正了解到鲁迅手稿保存之不易。许先生向我谈起过,在鲁迅逝世以后,她和海婴搬到霞飞坊 64 号。当时生活的主要来源是鲁迅遗留下的有限的版税,日子过得十分艰难。就在这样的情况下,他们母子俩在日本帝国主义侵占的上海还保护着大批的鲁迅遗物。许先生在谈起这些往事时，却极少提到自己。

　　1941 年，日本帝国主义的魔掌已经深入到中国的大片土地，抗日救亡的烈火在中国人民中间四处燃烧。此时许先生正积极参加抗日运动。就在这年 12 月 19 日的清晨，日本宪兵突然闯入许先生的家，不由分说将许先生押解到日本宪兵队总部，同时还搜走了两大包书，其中的一包就是《鲁迅日记》。这些手稿原是存放在银行保险箱内的。鲁迅的一位老友来信说："恐只留一份"，"不大妥当，希望陆续出版，以便流传"。为此许先生将手稿提出，正在逐字抄录中，却不幸被日本宪兵搜走。敌人为了迫使许先生供出她的组织及与她有联系的人，曾好多次拷问她，给她上电刑。许先生始终以顽强的意志面对敌人的酷刑，而没有供出任何一个人。郑振铎先生曾赞扬说："她以超人的力量，伟大的牺牲精神，拼着一己的生命，来卫护着无数的朋友们。"她可以把个人生死置之度外，但是在两个半月后，当她被释放回家时，发现退还回来的东西中少了鲁迅 1922 年的日记，不禁万分痛心。她曾想尽办法，多方奔走托人去寻找，但一直没有下落。几十年中她曾多次叹息："这真是莫大的损失！"

　　藏在家中的鲁迅手稿始终让许先生放心不下，特别是在敌人四处搜捕的情况下，这些手稿随时都可能遭到破坏。为了保护好它，许先生将手稿分成若干包，伪装起来，放在堆煤的小灶间，以躲避敌人的搜查。但在形势愈来愈紧张、环境日益恶劣的情况下，这些手稿藏在家里，怎样放都不能保证绝对安全。无奈之下，许先生仿效当时有钱人存放金银首饰的办法，不惜花钱租用英国麦加利银行的大保险箱来存放鲁迅手稿，这样才使文物免遭劫难。新中国成立后，许广平先生将她所保存的文物以及在北京、上海的鲁迅故居和故居内的全部文物都无条件地捐献给国家。

　　20 世纪 60 年代，许先生再次仔细地清理了自己的东西，又找

许广平摄于北京鲁迅故居

出一些鲁迅的手迹和文物。为了安全,她又将这些送到博物馆。记得那是一天的下午,许先生独自驱车,找到许羡苏和我,将一个用白色包袱皮包着的文件交给我们,告诉我们这是她交给博物馆的,并说明其中有几件手稿是她当年特意留下的。其中有一篇许先生自己写的文章《风子是我的爱》,至今我还记得许先生将它交给我们时的情景。她从包袱中找出这篇稿子,亲手交给我们,并说:"这是当年我向鲁迅表白我的感情的文章,也可以说是定情的文章。"说这话时,她面带微笑,脸上略带红晕。她嘱咐我们:"在我生前不要发表。"还有1932年鲁迅给许先生的七封信,许先生也慎重地向我们交代:"这些信在我生前一定不能发表。"我们一直信守先生的嘱托。

新中国成立前,许先生竭尽全力保护鲁迅的文物,新中国成立后则尽一切力量帮助建设鲁迅博物馆和纪念馆。1949年新中国成立后第一个鲁迅逝世纪念日，北京鲁迅故居就是在许先生亲自动手整理后才得以对外开放的。1950年9月，北京鲁迅故居做了较大的修缮，文物局的郑振铎、王冶秋邀请许广平审查复原。许先生在罗歌同志的陪同下，花了五天时间，一个房间一个房间地布置，使故居展现了鲁迅当年生活时的景象。至今，鲁迅故居的陈设仍遵照许先生当年的安排。

上海鲁迅故居的恢复工作则更加困难：鲁迅逝世后，许先生和海婴就迁往霞飞坊居住，大陆新村鲁迅故居几经更换主人，房间内部已面目全非。它的恢复是在周恩来总理的关怀下进行的。1950年8月4日，周恩来总理在文物局的报告上批示："同意许副秘书长于十月中赴沪一行。"许先生到上海后，亲自指导故居的恢复工作，她将保存14年之久的鲁迅遗物一件件进行整理布置，并为工作人员一一做详细的介绍说明。

广州鲁迅纪念馆建馆较晚，缺少鲁迅在广州时的文物，许先生得知后，亲自到北京鲁迅博物馆为他们挑选文物。1962年11月11日，那天是星期一闭馆日，天气特别冷。许先生到故居来和我们一起打开故居里的六口大箱子，一件件挑选，最后选出鲁迅在广州时穿的外衣、内衣、内裤、蚊帐、被面等，还有鲁迅用过的藤箱，上面有鲁迅亲笔写的"L·S"两个缩写的英文字母。这些文物丰富了广州鲁迅纪念馆的陈列，并成为他们馆藏的珍品。

## 亲切而坦率的师友

许先生作为鲁迅的夫人，为我国对外文化交流与友好往来做出了自己的贡献。新中国成立后，她接待了无数来自世界各国参观鲁迅纪念馆、博物馆，瞻仰鲁迅墓的贵宾。每次贵宾来参观，许先生都亲自陪同。1959年时许先生的一次接待最使我难忘。当时内山完造夫妇和内山嘉吉夫妇应邀来中国参加国庆庆典。内山完造先生对中国有着深厚的感情，由于兴奋过度，在一次为他设的欢迎酒宴上突发脑溢血，抢救无效，不幸与世长辞了。在办理完内山完造先生的丧事后，许先生陪同内山嘉吉夫妇、内山完造夫人一同到鲁迅博物馆参观。那天正好是我接待的，我跟在外宾和许先生的后边，心情非常沉重，低声地为他们做扼要的讲解。在讲到20世纪30年代内山完造与鲁迅的合影时，许先生就主动而亲切地讲起内山兄弟与鲁迅的往事。这时内山完造夫人和内山嘉吉夫妇都沉浸在过去的美好回忆中，驱散了悲哀的气氛。许先生讲话的声音是那样柔和，语调是那样亲切，充满了对亲密朋友的安慰与抚爱。我被他们的真挚友谊深深地感动着，提议为他们合个影，他们高兴地答应了。我的照相技术不高，照相机也极简陋，却记录了他们这次特殊的相聚。照片上许先生被簇拥在他们三人的中间，许先生一手牵着内山完造

许先生与内山完造夫人、内山嘉吉夫妇合影（叶淑穗 摄）

夫人，一手搂着内山嘉吉夫人，各自的表情似乎都定格在他们过去的回忆中。看到这张照片，我仍可清晰地想起当时的情景，耳边似乎响起他们亲切的谈话声。

许先生性格开朗，对人亲切体贴，很多往事感人至深。平时许先生工作很忙，但我每次因事去许先生家，她只要在家，都会出来和我聊一会儿。因为我是广东番禺人，和她可以说是大同乡了。我家里都讲广东话。和许先生在一起，她常常和我讲广东话，使人备感亲切。先生有时也向我谈起心中不快的事情。比如她身边的工作人员搞封建迷信，她多次劝说无济于事，为此，心中很是生气。有时许先生遇到与人交往上的不愉快的事，也会向我说几句，以解除心里的不平衡。这使我感受到许先生的苦恼与寂寞，也深深地体会到她为人的真诚与坦率。有时我也将心里想不通的事向她诉说，许先生则耐心地给我开导与指点。

我们在工作上遇到问题去请教许先生时，她总是尽可能详细地向我们解答。一次，我谈起在西直门看到一处大院，很像女师大临时校舍，许先生高兴地说："我去帮你看看。"她利用星期日休息的时候，请司机开车带着我们馆的同志一同到宗帽胡同。一下车，许先生看到大门就高兴地连声说："就是这里，就是这里。"她带着我们一路走一路讲："这里是教室"，"当年鲁迅、许寿裳、钱玄同等先生就在这里讲过课"，"这是学生宿舍"，并带着我们直奔后院，找到当年她和刘和珍一起住过的房子。许先生告诉我们，这间房子里还有一个通向外边的地道，地道口就在她的床下，她们在遇到情况时，随时可以从这地道出去。听到这里，房子的主人也惊奇地说："是有一个地道。"我们把许广平先生介绍给他们，并讲述了当年的事情。

1961年6月的一天，我有事到许先生家。许先生那天特别高兴，把我带到她的卧室，兴奋地告诉我，她已被批准入党了。我也由衷地祝贺她。那时我还不是一个党员，很羡慕她加入了党的队伍。那天许先生滔滔不绝地和我谈了不少做人的道理，使我非常敬重与仰慕。许先生对共产党有一颗诚挚的心。在许先生的一生中，无论是顺利时或困难时，她始终相信党，跟着党走，她的心是赤诚的。

许先生十分关心博物馆的工作，每次都要对我谈起博物馆在工作上需要改进的地方。多年后，我在国家文物局党史办参加编辑《中华人民共和国文物博物馆事业纪事》一书，在查阅文化部档案时，见到一份"文党119号"文件，是1961年8月22日文化部党组齐燕铭签批的《许广平对鲁迅博物馆的意见》，其中有"博展方针""组织领导""陈列内容问题""人事安排问题"四个方面的意见。在"博展方针"上，她写道："鲁迅博物馆在北京、上海、绍兴有三个馆。目前三个馆博展内容都差不多，使外宾看起来有些重复，兴趣不大。……三个馆的博展内容，应各有重点。"在"组织领导"问题上，许先生向党写出自己的心里话，她写道："北京馆开始时，郑振铎曾要我管理，我说我既交出来我是信任党，交给党了，我不能再管了。领导关系也变更多次，最初属于文化部领导，后又属北京市文化局领导，我也不知道，直到王昆仑说，许大姐，鲁迅先生博物馆划给我们领导，有什么意见，我才知道下放到北京市领导，现在又划归区领导，我也不知道，只是矫庸、许羡苏向我反映划归区里领导，问我有什么意见。我考虑有意见不好向他们说，就说谁领导都是党的领导，都是一样的。但今天我向党内说，要说我个人的意见，我个人认为区领导有困难，因为区里中心工作多，运动也多，中心工作和运动一来干部们都去搞中心工作，就没有专门研究的人了。""北京馆有弓濯之主任在馆里负责，他过去做过县长的工作，到馆后认为自己是降级了，对鲁迅他是不熟悉的，对博物馆业务不熟悉的，所以鲁迅博物馆不如上海，上海还是白手起家的，说明管理是一个很重要的问题。"在"陈列内容问题"中写道："北京馆的陈列中心不突出……这个意见我曾提过几次，他们总是说研究研究，讨论讨论，请示请示，可是没有解决。"以下还提到人事安排的问题等，谈得既坦率又恳切。所以文化部党组的批示是："她所提的一些意见，我们认为应该考虑。"

## 辞世的真相

我最后一次与许先生联系是 1968 年 3 月 2 日。

事情是这样的。1966 年 6 月"文化大革命"中，国家文物局为了保护鲁迅书信（因其中有许多封信是未发表过的）免遭动乱损毁，故将鲁迅书信 1054 封（1524 页）及《答徐懋庸并关于统一战线问题》文稿（15 页）调往文化部保密室封存。1967 年 1 月，我们得知戚本禹从文化部保密室将这批书信全部取走。1968 年 3 月 2 日，我们从街头的大字报上看到戚本禹被捕入狱的消息。大家为戚本禹拿走的鲁迅手稿下落不明而焦急万分。当时鲁迅博物馆的领导被打倒了，馆里的"革委会"委托我去向许广平先生反映情况。许先生得知情况后，忧心如焚，连夜给中央写信。由于极度的焦急和劳累，许先生心脏病突发，于次日即 1968 年 3 月 3 日与世长辞了。这位为鲁迅事业、为保护鲁迅的文化遗产而付出一切的战士就这样倒下了。我万万没有想到的是，许广平先生这位妇女界久经磨难而坚强不屈的杰出人物，最后却因经受不住鲁迅手稿遭到不测的沉重打击，永远地离开了我们。

3 月 5 日，我们到北京医院与先生告别。她静静地躺在花丛中，虽然睡得那样端庄,但脸上仍抹不掉那一丝忧虑。我久久地站在那里不忍离去。许先生走了!真的走了!走得那样安然,那样匆忙。我曾准备了好多问题要向先生讨教,但一切都太晚了!我很遗憾自己没能为先生分担一点焦虑,没能为先生减轻一点心中的负担,我的遗憾再也无法弥补了!只留下永远的怀念。

# 王冶秋:"查封"鲁迅故居

冶秋同志已经离开我们七年了,但他的音容笑貌仍清晰地浮现在我的眼前。我不能忘记在他生病期间,我到他家里去看望他的情景。当时他的生活已不能自理,但头脑仍很清楚。他见到我时,还像往日那样亲切,同时比往常更增加了几分慈祥。他似乎有许多话想对我说,他指给我看挂在墙上的、曾在周恩来总理生病期间送给总理看过的画,也说他自己的病,更多的还是谈到鲁迅。但他说话很吃力,当无法表达时,他就困难地用笔一个字一个字地写,这情景确实使人难忘。因为怕他太累,我起身告辞,他一再表示让我多坐一会儿,感情似乎很激动,甚至流下眼泪。在我临走时,他还吃力地说:"你们如果有关于鲁迅的问题尽可以来问我。"

后来听说他的病情加重了,我又到北京医院去看望他。此时,他说话更加困难,记忆力也减退了。当陪伴他的同志指着我,问他:"认不认得这是谁?"他看看我,不假思索地用低沉的声音说:"鲁迅博物馆……"我十分惊讶,又十分感动。我与冶秋同志接触是不多的,除了因为有关鲁迅的业务问题去请示他,或他来馆商谈有关工作问题时,与之有接触外,平时极少见面。他当时很可能不记得我的名字,但他还清楚地记得我是鲁迅博物馆的工作人员,这是因为鲁迅给他一生留下了许多不可忘怀的往事。他是鲁迅的学生,更是鲁迅的挚友,特别是在鲁迅晚年困于病魔和四面"围剿"之中时,冶秋同志给鲁迅以支持和慰安,他们是患难中的挚友。冶秋同志在他一生中无比崇敬鲁迅,更无比关怀鲁迅研究事业,鲁迅对于他确实是无法忘却的。此时此刻,他的言语不多,我的到来或许会使他更加怀念他的尊师,勾起他对往事的回忆。

作为一个鲁迅研究工作者,我非常理解他,更非常感激他,他不只为中国文物事业倾注了毕生的心血,做出了杰出的贡献,更为鲁迅研究事业、为鲁迅的文物及其保护费尽了心血。

## 为鲁迅收集南阳汉画像

我们不能忘记,冶秋同志在青年时代,在他生活条件极端恶劣的情况下,为鲁迅千方百计地搜集南阳汉画像。

鲁迅从1915年起就开始收集中国历代石刻拓本,但南阳汉画像是20世纪20年代末才有所流传,鲁迅是30年代中期才得见这些精美的南阳汉画像拓本。当时他非常急切地想编辑一部汉画像集,其目的是弘扬中国古代艺术,以指导当时新兴的中国革命的版画艺术。鲁迅说:"惟汉人石刻,气魄深沉雄大,唐人线画,流动如生,倘取入木刻,或可另辟一境界也。"他在致姚克的信中说:"汉唐画像极拟一选,因为不然,则数年收集之工,亦殊可惜。"又在给台静农的信中说:"对于印图,尚有二小野心,一,拟印德国版画集……二,即印汉至唐画像",但又非常惋惜地说,"五六年前,所收不可谓少,而颇有拓工不佳者","虽具有,而不中用,后来出土之拓片,则皆无之,上海又是商场,不可得,兄不知能代我补收否?"

1935年10月,冶秋同志得知鲁迅的困难与需求,及时写信给鲁迅表示愿意帮助他搜集南阳汉画像。事实上冶秋同志当时自己并不在河南，而是在天津，同时又处于极为困难的环境中，一方面是失业，另一方面又肩负着党的地下工作，随时都要准备和敌人抗争，但他想尽办法排除困难。他设法找到了可靠的朋友和同志：一位是在河南南阳女子中学教书的同学杨廷宾，一位是和他一起闹革命的王正朔以及其堂弟王正今。当时为鲁迅在南阳搜集汉画像，并非易举之事。一则，此石刻拓本必须是精致的原拓；二则，鲁迅要求比较高。冶秋同志对此是十分了解的。

为了办好此事，他很快从南阳搞到十幅画像拓本寄给鲁迅，请鲁迅审视。鲁迅在1935年11月18日给冶秋同志的信中说："拓南阳石刻，且须由拓工拓，因为外行人总不及拓工的，至于用纸，只须用中国连史就好（万不要用洋纸），寄来的十幅中，只有一幅是洋纸，另外就都是中国连史纸，今附上标本（但不看惯，恐也难辨）。"

要拓好这些画像不只要找好的拓工，有时气候也很有影响。1935年11月15日鲁迅给台静农的信中说："关于石刻事，王冶秋兄亦已有信来，日内拟即汇三十元，托其雇工椎拓，但北方已冷，将结冰，今年不能动手亦未可料。"但冶秋同志的这些可信赖的好朋友，真不负冶秋同志的重托，冒着严寒，克服重重困难，将鲁迅渴望得到的南阳汉画像一包一包地寄往上海。

1935年12月21日鲁迅在致冶秋同志的信中说："今日已收到杨君寄来之南阳画像拓片一包，计六十五张，此后当尚有续寄，款如不足，望告知，当续汇也。"对此鲁迅十分钟爱，在信中说："这些也还是古之阔人的冢墓中物，有神话，有变戏法的，有音乐队，也有车马行列……"于同日鲁迅又高兴地写信给台静农："南阳杨君，已寄拓本六十五幅来，纸墨俱佳。"1936年1月28日，杨廷宾又寄去50张。冶秋同志的战友王正朔、堂弟王正今在革命工作的间隙，也为鲁迅先后寄去百余张汉画像。鲁迅在逝世前两个月，即1936年8月18日给王正朔的复信中还说："桥基石刻，亦切望于水消后拓出，迟固无妨也。"

鲁迅对这些汉画像爱不释手，并殷切地盼望将这些拓本收全，以辑印成册，但终因积劳成疾，不幸被病魔夺去了宝贵的生命，编辑汉画像集的愿望终未能实现。至今鲁迅博物馆还保存着冶秋同志煞费苦心托朋求友为鲁迅搜集的南阳汉画像原拓292幅，在这些拓本上还附有鲁迅亲笔写的说明。这些南阳汉画像原拓连同鲁迅的手迹，已成为博物馆的珍贵藏品。值得一提的是，当年为鲁迅收集汉画像的王正朔同志，于1939年12月4日在山西岢岚境阎家坪战斗中光荣地牺牲了。

可欣慰的是，1986年在鲁迅逝世50周年时，这些精美的石刻拓本由上海人民美术出版社出版了。这本《鲁迅藏汉画像》（一）即南阳部分的出版，一方面是完成了鲁迅的遗愿，再者也是对冶秋同志和他的战友们——这些在出生入死的环境中为鲁迅搜集南阳汉画像的人——的纪念。

## "查封"鲁迅故居

作为鲁迅研究工作者，我们不会忘记，在我们的祖国处于黑暗统治的年代里，是王冶秋和他的同志们，在敌人的严密控制下巧妙地保护了具有纪念意义的北京鲁迅故居。我们党通过地下关系，将故居全部封起来，书箱上都贴了封条，所有门上也都贴了封条。现在鲁迅故居还保存着贴有"北平地方法院封"封条的几件器物。无疑，这些封条已成为这一段历史的极为珍贵的物证了。

## 像爱护自己的眼珠一样爱护鲁迅文物

冶秋同志一生珍爱祖国文物胜过他自己的生命,并且非常注意文物保护,那种细心的程度,令人惊叹。不只是在他担任国家文物部门负责人的工作期间,而是从他的青年时代开始,甚至是在国民党统治下最残酷的年代里,他都是如此。1947年,他在查看鲁迅故居时,除了注意故居的安全外,还非常注意文物保存的环境。他在写给许广平的信中说:"阮家现北房也住有人,'老虎尾巴'中豫师写作之桌椅等,他也似在用,若订契约,让他们将这两间封闭(北房能全部不用更好),不过我看地太潮,若完全不住人,日久书稿恐有霉损。不知此中尚有稿件否?若有则需先生有空来一次,整理后,或带走,或存一干燥之地。"他观察得那样细致,考虑得那样周到。

记得李霁野先生曾讲过这样一件事情:1937年,他将鲁迅写给他的信寄给许广平时,曾征得许广平的同意将鲁迅给他的最后一封信和《朝花夕拾·后记》的复稿15页留作纪念。1943年1月,他匆匆从北平出走,临走前将这手稿和其他一些东西辗转存放在几个地方。1946年秋,冶秋同志到北平后,主动帮他照顾这些东西,并经常去查看。

冶秋同志任文物局局长后,对文物保护的要求更加严格,考虑也更加周密。从鲁迅手稿的保存来说,1951年在鲁迅博物馆建馆前,许广平将她保存的鲁迅的全部文稿和辑录稿捐献给国家,冶秋同志将其存放在北京图书馆。1956年鲁迅博物馆建馆后,许多人包括研究鲁迅的专家和博物馆的负责人均希望能将北京图书馆保存的鲁迅手稿全部调拨给鲁迅博物馆。曾几次申请,冶秋同志始终不同意。他的理由是:一、鲁迅博物馆的保管条件不具备;二、手稿过于集中，一旦有情况发生就会全部损失掉。现在看来，冶秋同志的考虑是有道理的。鲁迅博物馆在此后虽三建库房，保管条件仍不过关。目前又在盖新的库房。

冶秋同志作为国家文物局的主要领导，主管全国的文物事业，要主持制定各种文物方面的大政方针，还要处理和安排全国各地的文物工作，可谓千头万绪，但他在查看文物时，从不马虎。一次检查为战备存放的文物，在查看到鲁迅手稿时，冶秋同志不只看，还用手去轻轻地接触。在这一触之中，他敏锐地感觉到，手稿受潮了。这时冶秋同志忍不住发火了，立即让管理人员采取措施。又有一次，冶秋同志在检查工作时，发现一个单位的文物保管人员为了"妥善地保管好"鲁迅手稿，将全部手稿一页一页地分别装入一个个塑料袋。保管者满以为这是一个先进的措施。冶秋同志见到这种情况，又一次发火了。他让他们尽快将手稿从塑料袋中取出，改用半透明的纸袋。因为塑料袋不透气，对保存纸质文物是不利的。冶秋同志就是这样又细致又具体地，像爱护自己的眼珠一样关心和爱护着我们国家的每一件珍贵文物。作为一个中国人，作为一个文物工作者，我由衷地感激这位为中国文物事业献出自己毕生心血的老局长。

我记得我最后一次去看望他时，他已经不能说话了，但从他的眼睛里，我感觉到，他仍然记得我是鲁迅博物馆的……

他终于走了，带着他深沉的怀念，带着他一生的辛劳。历史将永远记载着他不朽的功绩，人民将永远怀念他。

安息吧！我们无比崇敬的老局长！

# 曹靖华：视鲁迅遗物珍逾生命

曹靖华先生是我国著名翻译家、散文家，是文学界的老前辈。20世纪20年代初，曹老曾是鲁迅在北京大学讲授"中国小说史略"时的学生。此后，他们共同经历了建立未名社、译介苏联文学的艰辛，共同经历了《铁流》出版的坎坷，并且寻觅苏联木刻，使苏联版画得以在中国流传。他们的合作从《引玉集》《〈城与年〉插图本》到《拈花集》，从《苏联作家二十人集》到《苏联作家七人集》……是"为借俄国文学的火来照中国的暗夜"，是为打开这"运送精神粮食的航路"，是这共同的向往，把他们紧紧地联系在一起。他们之间从师生、朋友，到志同道合的亲密战友，直至成为一生中——特别是在鲁迅的晚年——共患难的挚友。曹老把一颗赤诚、炽热的心，无私地奉献给中华民族的文化事业，奉献给为这个事业而鞠躬尽瘁的鲁迅先生。曹老对鲁迅的情谊是那样深厚、那样久长，从鲁迅生前延续到鲁迅逝世后的几十年，直到曹老生命的最后时刻，始终如此。

曹老对鲁迅不但由衷地崇敬，而且在他生活最艰苦、最危难的时刻，以生命护卫着鲁迅的真迹。

## 视鲁迅书信珍逾生命

我能有幸与曹老相识,并得到曹老的关怀与谆谆教诲,只是因为我从事的是鲁迅研究的工作。特别是我第一次与曹老的会见,给我留下了终生难忘的印象。那是 20 世纪 50 年代末期,我因编辑《鲁迅手迹和藏书目录》和许羡苏先生一起去拜会曹老。当时曹老还住在朝阳门内西颂年胡同 26 号。因为是事先联系过的,我们到他家时,曹老已在等着了。当时他已是 60 多岁的老人,头发有些花白,但看上去非常精神,和蔼可亲。他的热情,使我们一见如故。当得知我们的来意后,曹老很快就把他收藏的 80 余封鲁迅书信全都拿出来,摆在我们面前。那时我们看到这样多、保存这样好的鲁迅书信时,都惊呆了,不由得向他问起保存这些书信的经历,曹老当即向我们讲述了"二仙传道"的动人故事。

那是 1933 年,曹老准备从苏联回国。当时国内的形势极为紧张,国民党政府对苏联实行严密的封锁。为此曹老极为焦急,日夜思索着怎样才能把这批鲁迅书信妥善地、安全地带回国。曹老说:"鲁迅的书信每一页的字里行间都浸透着鲁迅先生宝贵的心血……那是大地间仅有的一份珍宝呀。"确实,鲁迅与曹老的通信,不只是他们深厚友谊的结晶,也是记载鲁迅后期思想、生活、内心真情的墨宝,无论是思想价值还是史料价值,均是无与伦比的。曹老深刻地认识到这些,他知道,要是直接将鲁迅给他的这些书信带回国,恐怕会遭到不测。

后来经多方打听,得知一位留法勤工俭学的老同学到了比利时,他就和此人取得联系,以请他代转书籍的办法,将鲁迅书信分别藏在精装书的书脊夹缝中寄出。曹老说,那里的海关邮检员只知翻书页看有无夹带东西,万万没有料到文章却在书脊的夹缝中。这办法果真奏效。一封封鲁迅书信就这样闯过森严的关卡从苏联到达比利时，再由比利时的朋友换上新的封套，写上比利时发信的地址，寄到中国。就这样反复辗转，他才把在列宁格勒收到的一批鲁迅书信，幸运地转回国内。

曹老回国后，把鲁迅给他的书信，包括从国外转回来的，都集中到北平。七七事变爆发后，北平沦陷，曹老决定离开北平到上海，但行程受阻。当时他乔装成小市民出城，受阻，又转道河南罗山，再赴西安，片纸只字都不能带，又无他处可存，无人可托，没有别的办法，只得把这些信分别藏在旧衣服内，打成包裹寄到罗山岳母家。以后几经曲折，曹老随身携带陆续收集的鲁迅书信，又转道重庆。

那时候，曹老全家只剩下各自身上的几件衣服，唯一可告慰的，就是在身边还有一个装满了鲁迅书信的小小手提箱。当时，日军对重庆实行疲劳轰炸，一连数天，飞机在空中盘旋，狂轰滥炸，防空警报日夜不停，人们只好在防空洞里度过。防空警报一响，曹老立刻跑进防空洞，手提箱更是寸步不离。一次警报解除后，他走出防空洞一看，住所已成一堆碎砖烂瓦，可是当他看见装着鲁迅亲

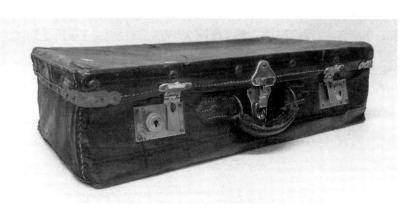

曹靖华用于装鲁迅书信的箱子（上海鲁迅纪念馆提供）

笔书信的手提箱仍紧握在手中安然无恙时,心里顿时得到宽慰。曹老说:"那时候,我真的又悲又喜。房屋虽塌了,鲁迅书信仍在——这是大地间仅有的一份呀!没有什么比这更使我心安的啦!"曹老就是这样视鲁迅书信珍逾生命。

1964年由于战备,曹老考虑到种种不安全因素,决定将这些书信捐献给国家。在送走之前,他花了大半年时间,通过参考《鲁迅日记》及回忆书信内容,将书信按年月编排好,并亲手抄录一份,加上必要的注释,一一整理就绪后,于1965年7月15日将其中的71封半99页捐赠给博物馆。由于珍爱之物难以割舍,他留下9封11页鲁迅书信作为纪念,其中包括鲁迅逝世前1936年10月17日写的最后一封信。曹老是保存鲁迅书信最多的一位(共有85封半),他在生前就将其中的绝大部分交给了国家。对此,他曾感叹地说:"我感到如释重负",并表示在他身后,让子女一定要把那9封信也捐献给博物馆。

## 为鲁迅购买俄文书籍

曹老珍视鲁迅的手稿,更关心对它的保存。1966年"文化大革命"开始后,鲁迅博物馆发生了一系列的事件,如因陈列受到红卫兵小将的批判被迫闭馆,1966年6月30日鲁迅书信1054封等被文化部调走,1967年1月这批书信又被戚本禹从文化部取走,等等。为保护鲁迅文物,1968年3月15日起,北京卫戍区向鲁迅博物馆派驻部队,日夜守卫文物库房,馆内实行了军管。1971年10月的鲁迅逝世纪念日,曹老来到博物馆,在参观完鲁迅故居后,他提出要看看鲁迅文物的库房。在得到有关领导的同意后,我陪同曹老参观了鲁迅手稿库和鲁迅藏书库。

他首先看的是手稿库房，我为他打开了保险柜，当曹老看到用楠木作壳、樟木作屉的手稿盒及一件件鲁迅的手稿时，异常激动，连声说："好！好！"心里似乎豁然开朗，也可能是久悬于心上的一块石头落了地。

在参观藏书库房时，他看到库房内整齐排列的二十几个楠木大书柜，都装满鲁迅各类的藏书，很是激动，也非常感慨，特别是看到鲁迅的俄文藏书时，他的感触就更深了。曹老滔滔不绝地讲起了当年为鲁迅购买俄文书的经历。1927年大革命失败后，曹老两次赴苏联，先后在莫斯科中山大学、列宁格勒东方语言学院、列宁格勒国立大学任教，生活逐渐安定，有些收入，但并不宽裕，在这种情况下他仍为鲁迅收集了很多画册和有精美插图的文艺作品。

他特别讲到有四册"出口版"的《天方夜谭》。这是曹老从一家近似"托格森"（外汇商店）的书店用高价购得的。曹老描绘了当时看到这书爱不释手，但又花不起高价购买的矛盾心理，但想到鲁迅一定会喜欢，也就忍痛，勒紧裤带将它买下了。我从书架上取下这部书，打开包装书的函套，果然名不虚传，让人眼前一亮：全书金光闪闪，装帧十分精美考究；书内有多幅彩色精印的插图，绘画极为别致，实在令人赞叹。看了这部书，我完全理解了曹老当年购买此书时的心情。

现存的鲁迅俄文藏书有77种85册，其中绝大部分均为曹老当年想尽办法，节衣缩食，甚至历尽了艰辛为鲁迅购买的。这些书能够寄到鲁迅手里，不少也是采取"二仙传道"的办法。有不少俄文藏书上还清晰地保留着曹老的亲笔题赠。我随手拿了一本《契诃夫逝世25周年纪念册》，书的封面就有曹老题写的书名和题字："柴霍甫25周年纪念册"，"鲁迅先生：靖华寄于列京 1929.9.15"。另有三册《木版雕刻集》，每册里均夹有曹老为鲁迅翻译的目录及内容简介。曹老看着 40 多年前为鲁迅介绍这些书而写的文字，激动得连声说："不记得了！不记得了！"我告诉他这套《木版雕刻集》上还留下了反动派的罪证，我们打开第二册，看到确有一个空页。那是为什么呢？在 1930 年 9 月 10 日的《鲁迅日记》上记有："下午收靖华所寄《十月》一本、《木版雕刻集》（二至四）共叁本，其第二本附页列宁像不见，包上有'淞沪警备司令部邮政检查委员会检验'印记，盖彼辈所为。书系八月二十一日寄，晚复之。"这短短数语倾吐着鲁迅对反动派的控诉，也记载了此书缺页的缘由。

鲁迅珍爱书籍，是众所周知的，但鲁迅又是怎样格外珍爱这些从"彼邦"辗转得来的书籍和画册的，可能就鲜为人知了。当曹老拿起一本《当代图书封面》时，看到用宣纸整齐包好的书皮上，有鲁迅亲笔题写的"现代书面集，靖华寄赠，三一年十二月七日收到，洛文记"，并钤有"洛文"印章。曹老久久地凝视着，并很有感触地说："这些我全然不知道！"

曹老还告诉我，当年由于反动统治极为严密，寄出的书籍，说不准在哪个环节上就会被扣留或没收，以至于遗失，所以曹老往往是将同样的书，分别用不同的途径寄给鲁迅，这样要是其中一册邮寄时发生"故障"，另一册还可以收到。藏书中确有个别的书是在不同的时间收到的相同的两册，它们可能就是"漏网"之书吧！据曹老回忆，有时也有这种情况，同样的书、画集或刊物，同时寄两份，那另一份是曹老请鲁迅代他保存的。在鲁迅收藏的各种画册、画片中，确有这种情况。如鲁迅收藏的十几种作家画像中，每种均有两份，其中的一份，在画的背面有曹老的笔迹"靖华存"，这印证了曹老的记忆。这些画，当年可能因为记忆的淡去，局势的动乱，相见的匆匆，鲁迅没有来得及交还曹老，而留在鲁迅的藏品中，现今就成为历史的纪念了。

这些极为珍贵的鲁迅俄文藏书,记载了曹老对鲁迅事业所做的贡献、所付的辛劳,值得我们永远纪念。

这次参观鲁迅的文物库房给曹老留下深刻的印象。他曾在散文集《飞花集》的《无限沧桑怀遗简》一文中,写下了这一次的经历。他写道:"几年前,我瞻仰了鲁迅先生故居,看了保存手稿的设备。那儿有用最新耐火材料特制的保险柜。开了柜门,是一层层既防潮又防虫的抽斗,里边放着手稿。每页手稿,都精心地罩着玻璃纸套。隔着纸套,字迹清晰得宛如没戴纸套一样。"曹老除了对这些保护措施大加称赞以外,并对当时我们国家在动乱时期调动了解放军来保护鲁迅的文物,感到由衷的崇敬和无比的感动。这种深厚的感情是出于他对党的热爱、出于他对鲁迅文物的无比珍重。他在文中写道:"珍藏手稿设备的门口,有伟大领袖毛主席培养的,对中国人民革命事业无限忠诚的人民解放军战士,年年月月,日日夜夜,肃穆庄严地守护着。""正因为这是先生遗留下来的天地间

纪念鲁迅100周年诞辰的日子里,我陪曹老参观,正想请照相的同志给我们合个影,海婴在后面跟过来说:"我也参加一个。"因而留下这三人的合影

唯一的一份手迹啊！"他写道："这一切的一切啊，不禁令人想起，当年身处'危邦'，历尽敌人迫害的鲁迅先生，无论如何是万难设想的。""鲁迅先生黄泉有灵，当亦欣然瞑目矣！一九七三年清明，补记于北京。"

曹老是以他的满腔热忱歌颂着所见到的场景，抒发他对鲁迅墨宝无限的爱慕之情。

最近我在翻阅曹老送给我的书籍时，惊喜地发现书中夹有一页曹老写给我的短信。内容正是针对以上这段文字而写的。全文如下：

淑穗同志：

　　邮上《鲁迅书简历难记》一篇小文，大致是根据从前给馆中抄的《鲁迅来信》中的《说明》改写的，拟收入即将付排的散文集内。文末提到鲁博手稿库房，意在称颂党对鲁迅的崇敬，同旧时代作了对比。望馆中有关同志过目（如忙，只从13页后面看起即可）。一、看是否有不妥之处（如泄密）；二、是否有不合科技的外行话。至概括、含糊之处就不管了。如有意见（主要写了不该写的）望具体提出，再改。希阅后即将稿掷还，望复。

祝好！

　　馆中同志均代候。

曹亚丹 4.19

从中可以窥见曹老严谨的文风。

## 到鲁迅博物馆避地震

曹老对鲁迅有着深厚的情谊,从而对鲁迅博物馆也有非同一般的情感。1976年唐山地震波及北京,在这猛烈的自然灾害袭来时,曹老住在东大桥1号楼的2楼上。当时曹老的女儿苏玲同志征求曹老的意见,问想到哪里去避一下地震。曹老毫不犹豫地说:"到博物馆去。"苏玲遵从曹老的意见,每天晚上就陪着曹老到阜成门鲁迅博物馆借住。那时博物馆还未改建,不但没有招待所,更没有什么舒适的设备,只有几间低矮陈旧的小平房。博物馆离东大桥有十多公里,八十高龄的曹老,步履蹒跚,每天拄着拐杖,随身携带的物品仍然是多年来无论是在多么艰难的环境中均装着鲁迅书信的小箱子。虽然里面只有九封信了,这个小箱子依然是寸步不离身。他每天由女儿搀扶着乘坐109路公交车,晚上来,清晨又匆匆离去。为什么在困难时,老人要投宿到鲁迅博物馆呢?仅仅是为了个人生命的安全吗?不是的,他是为了那珍逾生命的鲁迅墨宝啊!这样的日子,一直持续了近一个月。

曹老离开我们近40年了,他依然活在人们的心中。在朦胧中,我仿佛还看见他的背影,手里仍然提着那个装着鲁迅书信的小箱子,艰难地走着、走着……

# 胡愈之与鲁迅二三事

我因从事鲁迅研究的工作，与胡愈之先生有过一些联系。他与鲁迅的特殊的交往，给我留下了深刻的印象。

胡愈老在向我讲述他与鲁迅的关系时，毫不隐讳自己少年时的逸事。原来胡愈老是鲁迅在绍兴府中学堂时的学生，1911年他15岁时以第一名的成绩考入该校。当时鲁迅在这个学校担任学监（教务长）兼教博物学。胡愈老说，那时的功课繁重，鲁迅对学生要求严格。他因学习基础好，也不觉吃力，常在自习时写些游戏文章。一次晚自习时，他正在写游戏文章，鲁迅来了，他忙用书盖上，但早被鲁迅发现了，翻开书将它没收。这样的事以后又发生过一次。在学期终了要发成绩报告时，学生们非常急切地想早一点知道自己的成绩。一次鲁迅外出没有关窗户，学生就想翻窗而入，因胡愈老的个子小，大家就把他推进去了。当他翻到自己的成绩报告单时，看到各科虽然及格，但在评语上却写了三个字："不好学。"这对胡愈老刺激很深，当他讲到这里时，仍悔自己当年的"疏懒"。

胡愈之同志是鲁迅的学生，亦是鲁迅的战友与同志。在他讲述的与鲁迅的交往中，有不少的事情是我们过去所不知道的。

1922年5月，爱罗先珂被日本当局驱逐，于10月7日到上海。胡愈之是上海世界语学会负责人，因受日本世界语学者的委托，他热情地接待了爱罗先珂，然后又经常将爱罗先珂在沪情况函告鲁迅，还替爱罗先珂向鲁迅转赠刚出版的《最后的叹息》之日文版，因此鲁迅从中译出了《两个小小的死》。这些交往，为鲁迅与爱罗先珂尔后的会晤和建立友谊打下了基础。1974年胡愈老还将他保存多年的日本版《爱罗先珂文集》送给鲁迅博物馆。

1933年1月，为反对国民党的法西斯统治，鲁迅参加了由宋庆龄、蔡元培发起组织的中国民权保障同盟。当时胡愈之也参加了，是由鲁迅介绍的。在成立会上，他们两人均被选为执行委员，这期间两人见面的机会较多，并常到宋庆龄寓所商量工作。

1935年下半年，鲁迅病情加重。次年年初，胡愈之受党的委托，专程从香港来上海看望鲁迅，把苏联拟邀请鲁迅去苏联休养的建议告诉了他。（在此之前，胡愈老曾受党组织派遣经法国赴莫斯科向中共驻共产国际代表团汇报工作，同时汇报了鲁迅的情况，后返回香港。）但鲁迅考虑到斗争的需要，不愿离开上海，婉言辞谢了这一邀请。当时鲁迅谈得那样真挚、深切，使胡愈老很受感动。他说这是鲁迅与他最后的一次长谈，对于这一情况，在鲁迅的一些回忆录与年谱中均无记载。这以后胡愈之就回香港去了。

1936年10月19日鲁迅逝世的噩耗传来，胡愈之作为鲁迅治丧委员会和鲁迅纪念委员会的成员，特来上海参与并主持了纪念鲁迅的各项活动。全面抗日战争爆发后，上海沦陷了，胡愈之和上海地下党的同志以"复社"的名义，在许广平和鲁迅生前友好的共同努力下，仅用四个月时间就出版了《鲁迅全集》20卷。

时至今日，胡愈之已是88岁高龄的老人，但仍然十分关心鲁迅研究工作的进行。他当年曾不顾博物馆的上级不同意冯雪峰到博物馆作报告的情况，默默地陪同雪峰先生到博物馆作了精彩的讲演，等等。这些事，都是我们永远不能忘怀的。我们由衷地感谢您——胡愈老。

# 戈宝权：遇到解决不了的业务问题都去找他

## 初识戈宝权先生

戈宝权先生是我的恩师，更是我在鲁迅研究工作上的启蒙老师。想起和戈先生相处的那些日子，我不禁回想起许多年轻时的往事。

记得1956年7月我刚从部队转业到鲁迅博物馆工作，一到博物馆就面临艰巨的建馆任务：陈列展要在9月完成，文物征集工作十分紧迫……总之，工作头绪多，难度大。为了使陈列展能按时完成，领导将陈列任务分片包干，把鲁迅生平中的纪念鲁迅部分交给葛坤同志和我负责。我在部队只是从事一般的教学工作，对鲁迅生平，特别是对鲁迅逝世20年来的纪念活动，知之甚少，尤其是国际上纪念鲁迅的活动知道得就更少了。为此，我们十分焦急。

当时博物馆的负责人为了帮助我们解决困难，把我们带到中苏友协找到戈先生，向戈先生述说了我们的难处。戈先生热情地接待了我们，并表示要全力协助。不几天戈先生就亲自到博物馆来，将他收集到的苏联和有关国家历年来纪念鲁迅活动的照片和有关的材料交给我们，并帮助我们翻译出来，充实了陈列。

博物馆在纪念鲁迅部分的陈列中还要求摆出鲁迅著作的各种外文版本及国外研究鲁迅的各种专著。它们一共有二三百册，涉及十几种文字。这对我们来说就更难了，我除了认识一点英文和日文中的几个"汉字"外，其他如俄文、德文、法文、西班牙文、朝鲜文、越南文、世界语等都是一字不识。这些书籍如何陈列呢？真是束手无策。还是戈先生一本一本地帮我们翻译，每本都夹上他写的小条，有时不只翻译书名，还把书中的主要篇名也一同译出，有的还对作者或译者做简单的介绍。令我们惊讶的是，戈先生不仅精通俄语，还精通英语、德语、法语、日语，甚至世界语他也可以翻译。在戈先生的帮助下，我们很好地完成了鲁迅博物馆建馆后的首次展览任务。这个展览当时曾得到各界的好评。

戈先生是我国著名的学者，外国文学的研究家、翻译家。他具有学者的风度和博学，唯独没有学者的架子。我们在工作中遇到解决不了的业务问题都去找他，他从未拒绝过，也从未表示过厌烦，而且每请必到。无论是严寒或酷暑，他都是严格遵守时间，按时赴约。来时总是衣着整齐端庄，手里还拿着一根文明棍，颇有绅士的风度。他对我们这些博物馆的普通工作人员从来没有架子。我们无论问他什么问题，他都兴致勃勃地为我们想方设法解决，有时一坐就是大半天，中午常常和我们一起在馆里食堂吃饭。那时的伙食很一般，经常是煮白菜、炒豆芽之类，他从不挑剔，和我们一起吃得很香，并且从不忘记附上粮票和钱。为弄清一个问题，他常常是吃了饭稍事休息又继续干。

## 澄清一桩公案

戈先生对待任何事情都非常认真，碰到问题他必须查到底才肯罢休，因而我们也常请他帮我们鉴定一些文物。记得一次在整理许广平送来的友人致鲁迅的书信时，由于我们对这些书信的背景以及它们与鲁迅的关系不太了解,请戈先生给予指导与确认。在这批书信中,有一封敬隐渔给鲁迅的信,我们只把它当成一般的信件,而戈先生对于这一封信的发现却喜出望外。我还清楚地记得,当发现这封信时,戈先生高兴得几乎要跳起来,如获至宝。原来这封信提供了一个重要的史料和物证,可以解开鲁迅研究界半个世纪未解开的疑团。

从戈先生那里我才第一次知道在"罗曼·罗兰评鲁迅"的问题上曾引起很多的误会。在1926年时曾传说,敬隐渔回国时,罗曼·罗兰请他带一封信托创造社代转给鲁迅,其中就有罗曼·罗兰对《阿Q正传》的评语。后来这封信不知弄到什么地方去了。许寿裳先生在《亡友鲁迅印象记》中写到鲁迅生前曾对他说过:"罗氏写了一封信给我,托创造社转,而我并没有收到。"许先生的回忆告诉人们鲁迅对这件事的关切与遗憾。这样在鲁迅与创造社的关系上似乎又增加了一个说不清的问题。1947年8月30日郭沫若也曾在《一封信的问题》(该文收入《天地玄黄》文集)中对许寿裳先生所说的问题做了解释和辨正,并且说:"我对于这个问题,始终是保持怀疑的态度,当然我并不怀疑鲁迅先生,而是有点怀疑敬隐渔其人。"时隔数十年后,1961年在香港出版的《新雨集》中载有叶灵凤先生写的《敬隐渔与罗曼·罗兰的一封信》,文中再次谈到这几十年前的一桩公案。

戈先生的钻研精神令我由衷敬佩。他不只是仔细地研究了这封敬隐渔致鲁迅的信,还查阅了与此有关的鲁迅日记、书信、藏书,同时还搜集了50年来曾写过敬隐渔或罗曼·罗兰写信给鲁迅一事的有关文章。凡文章作者仍健在的,戈先生均与他们直接取得联系,了解当年的具体情况;戈先生还通过北京图书馆去向法国国家图书馆查询。

记得是 70 年代末的一个夏天,我 7 时半左右就到博物馆了。我一进大门,远远地就看到戈先生,他已站在我们办公室的门外了,急切地等着我们。原来,他是想告诉我们他的一个重大收获:"法国国家图书馆已将发表敬隐渔翻译的鲁迅《阿Q正传》的那期《欧罗巴》杂志寄来了",并带给我们一份复印件。此后,每当他的查询有所收获时,都欣喜地前来告诉我们,让我们与他共同分享这份收获的喜悦。

由于戈先生掌握了全面的情况,并对此事做了全面分析,因而能对这件事做出正确的、被人们信服的结论,澄清了约 50 年前的一场误会。戈先生的结论是:罗曼·罗兰并没有直接写过信给鲁迅;罗曼·罗兰对《阿Q正传》的评语是在给敬隐渔的信中写的,并没有公开发表过。根据当年在法国和敬隐渔一起留学的孙福熙的回忆和见过罗曼·罗兰写给敬隐渔信的林如稷先生(当时仍在世)的回忆,罗曼·罗兰对《阿Q正传》的评语正如敬隐渔致鲁迅信中所述:

鲁迅先生:

我不揣冒昧,把尊著《阿Q正传》译成法文寄与罗曼罗兰先生了。他很称赞。他说:"阿Q传是高超的艺术底作品,其证据是在读第二次比第一次更觉得好。这可怜的阿Q底惨像遂留在记忆里了……"(原文寄与创造社了)罗曼罗兰先生说要拿去登在他和朋友们办的杂志:《欧罗巴》。

这样,戈先生就为鲁迅研究界澄清了一桩历史公案。戈先生在他的《〈阿Q正传〉的法文译本》一文中说:"根据几年来的努力查询的结果,至少把 50 年来没有弄清的一些问题,特别是罗曼·罗兰是否写过信给鲁迅和罗曼·罗兰如何评论《阿Q正传》的问题，比较澄清了一些了。"

再有，关于《阿Q正传》的最早译本是王希礼的俄译本呢，还是梁社乾的英译本？在戈先生论证以前，均误以为王希礼的俄译本为最早的译本。戈先生研究了世界各国各种文字的《阿Q正传》译文后说："我可以肯定地说，梁社乾用英文翻译《阿Q正传》，无论从翻译还是从出版时间上都比敬隐渔的法译本和王希礼的俄译本为早，因此应该说，最先译成欧洲文字的《阿Q正传》的英文译本就是梁社乾的译本。至于说翻译鲁迅作品最多的国家，根据大量的资料证明，是日本而不是苏联。"戈先生做学问严谨认真的态度为我们树立了极好的榜样。

## 为鲁迅研究添砖加瓦

戈先生不只热心地帮助我们解决工作中的难题，还常常不客气地指出我们工作中的错误。1958年我们编辑了一本《鲁迅手迹和藏书目录》，出版后送给戈先生一套。戈先生看过书以后，除了称赞和肯定我们出这本书的重要意义，给我们以鼓励外，还认真地提出书中的错漏。其中有一条意见，确实使我们大吃一惊。它暴露出我们编辑工作上的一大笑话：我们把法国路易著的《美的性生活》这部世界文学名著，编入"生理卫生"类了。这不是由于我们偶尔的疏忽，而是因为我们在书籍分类的工作上犯了错误：没有仔细地查看书籍内容，仅凭书名进行分类。这一错误在出版工作上称为"硬伤"，反映出我们工作态度的不严肃，确实是不可原谅的，应深刻地吸取教训。戈先生建议我们重新出版一本注录翔实、准确的鲁迅藏书目录，为研究者提供可以作为依据的工具书。除了应纠正前书中的谬误外，还应加上鲁迅与该本藏书的关系，如鲁迅日记、著作、书信等提及该书的情况或评论等，一并收入。这是一个很好的建议。

多年来我们一直在为重编这样一本翔实的目录而努力，做了大量的工作。除了增加各种注录外，我们还把外文书目（包括日文、德文、英文、法文、世界语等）均译成中文。这一庞大的工程，最初是请冯至先生和有关专家帮我们完成的，同时也做好了出版工作的准备。我们的老馆长王士菁先生也和戈先生一样，建议重编一本鲁迅藏书目录。但因种种原因，这个出版计划至今仍未能实现。1994年冬戈先生在北京养病，我和王士菁先生一起去看望他。他虽在病中，仍清楚地记得这件事，还嘱咐我们要全力做好这本藏书目录的出版工作。现在我已退休30余年了，期盼后继的鲁迅研究者来完成吧！

戈先生平易近人，诲人不倦。无论谁向他提出学术上的什么问题，他都不辞劳苦地为别人查找资料，做出解答。这些问题一般都难度较大，解决起来费时费力，而戈先生却从不推辞。我们博物馆保存了一份1975年戈先生对鲁迅《而已集》注释组在注释《鲁迅全集》过程中提出问题的解答稿，整整16页。我记得为解答他们这些问题，戈先生除了到北京图书馆查资料外，还在鲁迅博物馆查了整整两天的鲁迅藏书。例如，为查出印度的一个比喻，他将鲁迅藏的几十种佛经都翻遍了。因而戈先生提供的材料翔实准确，为人们所信服。这份材料戈先生除了给注释组的同志外，还抄了一份给博物馆留作资料。当时我国的复印机还极不普遍，戈先生是用稿纸另抄了一份——16页手稿。戈先生眼睛不好，却写着密密麻麻的小字，看了实在让人感动。在给我们的那份材料前面，还附了一封信：

鲁迅博物馆：

　　今年5月上旬，广州中山大学鲁迅著作《而已集》编注组的李伟江和章崇东同志来访问我，询问《而已集》中的一些注释问题。经查阅多种辞书，我写成《关于本间久雄》、《关于瓦浪斯基》、《关于梭波里》、《关于印度的一个比喻》、《关于辛克莱》等资料六种，现各抄一份，供你处参考。

　　此致

敬礼

戈宝权

1975年7月21日

　　那时戈先生已是60多岁的老人了，但仍不知疲倦地做一些为别人的工作添砖加瓦的事，做得那样认真、那样执着。我认为在这些细微之处正反映了戈先生的精神、戈先生的为人。

　　我从1958年版《鲁迅全集》与1981年版《鲁迅全集》的注释的比较中，清楚地看到戈先生的辛劳已被吸收到新版的注释条目中了，欣慰之余，感激之情油然而生。这种默默奉献的事例，在戈先生是太多太多了！

　　为振兴鲁迅研究事业，1975年11月周海婴上书毛泽东主席，得到毛主席的赞成。鲁迅博物馆重新隶属国家文物局，并成立了鲁迅研究室，戈先生被任命为鲁迅研究室顾问。这使戈先生在鲁迅研究上有更好施展他的才华的广阔天地。按照毛主席的批示，鲁迅研究的重要任务得到了明确：争取在1981年鲁迅100周年诞辰时把"全集注释本、年谱、传记以及全部鲁迅手稿影印本出齐"。在这些任务中，戈先生尽了他的全力，给予指导并促成其实现。

为编好《鲁迅年谱》，戈先生和另外六位顾问一起，提了很多好的建议，并给予许多的帮助。在鲁迅研究室的研究人员的努力下，这部《鲁迅年谱》当时得到学术界的广泛赞誉并成为具有一定权威性的鲁迅研究专著。

对于《鲁迅手稿全集》的出版，戈先生更予以很大的帮助。为出版好这部书，首要的工作是开展好鲁迅手稿的征集工作——收集散存于各处的鲁迅手稿并将其编入此书。戈先生主动承担向国外征集鲁迅手稿的任务。我记得戈先生曾积极建议向国外大使馆发函征集散存于国外的手稿。这个信函稿，也是戈先生亲自拟的。后来通过国家文物局，由外交部发往各相关国家的大使馆。

在这封信的启动下，发生了很多动人的故事。给我印象最深的就是，1977年4月捷克斯洛伐克大使馆通过信使带回他们给文物局局长王冶秋的一封密信，随信还带来了捷克斯洛伐克汉学家普实克保存的鲁迅给他的两封信和鲁迅为普实克译《呐喊》写的序言原稿。捷克斯洛伐克大使馆在写给王冶秋的信中谈道：大使馆在接到中国外交部转发的征集鲁迅手稿的信以后，趁我国驻捷克斯洛伐克大使馆邀请捷著名汉学家到中国大使馆做客的时机，谈及中国正在征集鲁迅手稿准备出版《鲁迅手稿全集》之事。这些汉学家得知此事时都非常高兴，表示要尽力支持。此时正值中捷关系紧张，而已经70多岁的普实克老人不顾这些，亲自带着他珍藏多年的三件（5页）鲁迅手稿，步履蹒跚地来到大使馆，热忱地表示，要将手稿无偿地捐赠给中国的鲁迅博物馆。此情此景令人感动。此后从日本也频频传来有人捐赠鲁迅手稿的佳音。这正是戈先生倡议向国外开展征集工作的收获。

1981年为纪念鲁迅诞辰100周年，戈先生忙得不可开交。国内、国外的纪念活动及学术讨论会都邀请他参加，戈先生大大地忙了一阵。为纪念鲁迅逝世50周年，1985年鲁迅博物馆请他编辑一本《拈花集》，他更是全力投入。这本《拈花集》是鲁迅生前拟编而未编的苏联版画集，今天编起来难度很大，因为其中的版画作者大部分已不在世了。要对每位作者一一做出介绍，就必须向苏联有关方面进行调查了解。为此，戈先生很费了一番周折。但在戈先生的努力和鲁迅研究室李允经先生的协助下，这本版画集终于在纪念日前夕编辑出版了。当时正值炎热的夏天，戈先生不顾汗流浃背，赶着写出了17位版画家的传略，并把120幅版画作品核对和编排好，一起送到博物馆，并附了一封信：

李允经、叶淑穗两同志：

你们好！

这几天"战高温"。终于将《鲁迅与苏联版画艺术》一文和17位苏联木刻画家的传略写好。现送上，请你们仔细审阅，再把意见告诉我。

《拈花集》样本一本和借用的各书也一并送还，请查收为感！

此致

敬礼

戈宝权

1985年7月23日

信虽简略，可此中的甘苦却是一言难尽的！

几十年间戈先生不只为外国文学更为鲁迅事业艰苦奋斗着，而对我们这些从事鲁迅研究工作的同志更是关怀备至。我们敬重他，并且尊他为可以信赖的师长,每每有困难或者需要支持时,首先想到的就是戈先生。1982年我们六位同志合编了一本《鲁迅与世界》,出版这本书的出版社是一个新成立的单位,这是他们出的第一本书。而我们当中大部分人都是从未出过书的,在鲁迅研究界仅是不知名的小徒弟,要将这本书推销出去,是有一定困难的。此时我们唯一想到的就是找戈先生帮忙,于是大胆地找到百忙中的戈先生,请他给这本书写一篇介绍文章。戈先生欣然应允,他挤时间很快为我们写了《喜看〈鲁迅与世界〉画册》一文,并附了一封信:

叶淑穗同志:

你好!

我从昆明、桂林、长沙等地访问和讲学回到北京后,就忙得不可开交。先为《新文学史料》赶写了《和茅盾同志相处的日子》的续稿,又为上海译文出版社编校了一大本的《谢甫琴科诗选》,最近还要到青岛去休养。因此,在行前把你们约请写的文章赶出来。

承你惠赠《鲁迅与世界》画册一本,非常感激!请你代向这本画册的编者孙瑛、陈漱渝、彭小玲、王燕芝、韩蔼丽等其他同志问好,感谢他们做了一件很有意义的工作。这本画册真是"先得我心"。但我觉得这本画册的墨色太淡,假如用黑色(或深蓝色)印,也许要比淡棕色为好。颜色深一些,看时既清楚,也可从画册上复制。还有外国翻译介绍鲁迅作品的国家和文字,据我最近应王永昌同志之请写的文章中所作的统计,约有四十多个国家的六十多种语言文字,我想这本画册如有再版的机会,可稍加改动。

又这本画册你们是否还有多余的,如能再给我几本,我可代你们寄到日本、法国和美国等国去。

　　文章共写了近两千字,请你们先审阅一下,然后再送《人民日报》编辑部。

　　此致

敬礼

戈宝权<br>1982 年 5 月 27 日

　　戈先生在那篇介绍文章和这封信中,除了肯定出版这本画册的意义外,同时也实事求是地指出其中的不足之处。可惜那篇介绍文章当时未能在《人民日报》上发表。后来再送给别的报刊时,又因延误时间,未能刊出,致使该稿一直搁置至今,愧对先生,多年来本人深感内疚。

　　戈宝权先生的一生为中国文化事业的发展做出了卓越贡献,先生的事迹早已载入国家史册。本人所诉虽是先生生活中的点滴,却也能鲜活地展现先生的崇高品德,谨以此文表达学生对先生的感恩和追思。

# 王士菁：第一部鲁迅传的写作者

王士菁先生离开我们已经一年了，人们无比地怀念他。他为鲁迅研究的事业默默地奉献，一生中创造了无数辉煌的业绩，硕果累累，这是先生留给后人丰富而珍贵的文化遗产。

## 中国人自己写的第一部鲁迅传

王士菁先生生于1918年，1939年考入西南联合大学，1943年毕业。由于他热爱鲁迅，在西南联大求学期间，即开始了鲁迅研究。那时的鲁迅研究条件极为恶劣，想要找一部《鲁迅全集》或鲁迅的一本集子都是非常困难的。他曾对我们讲过，在西南联大读书时，为了得到一本鲁迅的书，他每天晚上要跑十几里路到城里的图书馆，在图书馆闭馆期间将鲁迅的书借出，第二天清晨赶在图书馆开馆前将书送还。就这样大约用了两三年的时间，完成了这部《鲁迅传》。现今的人们很难想象，中国第一部鲁迅传就是在这种情况下诞生的。

这部《鲁迅传》在当年就得到了许广平先生和周建人先生的好评。许广平先生在该书的序言中写道："胜利之后，有机会看到这本真正来自国人写的《鲁迅传》。他把中国历史发生的重要事件和鲁迅生平经过，从头正确地、客观地寻找出它的所以然。惟其如此,才能了解鲁迅行文,处世的真意。这正是我多年心里所愿看到的,而希望竟在眼前实现,这一欢欣鼓舞,是不能用言语形容的。"此书于1948年6月由生活·读书·新知上海联合发行所出版发行,当时在社会上引起深刻的反响与关注。

书出版后,特别是在新中国成立以后,先生对此书感到不满意。先生认为书的篇幅过大,全书518页,引证鲁迅著作较多,不适合广大读者,特别是青少年读者阅读。他曾对我说过,他很想将此书全部收回,见一本他就买一本。新中国成立后他又利用业余时间在原《鲁迅传》的基础上重新编写了一本《鲁迅——他的生平和创作》,全书211页,1958年由中国青年出版社出版。在此书的前记中作者写道:"写作这本书的主要目的,是在于向青年读者简要地介绍鲁迅的生平和他的著作的梗概。希望具有初中文化水平的读者能够看得懂,由此引起阅读鲁迅著作的兴趣,从鲁迅著作中吸取战斗的力量,……写作这书的另一个目的,是在于改正作者在一九四五年写成、于一九四八年由上海新知书店出版,题名为《鲁迅传》的那一本书中所存在的缺点和错误。虽然那本书在全国解放后就不再继续印行了。"寥寥数语反映了先生虚怀若谷,一心为读者的学者风范。实际上在那黎明前的中国,鲁迅著作难觅,为了宣传鲁迅精神,使读者更多地了解鲁迅,在鲁迅的传记中较多地引证鲁迅的著作,是可以理解的。从某种意义上说,这也反映了作者的一番苦心。但先生却不以为然。

1958年出版的《鲁迅——他的生平和创作》是新中国成立后出版的第一部鲁迅传,备受广大读者的喜爱,曾连续再版数次。1981年由外文出版社将其译成英文、朝鲜文、孟加拉文。1962年先生又编写了《鲁迅——伟大的革命家、思想家和文学家》一书,全书81页,由作家出版社出版,用的是小开本,作为"知识丛书"出版。这应当是另一种更普及的鲁迅传。

为了更好地学习鲁迅、宣传鲁迅，先生又编写出版了《鲁迅早期五篇论文注释》（1978年天津人民出版社出版）、《鲁迅创作道路初探》（1981年中国社会科学出版社出版）和《鲁迅的爱和憎》（1982年天津人民出版社出版）等，为读者提供了更多研究鲁迅的读物。

## 主持我国第一部注释本《鲁迅全集》的出版

为鲁迅的著作做注释，这是王士菁先生早在从事《鲁迅传》的编写过程中就有的想法，所以他在1950年夏第一次与冯雪峰先生会面时就谈起了这个问题。当雪峰先生问他最近读不读鲁迅的作品时，士菁先生说，业余时也读，但有些杂文没有弄懂，要弄懂很难，并向雪峰先生提出"是否可以注释一下"。雪峰先生当即表示"这很好"，并请士菁先生"有工夫，先想一想写点意见出来"。大约用了两三个星期，士菁先生把写出来的意见交给雪峰先生。6月26日，雪峰先生回信道：

士菁同志：

关于注释鲁迅，你所提的意见，我看是很好，但开会讨论和开始工作，我觉得恐怕还需要再酝酿一个时候。我们尽力策动以便早日实现罢。同时我觉得你如有时间就可以先看一些他的文章，把需要注释的记下记号。

隔天我们再谈谈。即致

敬礼

雪峰

六月二十六日

1950年10月，中央人民政府出版总署决定在上海成立鲁迅著作编刊社，任命冯雪峰为社长兼总编辑。1952年鲁迅著作编刊社迁北京，成为人民文学出版社鲁迅著作编辑室，冯雪峰任出版社社长兼鲁迅著作编辑室主任，王士菁先生任副主任。从上海的鲁迅著作编刊社到人民文学出版社的鲁迅著作编辑室，它的任务是非常明确的，即"收集、整理、注释、编辑出版鲁迅著作"。编辑室的成员为冯雪峰、王士菁、杨霁云、孙用和林辰。冯雪峰为领导，但他事务繁多，在上海鲁迅著作编刊社时，他忙于北京的工作，经常不在上海，编刊社迁京后，他又身为人民文学出版社社长，并有许多其他兼职。所以鲁迅著作编辑室的具体领导工作是由士菁先生承担的。

鲁迅著作编辑室是一个忠于使命、敬业奋进又团结的战斗集体。在上海成立鲁迅著作编刊社时，工作条件极差，实际上连社址也没有，他们借用武进路309弄12号上海文协二楼的两间办公室作为办公场所。工作人员没有宿舍，王先生的家就安在二楼的阳台，孙用先生和杨霁云先生是住在亲戚家，每天要自己买车票乘电车来。林辰和家人从重庆来没有宿舍，只好暂住新亚酒店。编刊社经费少，只包一个房间，他们一家五口挤在一起。

这里生活条件虽艰苦，他们的工作热情却是很高的。在编辑工作中缺乏资料，他们除了向图书馆借用，还利用业余时间深入旧书店或地摊去搜寻。由于编刊社的经费不足，遇到需要买又买不起的书刊，他们就请上海鲁迅纪念馆收购，他们再借用。

为了编好这第一部注释本《鲁迅全集》，他们做了很多艰苦的基础工作，如查找鲁迅日记中的人物。这是一件非常艰巨的工作，因为国家的动乱、历史的变迁，要查清这些人物，可以说好似大海捞针。但王先生和杨立平先生经过亲自访问及其他各种方式，搜集和编辑了一份鲁迅日记中涉及的人名情况的原始资料。

一次我去先生办公室请教有关事宜，闲聊时先生打开一口木箱，我看到箱内装满用书籍裁下的纸边做成的穿成串的卡片，一些小本上面还记着某某人的情况等。先生告诉我，这就是他和杨立平先生一起搞的人名索引卡片。我非常惊讶，敬佩之情油然而生。

做注释是极其烦琐而又难度极大的工作，王先生回忆："整个《鲁迅全集》的编辑和注释工作是在雪峰同志领导之下，由孙用、杨霁云、林辰和我四人共同完成的。鲁迅著作的单行本，每本分别由我们各自负责校勘和注释。每本注释初稿完成后，即互相传阅，对于'互见'或'参看'之处，我们四人随即交换意见，有时还要进行讨论。"他们有时为了鲁迅著作中的一个句子或一个词，要查阅多种资料，其中的艰难可想而知。

经过八年呕心沥血的艰苦奋战，1958 年这 10 卷《鲁迅全集》注释本终于出版了。这是人民文学出版社《鲁迅全集》注释本的开创版，为以后的 1981 年 16 卷本，以至 2005 年的 18 卷本的出版打下了基础。而今，这五位德高望重、在全国享有盛名的鲁迅研究专家、鲁迅著作编辑室的先辈，都已离我们而去了。他们为鲁迅研究事业所做的不朽的贡献将永载史册。

## 编纂《鲁迅大辞典》

为了学习与研究鲁迅著作，弘扬鲁迅精神，让更多的读者读懂鲁迅著作，编辑一部《鲁迅大辞典》成为王先生等一些鲁迅研究专家的意愿。早在 1950 年，雪峰先生领导的上海鲁迅著作编刊社在编制《鲁迅著作编校和注释的工作方针和计划草案》时，就将此项工作列入了计划之中。鲁迅著作编辑室完成了 10 卷《鲁迅全集》注释本的工作后，就启动了编《鲁迅大辞典》的工作。他们做了词目索引和词汇统计工作,并且摘录了两三万张卡片。

1966年,"文革"开始了,为了保护这批已写就的卡片,王先生事前没有和我们联系,就悄悄地用车将这些卡片运到鲁迅博物馆。我记得大约是1966年五六月一天的上午,王先生坐着一辆运书的小卡车突然来到博物馆。他带着几位职工,从车上抬下一个大木箱,还有一个有着许多抽屉的卡片柜。先生告诉我,这是做大辞典的卡片,让我替他们保管。我看这大木箱里面装的都是一摞一摞的卡片——这些卡片都是从印刷品上裁下的纸边,摆放得非常整齐,每张卡片上都写有一个词条。我认得这些卡片上的字迹,似乎都是王先生写的。

由于"文革"已经开始,领导都靠边站了,我只得将这两个大件,放在库房大门外的门洞里。这里虽能避风挡雨,但并不安全,经常有人自取卡片,我也管不了。后来有一位中学老师看到这些卡片,欣喜之中也拿走了一些作教学用。十年浩劫之后这些卡片已凌乱不堪,无法使用,对王先生我确实无法交代。好在先生事后并未追究,也就不了了之了。

1979年3月,全国文学研究规划会议在昆明召开,会上李何林先生提出编纂《鲁迅大辞典》的倡议,得到与会者的赞同。1979年6月,李何林先生在五届全国人大二次会议上将此倡议作为277号提案提出,并建议由出版局具体来抓此项工作,得到中国社会科学院文学研究所等不少单位的热烈支持。会议确定由李何林先生和王士菁先生主持这一工作。

1983年1月12日,王先生在《人民日报》上发表《编写〈鲁迅大词典〉刍议》一文,详细提出编辑鲁迅大词典的各项要求与具体安排。最初拟由四川人民出版社出版。1984年6月,文化部出版局建议由人民文学出版社与四川人民出版社合作出版此书,并将两个编辑组合并。

2003年5月24日王先生写《让更多读者读懂鲁迅著作——介绍〈鲁迅大词典〉》一文,文中全面介绍了《鲁迅大辞典》编辑的过程及其深远意义。文章的末尾写道:"在这里,特别值得提出的是,在解放前最初倡导编辑词典并予以特别关注的冯雪峰同志。从1983年开始至今长达二十年的漫长过程中,曾和我们在一起工作过的李何林、林辰、薛绥之、包子衍、马蹄疾、谢德铣等同志已先后去世了,他们对于这部词典的出版都怀有殷切的希望,并为之贡献出自己的力量,但他们没能看到此书的出版。对于他们,我在这里表示深切的敬意与怀念。"

而今,历经30余年一直为《鲁迅大辞典》操碎了心的先生也与世长辞了。不过,这部承载着无数先辈和中青年鲁迅研究专家的辛劳与心血的《鲁迅大辞典》终于在2009年由人民文学出版社出版了,以此告慰世人。

## 为鲁迅博物馆建设做好基础工作

### 拟定了博物馆第一个鲁迅生平事迹展览

一般人只知道王士菁先生1983年1月开始任鲁迅博物馆馆长,1984年8月后任鲁迅博物馆顾问,而不知道先生在鲁迅博物馆建馆初期的1956年就被任命为博物馆副馆长,并一直关心和参与博物馆的建设。王先生在《深切怀念李何林同志》一文中曾写道:"1956年,成立鲁迅博物馆时,我也参加了筹备工作。文化部请许先生做馆长(许先生即许广平。——笔者注),又要我去做副馆长,做具体工作。当时雪峰同志也同意了,文化部的部长会议也通过了,只是因为'大跃进',博物馆下放到北京市,我才没有去。"当年博物馆所在的宫门口西三条胡同里建了十几间平房，就是准备王先生和杨霁云、孙用、林辰等鲁迅著作编辑室的几位专家来住的。

鲁迅博物馆建成后，首要的任务就是要搞出鲁迅生平事迹陈列。但博物馆当时从各方面调集的人员包括馆里的领导同志，均不懂鲁迅。最初文物局请上海鲁迅纪念馆的馆长谢澹如先生草拟了一个陈列提纲，但最后陈列方案的敲定，还是王士菁先生。因为他不但熟悉鲁迅生平，更了解鲁迅的文物。1950年许广平从上海迁家至北京时，对文物的安排王先生也是经手的。此事他不只在文章中提起过，也曾对我一一介绍过。在我的记事本中记有：王士菁先生告知，"1950年许广平从上海迁居北京，许先生一人整理匆忙，将文物分成三份：一份留上海，还有一些重要资料自己带（即带到北京。——笔者注）；有关注释的就给鲁迅著作编刊社……给鲁迅编刊社的有鲁迅手稿《两地书》、日记、烈士稿，有别人给鲁迅的信（人名与数字都一一告知。——笔者注），还有鲁迅做了批注的剪报等等。"所以先生对鲁迅遗存的文物的内情也是完全知晓的。

鲁迅博物馆建馆后的第一个鲁迅生平展览就是在王士菁先生以及鲁迅著作编辑室专家们的精心筹划下，经过全馆同志的共同努力，终于在鲁迅逝世20周年的10月19日向公众开放。当时这个鲁迅生平事迹展得到中外各界人士的好评。

王先生不只为鲁迅博物馆筹建了首个基本陈列，在以后数十年的陈列大修改中，王先生都亲临指导和审查。我这里还保存了一份当年王先生审查陈列时提的修改意见稿。现在这也是一份值得纪念的历史资料了。

### 为博物馆培训业务人员

基本陈列展出后，摆在博物馆面前的一项重要任务，就是要培养业务人员，这是博物馆发展中极为重要的任务。我清楚记得王先生为我们讲课的情景，他深入浅出地为我们介绍鲁迅的生平事迹。他要求我们认真读鲁迅的原著，为了激励我们学习，还向我们介绍他当年如何在艰苦的环境中学习鲁迅著作的情况。

我还记得，有一次我和他一起等公共汽车，先生就和我谈心，鼓励我要下苦功夫学习，说我努力还不够，要我向张能耿同志学习，还向我介绍张能耿同志如何在绍兴深入农村搜集访问材料的事迹。士菁先生是我的启蒙老师，使我走上了鲁迅研究的道路，使我以此作为我一生追求的事业，直至今日。回想起来感到很惭愧，在工作期间只忙于事务，没有抓住一切学习的机会深入研究鲁迅，碌碌而无为，愧对先生对我的期望。

建议为鲁迅藏书收购复本

1951年7月，王先生第一次来鲁迅故居参观，认识了矫庸、李育华夫妇，并得到他们的热情接待。从1952年起，王先生作为鲁迅著作编辑室的副主任，就经常来鲁迅故居查考资料（当时鲁迅的藏书存放在故居），因而对鲁迅藏书的珍贵和它的现状有深入的了解。在查阅鲁迅藏书的过程中王先生得知矫庸是一位熟悉中国古典书籍和版本的行家，又考虑到鲁迅藏书急需保护的现状，因而提出要为鲁迅藏书购买一套复本。这不只得到矫庸的赞同，更得到文物局王冶秋局长的赞同，因而从建馆之初文物局每年都拨专款为鲁迅藏书购买复本。

当年是由矫庸先生和常惠先生到北京市各个古旧书店和旧书摊去搜集。两位老先生，特别是矫庸先生天天都跑书店。矫老的记忆力特别好，不只记得鲁迅有什么藏书，甚至是什么版本他都记得一清二楚。大约用了三四年的时间，就把鲁迅的中文藏书（包括线装书 946 种，平装书 866 种，期刊 353 种）的复本基本收齐了。

这是一件了不起的工作。如果不是当年适时收购，过后真是一件不可能办到的事了。这不只保护了鲁迅的藏书，更是收获了一批财富。王先生功不可没。

1951 年文物局安排北京图书馆的中文组、日文组和西文组的图书编目专业人员，将鲁迅藏书分类编目，于 1955 年编成。王先生非常重视这项工作，极力主张博物馆将它编辑出版，还亲自为此书审稿。1959 年这部《鲁迅手迹和藏书目录》作为内部图书出版了，至今 60 年一直沿用着。此书对于鲁迅研究起到了积极的作用，但由于当年编辑上的仓促和遗漏，还存在不完善的地方。多年来王先生和博物馆一直希望能够重新编辑、出版此书，并做了许多准备修订再版的编辑工作，但由于种种原因始终未能实现。2001 年为纪念鲁迅诞辰 120 周年，先生写了《〈鲁迅手迹和藏书目录〉前言》一文，全面介绍了鲁迅藏书和出版藏书目录的深远意义。很遗憾，此书仍没能出版，这是先生的遗愿，但愿能尽早实现。

### 积极为博物馆征集文物

征集鲁迅手稿并非鲁迅著作编辑室的主要任务，但先生始终以一种珍视鲁迅文物的责任感，数十年来积极地、不放过任何线索地进行着这一工作。在鲁迅博物馆的藏品总账登的"藏品来源"项目中如注录为"某年某月鲁编室拨"，则一般为王先生通过各种途径征集来的。据我不完全统计，有致许寿裳信 3 封，致瞿永坤信 2 封，致李小峰信 33 封，致陶亢德信 14 封，致娄如瑛信 1 封，致周作人信 1 封，致李秉中信 20 封等等。也有经过先生去联系，收藏者将鲁迅书信捐赠给博物馆的，如章廷谦先生正是经王先生联系，才将他珍藏的鲁迅书信 60 封，直接交给博物馆。

但也并非都是一帆风顺，收集鲁迅书信的过程中碰到的问题也是形形色色的。在先生的回忆文章中写道："在当时，我是经常遇到不可思议的困难的，有的人就是讲了许多条件也不肯把鲁迅手稿拿出来，以致后来不知去向了。例如，上海有位某先生，他给我们来信说：鲁迅写给林语堂的信若干封，就保存在他那里，条件是要安排他的工作，才肯拿出来。又有一位青年来信说：他手中有鲁迅给许寿裳的信若干封，条件是给他八百元作为代价。我们当时未能满足他的要求，后来也就没有下文了。"先生也很感叹："这些信可能在'文革'中都损失了。"在保存下来的先生给笔者的十几封信中，很多也是谈征集手稿的事。

先生不只注意搜集鲁迅手稿、书信，对于一些文物，他也很懂得它们的价值，督促我们及时收购。如周作人日记，先生主张一定要收购。当时，反对的声音是很强烈的，如说汉奸的日记为什么要收购等等。经过先生极力说服和争取，我馆当时的领导北京市文化局才批准以1800元收购了，在1962年这也算是一笔不小的费用。但事实证明，先生是有远见的。今天来看，这件文物的价值真是不菲的。

### 作为博物馆馆长的王先生功绩卓著

1983年1月至1984年8月，王士菁先生正式担任鲁迅博物馆的馆长。此时先生已是年近七旬的老者了，担任馆长的时间虽然不长，但业绩辉煌。先生平时除了处理好博物馆日常烦琐的事务，带领好领导班子外，还承担了几部大书的编辑出版任务。如1984年7月9日，先生就接到文物局下发给他的要落实唐弢等在全国政协六届二次会议上提出的434号提案的任务，要出版鲁迅辑录校勘的古籍和鲁迅收藏的汉画像。落实的成果就是后来出版的《鲁迅辑校古籍手稿》6函49册和《鲁迅辑校石刻手稿》3函18册以及《鲁迅藏汉画像》2册等，先生也为此参与过筹划；为纪念鲁迅逝世50周年，编辑《拈花集》，先生为它忙碌并写了前言；先生主持的《鲁迅大辞典》也在紧锣密鼓地进行着；还有《鲁迅手稿全集》的出版，也在先生的指导下进行着，先生还为此写了《介绍〈鲁迅手稿全集〉》一文，除了介绍鲁迅手稿的情况外，特别强调出版此书的深远意义；与此同时，《鲁迅研究动态》的编辑发行工作，先生也没有放松。先生就是这样，不知疲倦地为鲁迅研究事业奉献自己的一切力量。

先生一生给我们留下丰厚的文化遗产：他编写出版了中国人自己的第一部鲁迅传、第一部瞿秋白传；鲁迅经过数十年的准备，拟编写而未成的两部巨著——《中国文学史——从屈原到鲁迅的通俗讲话》《中国字体变迁史简编》——士菁先生将它们编写完成了，实现了鲁迅的夙愿，也实现了朱自清先生、闻一多先生等的遗愿；除《王士菁文集》外，还有新诗歌和唐代诗歌研究等多方面的文章。

先生艰苦朴素、勤奋的一生，为中国文学事业的发展做出了巨大的贡献。先生的初衷正如他2009年91岁时在《王士菁文集》的后记中所说：要传承祖国的文化遗产，"继承革命先辈的崇高的品德和爱国主义精神，建设好新中国"。这是最朴素、最真挚、最崇高的精神境界，先生一生正为此而奋斗，并付出了毕生的心血，因而得到人们由衷的崇敬。我们要学习先生的精神，并将它永远传承下去。

（2017年）

# 刘淑度：为鲁迅先生篆刻印章

在北京鲁迅博物馆珍藏的鲁迅印章中，有两枚素白的方印。一枚刻的是白文"鲁迅"，一枚刻的是朱文"旅隼"。鲁迅生前十分钟爱这两枚印章，经常同时使用。在《秋夜偶成》《题〈芥子园画谱三集〉赠许广平》等诗以及鲁迅心爱的藏书扉页上都印有这对方章。可是，近50年来，人们都不知道这两枚印章的来历，也不知为何人所刻，只知道1933年鲁迅在给郑振铎的信中曾提到一位"刘小姐"给他刻过印章。至于这位"刘小姐"是谁，这个谜底却一直没有揭开。

1979年，鲁迅著作注释组的同志为了将鲁迅书信中这个条目弄清楚，翻阅了有关的图书刊物，几经周折，四处寻觅，终于查找出刘小姐即郑振铎先生在《访笺杂记》中提到的刘淑度女士。以后又几经探访，我们在北京鲁迅故居附近大茶叶胡同的一个四合院里，找到了刘淑度先生。当刘淑度接过白色的印章，又打开自己保存多年的印谱，对照着"鲁迅""旅隼"的印迹时，果真丝毫不差。刘淑度眼里闪烁着激动的泪花，说："这是我刻的！真没想到还能见到这一对方章。"

在鲁迅诞辰百年的前夕，我们又访问了刘淑度老人。她虽已82岁，但身体硬朗，谈吐爽快。提起印章，她说："能为鲁迅先生刻章,对我来说,真是三生有幸。话说回来,我能篆刻,也多亏了名师的指教。"

刘淑度又名师仪,祖籍山东德县,酷爱金石篆刻。从小祖父就为她买图章,指导她临汉印,刻篆字。1925年,她考入北京女师大中文系,课余就在齐白石门下学艺。在名师的点拨下,她潜心钻研,精攻刀法,篆刻技艺日益精湛。1931年,齐白石专为她作印谱序言,写道:"从来技艺之精神,本属士夫,未闻女子而能及。门人刘淑度之刻印,初学汉法,常以印拓呈余。篆法刀工无儿女气,取古人之长,舍师法之短,殊闺阁特出也。"她篆刻成癖,节衣缩食,省下的钱都用来买石刻章,积以时日,聚沙成塔,竟成了拥有千石的大师。齐白石刻了"千石印室"的图章赠她,以作褒扬。

1930年从女师大毕业后,她辗转北京、南京,任教长达30余年,业余的嗜好仍是运刀篆刻。她说:"在我任教后的第三年,郑振铎先生转告我给鲁迅先生刻章。他让我在'鲁迅''旅隼'中任选一枚。由于我十分敬仰鲁迅先生,就一并为他刻了两枚。"鲁迅致郑振铎的信中确曾提及此事:"名印托刘小姐刻,就够好了。居上海久,眼睛渐市侩化,不辨好坏起来,这里的印人,竟用楷书改成篆体,还说什么汉派浙派,我也就随便刻来应用的。"她告诉我们,鲁迅先生十分朴素,不喜欢花花绿绿的石头,她就挑了两块洁白的寿山石,悉心揣摩,稍不如意,磨平重刻。她反复几次,刻好后又去请教齐白石,老师修改了"旅"字的一道笔画,她就又准备返工。正待她要重刻时,郑振铎先生执鲁迅的书信来找她。刘淑度看到鲁迅先生"希将前回给我代刻的印章携来为祷"的话后,让郑振铎带走了印章。"如果时间宽裕些,我就会把鲁迅先生的章刻得更满意些。由于当时时间仓促,我连边款都没来得及刻上。郑先生本要我刻上自己的名字,但我想鲁迅是我的老师,不加边款就刻名字是不恭的,所以没刻。谁承想这竟造成了这对印章的谜呢。"刘淑度惋惜地说。鲁迅先生在1934年9月2日的日记中曾记载,收到"名印二方",就是指刘淑度刻的这对印章。尔后,她还为钱玄同、许寿裳、朱自清、郭绍虞、谢冰心、台静农、郑振铎等名人志士刻了名印和藏书印。

为了纪念鲁迅百年诞辰,北京鲁迅博物馆编印了《鲁迅百年纪念集》,曾请她写了纪念文章,并请她篆刻了"鲁迅诞辰百年纪念集"的印一方。她在边款中刻道:"鲁迅博物馆属镌纪念集印,以昔曾为先生治印也,倏已半世,执刀握石深感人天。先生文笔日经天,培育人材重少年,我亦程门忝立雪,凌云大树植心田。一九八一年淑度刘师仪敬刊,时年八十二。"无疑,这方印将给这本纪念集增添新的纪念意义。

# 姜德明：敢在特殊时期出版鲁迅著作

姜德明先生是一位资深的记者，也是一位出色的散文作家，曾任《人民日报》文艺部编辑、人民日报出版社社长。本人因从事博物馆工作，专业是研究鲁迅，所以从20世纪50年代起的三四十年的工作期间，和先生常有联系，交流鲁迅研究工作的信息。以后由于工作的变化，联系虽然少了，但也偶尔打电话问候。2019年10月间，在一次电话中，先生告诉我，他90岁生日时，文联特来人为他祝贺，《芳草地》出了专刊为他祝寿，他感到知足了。

## 角度新颖解读鲁迅

先生最使我敬佩的是，他热爱鲁迅之深和他对鲁迅著作学习之透是很多从事鲁迅研究工作的人不可比拟的。姜先生写的关于现代文学的几部书，如《书叶集》《书边草》《书梦录》《书味集》《相思一片》《梦书怀人录》等，其中都有关于鲁迅的文章，特别是《书叶集》整本写的都是关于鲁迅的事迹、鲁迅著作、与鲁迅有关的人和事。先生的写作与众不同，他从不讲或少讲别人讲过的话，而是从鲁迅著作或回忆鲁迅的文章中的细微之处，发现闪光的细节，并以散文的笔法展示出来。因而读先生的文章，你会有耳目一新、豁然开朗的感觉,仅举《书叶集》中的几篇为例。

如《闪光的铜板》一文。先生发现1935年5月9日《鲁迅日记》上记有"以茶叶一囊交内山君,为施茶用",又发现鲁迅在上海若干年中每年均有购茶10斤、20斤甚至30斤的记载,耐人寻味。先生还发现内山完造写的《活中国的姿态》一书中,有《便茶》一文。该文中写道:"在我所设置的便茶的桶底常常发现一二个铜子,起先还总以为是孩子淘气,误抛进去的,其实是大错了,那原是为不收分文无条件地供给的便茶所拯救了的极渴的劳动者们所献,衷心之所献奉也","这一个铜子,有时是他们被打被踢,甚至流了鲜血才换得来的……"姜先生想到,"那些饮了便茶而又不愿承受外国人施舍的人力车夫是爱国的",所以他们投入铜板,但他们"不会知道这茶叶却都是一向关心他们疾苦的鲁迅先生所赠"。

先生在此文的结尾处深情地写道:"当我再读到《鲁迅日记》里关于买茶叶的记载时,我的脑海便联想到,鲁迅先生每逢得到新茶之后,便欣喜地提着茶叶往内山书店走去,同时也浮现出内山书店门前的那座茶桶和茶桶底下扔着的几个铜板,那闪闪发光的铜板……"

这是一幅多么感人肺腑的画面!

再如《鲁迅与猫头鹰》一文。先生通过鲁迅所写的诗歌和文章以及友人们的回忆,说明鲁迅喜欢猫头鹰,并曾有过猫头鹰的绰号。先生还特别介绍,他发现鲁迅1909年在杭州两级师范学校教书时,有一个手订的备用的小本。该本长16厘米,宽11.5厘米,是用来记录一些人的地址和备用图书的书名的。姜先生敏锐地发现,就在这个小本子封皮的右上角,鲁迅手绘了一只猫头鹰作为装饰。这个装饰画虽然用墨不多,却极其微妙而传神地展现出猫头鹰的稚气与可爱,一反令人产生恶感的形象。先生极其敏锐地发现了

**鲁迅手绘猫头鹰**

它,并著文向人们展示。此文在刊物上发表后,引起人们的震惊和特别关注。直至今日鲁迅所绘的这幅猫头鹰的装饰画,还经常出现在有关的刊物上,这说明人们对这幅装饰画的赞赏。

《书叶集》中还有一篇《可怕的母爱》。这个题目的由来,是先生注意到,冯雪峰先生在1937年写的《鲁迅先生计划而未完成的著作》一文中,说鲁迅还准备写一篇关于母爱的回忆散文。鲁迅的原话是:"这以后我将写母爱了,我以为母爱的伟大真可怕,差不多盲目的……"冯雪峰先生还说:"鲁迅先生在谈话中讲起母性和母爱,实在不止一次。"德明先生在文中写道:"又是多么新鲜的思想啊!我不知道在这样的结论之下,鲁迅将写下什么内容,我相信他一定要讲出别人所未曾想到的一些见解,也会包含许多生动的例证和吸引人的文采。这已经是一个不可补救的损失了。"

但1952年雪峰先生在出版《回忆鲁迅》一书时,虽然又提到此事,却把"母爱的伟大真可怕,差不多盲目的"给删去了。

德明先生为了弄清雪峰先生删掉鲁迅原话的缘由,曾于1974年4月20日写信去询问。雪峰先生当时虽然处于重病中,但在三天后就写了一封详细说明的长信,其中写道:"关于鲁迅先生曾经准备写一篇关于母爱的散文,我在这两天中都回忆不起比过去记述过的那几句更多的话来……删去了那几句记述的话，可能因为怕引起误解的缘故（那几句话是原话，但如果不根据当时鲁迅先生的思想感情加以解释，是可能引起误解的。——引者注）。"雪峰先生的答复是非常重要的，证实并肯定了一个历史的事实。这一点我们要感谢德明先生的严谨和认真做学问的精神。

正如德明先生自己在《书味集》的后记中所述："我觉得有很多我过去不曾发现的珍珠，正散置在寂寞的角落里；又像是在一片沙漠中发现了绿洲，于是我又情不自禁地做了一个拾荒者，并想写一点什么了。"

正是有像德明先生这样辛勤的"拾荒者"，从"角落寂寞的"中有所发现，才使我们得以获得这些灿灿发光的"珍珠"。

## 在"文革"中出版鲁迅作品

更使我敬佩的是，先生不只用笔写出优美的散文，向人们宣扬鲁迅的精神，更设法出版鲁迅的原著普及本，让人们读鲁迅的书。特别是在"四人帮"横行的时日，人们精神食粮匮乏的当口，出版这些作品真是雪中送炭。

讲到在那时出版鲁迅的书，还有一段故事。为此我特意采访了当年参加过这项工作的南开大学张菊香教授，张先生对那段经历记忆犹新。那是1971年年初，时任国家文物局局长的王冶秋先生和曹靖华先生、李何林先生商议，要响应毛泽东主席读点鲁迅的书这一号召，编辑出版鲁迅的作品。为此，王冶秋先生找到人民文学出版社鲁迅编辑室主任王仰晨先生。王仰晨先生研究后同意出鲁迅的书，并请了南开大学的张菊香教授、山东大学的韩之友教授编选和注释《鲁迅杂文书信选》。为此，他们二位在人民文学出版社一住就是一两个月，稿子改了又改，就是定不了稿。当时二位教授还蒙在鼓里，他们不知道这后边有"四人帮"的阻挠。

后来王冶秋先生等得耐不住了，找到时任人民日报出版社社长的姜德明先生商谈。他们一拍即合，不只很快就将这部书定了稿，还安排了出版的日程。也因此王冶秋先生和德明先生成了亲密的挚友。德明先生曾告诉我，这位70多岁的王冶秋先生，在那一段时间，常常是不约而至，不畏辛苦爬上人民日报社办公大楼四层，去找德明先生商量出版的事，或者是谈些关于冶秋先生与鲁迅交往的旧事。

在德明先生的安排下，于1971年9月首先出版了《鲁迅杂文书信选》，又于1972年4月出版了《鲁迅杂文书信选（续编）》，还安排了另几部鲁迅普及读物的出版。为此，请了鲁迅研究界的权威专家唐弢先生为鲁迅的《阿Q正传》和《门外文谈》单行本做注释。唐先生对这两部书注释的详细是前所未有的。对于《门外文谈》，唐弢先生在书出版后还做了补充注释。

这里面还有一段小插曲。一天，德明先生打电话给我，说唐弢先生写的关于这本书补充注释的说明，因混在出版的书中，他曾陆续将这些书分发到各地，又送给有关的同志，现在找不到了，问我是否看到。先生极为着急。我当时也着急地帮他找，却没找到。十几年后的一天，我无意中翻阅这些小册子，惊奇地发现唐弢先生修改注释的本子，却在我这里。这使我深感愧疚，太对不起先生们了。

不只上面所说的几部书，德明先生还出版了一册《鲁迅书简——致日本友人增田涉》（1972年10月）。这是请中日友好协会林林先生翻译的。林林先生除将新发现的几封鲁迅书信收入外，并对书信的译文在文字上做了更仔细的斟酌，使其在文笔上更接近鲁迅原文的风格。

再有一册就是在"文革"中新发现的鲁迅书信的集子,名为《鲁迅书信新集》(1978年4月)。书名是请茅盾先生题写的,书信由鲁迅博物馆鲁迅研究室提供。

为出版这些书,德明先生他们对"四人帮"的淫威置之不顾。因而,这六本书有一个共同的特点是,无出版单位,无编者姓名,无注释者和翻译者姓名,但从出版的水平来说,质量是很高的,每册的出版说明写得翔实而精切。这几部书当时影响特别大,据张菊香先生介绍,当时全国29个省市的新闻出版单位都进行了翻印。

## 为知名作家学者写真

先生是值得我们称赞的,他作为一名记者,利用各种机会深入基层,采访各阶层的普通老百姓,写他们的生活,赞他们的趣事。他广交朋友,涉及各行各业,特别是对与鲁迅有过交往而仍健在的老人,他都千方百计地找到他们并登门拜访。不只是采访,还和他们建立了深厚的友谊,那种亲情,深深地倾注在他一篇一篇的散文中,如《郭沫若的原稿》、《因茅盾同志逝世而想起的》、《奔天桥——随老舍先生采访》、《写在绿窗下的日记——同巴金同志见面》、《稚意——叶圣陶先生书屋》、《猫的故事》(此文系采访夏衍先生后写的)、《阿英小记》、《火——访曹靖华先生》、《健步者——访胡愈之》、《一张照片——怀念新波同志》、《别矣川岛先生》、《只有一支笔——访聂绀弩》、《湖上书简》(此文记访陈学昭先生)、《遥望西湖——忆林淡秋同志》、《书话》(记唐弢先生)、《忘不掉的闲谈》(记与王冶秋先生的交往)、《钱君匋的封面画》等等。

他还访问了诸多的当代知名人士,如孙犁、邓拓、袁水拍、李季、黄裳、丁聪、卞之琳、何其芳、孟超、陈笑雨、范用、李健吾、杨朔、丰子恺、方成、关山月、黄宗江、黄苗子、郁风、吕玉堃、李少春、叶恭绰、石挥、梁永、许姬传、吴祖光、艾青、唐瑜、齐如山、唐弢、林辰等，少说也有近百位，涉及文艺界、出版界、美术界、戏剧界、文物界、电影界。先生以一颗赤诚的心和这些前辈或各界的友人进行深入的访谈，并将采访的故事逐个写成充满激情的散文——有些也以读书杂记的形式出现。正如柯灵先生在《相思一片》的序言中所写："他为知名作家学者写真，既描画他们平易近人的容止，又特别勾勒他们的崚嶒风骨，冰雪精神。"他写下了数百篇文章讲述前辈和近代文人志士的轶闻逸事，笔端流泻着浓郁的情感。其内容之珍贵，我以为可以补充现代文学史料的不足。

先生的散文多是写人物，这也是他的与众不同之处。在《书边草》的后记中先生写道："在写这些读书札记时，确实并没有想到要为现代文学史做些什么事，但是也有一两点小小的想法，一是注意到鲁迅同时代的'书人书事'，二是注意到'五四'以来已经渐渐被人遗忘了的某些作家，特别是那些无名的青年作家，我乐于'人弃我取'。我想，凡是在新文学的旅程上留下脚印的人，似乎都不应让他们无声无息地湮没，即使是些片断的史料也好，是是非非，后人自会给以公断。"

## 享受逛书摊的乐趣

先生还有一个特殊的爱好，正如他在《书边草》的后记中所说："我一向爱跑旧书摊，以为那是很好的文化休息"，"我简直把这些书摊，当作是一座开架的新文学图书馆，它引我走进一个梦幻般的世界"，"当我仅仅从课堂上知道鲁迅、冰心、巴金的名字以后，我从这里却获得更丰富的知识，以及另外一些引起我兴趣的人名和书名……我只感到新鲜、欣慰和充实"。先生正是这样，无论是假日或是工余时间，几乎都沉浸在这逛书摊的乐趣中。他踏遍了中国书店、东安市场、海王村、厂甸、潘家园等处各式各样的书摊，收获的丰富，使他被人们公认为当今的藏书家。但先生绝非为收藏而藏书，他是以此丰富他的创作，写一些被人们遗忘的"在新文学的旅程上留下脚印"的人的书和事，成果丰硕。

先生作为一位资深的记者，从事《人民日报》文艺部编辑工作30余年，不只是圆满地完成了他的本职工作，更创作了散文集《南亚风情》《书叶集》《相思一片》《雨声集》等42部，编辑了《战鼓集》《长短集》《郑振铎书话》等29部，可谓著作等身，硕果累累。人们称赞他、祝贺他，为他的成就而赞叹不已。

# 他没有辜负鲁迅的嘱咐,更不愧为鲁迅的儿子

时间过得真快,海婴同志已经离开我们十年了。我因工作关系,与鲁迅家人结缘,我亲眼见证鲁迅五位亲人逝去:鲁迅的夫人许广平;鲁迅的三弟周建人;鲁迅的侄女周晔;也见到了周作人的最后一面;就在十年前,又送走了鲁迅的儿子周海婴。我见到鲁迅的亲人一个一个离我们远去,心中有一种说不出的凄凉。特别是周海婴同志,我与他联系最多。记得1968年在许广平先生去世的第二天,我到许先生家吊唁,海婴同志出来接待我。在交谈中我谈到我用小本记录了许多问题,准备向许先生请教的,没想到现在一切都来不及了。当时海婴同志还安慰我说:"当人活着的时候,总觉得什么都来得及,不会料到事情的突变。"十年前的4月11日我送别海婴同志的那一刻,又清晰地想到那一天,那一刻,同样感到:"一切都来不及了!……"

当年海婴同志去世的消息来得很突然,使人们感到既震惊又惋惜。我总感觉海婴同志还活着,他还精力充沛地张罗着要编辑和出版的书籍,还想着有许多工作和事情要去完成……海婴同志是一位不知疲劳忘我工作的人,对一些事情他很较真,不弄清楚是不会罢休的。他对父辈的事业确实是尽力尽责的,从不懈怠。

## 他没有辜负鲁迅的嘱咐

我想说一说我所了解的海婴同志。

周海婴同志的一生是对国家做出了巨大贡献的,首先是保存了鲁迅的遗物。这有许广平先生的功劳,更有海婴同志的功劳。在上海沦陷时,他还是一个八岁的孩子,帮助许先生四处收藏鲁迅重要的手稿。那时他们生活困难,住在霞飞坊64号,原住二层楼,后来两层都租给别人,母子俩搬到三楼。这里又住人又放书。海婴同志曾和我聊起,为了保存鲁迅的大批文物和藏书,他们母子是吃尽了苦头。新中国成立后他和许先生将鲁迅全部手稿、遗物、故居都献给国家,保存在北京、上海、绍兴、广州四个纪念馆里。这些遗物数量很大,可以说20世纪30年代作家中能保存这样多遗物的,可能只有鲁迅一位吧!

这些文物是我们国家千秋万代的财富,价值是无法估量的。这是他们母子的功劳。所以在1950年6月12日中央人民政府颁发给他们的褒奖状中就写明:"许广平先生暨其子周海婴君以鲁迅先生故居全部捐献人民政府……"奖状最后还写道:"鲁迅先生是我国伟大的人民文学家、思想家和革命家,兹许先生暨其子周君把他的故居和生前的文物公诸人民,使人民得以永远地参谒纪念。这种爱护鲁迅爱护人民的精神足资矜式,特予褒扬。"其中就明确提到海婴同志。

在许广平先生去世以后,海婴同志还主动将家中尚存的鲁迅手稿捐赠给博物馆,其中有鲁迅辑录的《易林》手稿404页,还有鲁迅《中国小说史略》的修改本。那是1933年9月《中国小说史略》的第九版,书上有多页鲁迅修改的手迹。这也是鲁迅对《中国小说史略》的最后修改本,在这之前是鲜为人知的,这样1935年6月出版的《中国小说史略》第十版，就是此书最后的定本了。他还将鲁迅题赠许广平的18册鲁迅著作珍贵版本捐赠给博物馆，这18本书上都留有鲁迅对许广平各种不同的称谓，是研究鲁迅与许广平的最珍贵的史料。当年鲁迅博物馆只给海婴同志一纸收据，没有任何仪式，也没有特别的答谢。

海婴同志对发展鲁迅研究事业也做出了突出的贡献，成绩卓著。正如悼词中所说："周海婴同志是新时期鲁迅精神的传播者。"他出版的回忆录《鲁迅与我七十年》有很高的学术价值。该书真实、生动地再现了鲁迅生前和鲁迅去世后55年间的历史，是研究鲁迅、许广平、周海婴以及那个时期社会变迁的第一手资料。海婴同志也是一位中外文化交流的活动家，多年来他积极参加国内外有关鲁迅的纪念活动，影响极为深远。特别是在鲁迅研究事业受到"四人帮"的阻挠时，1975年10月28日他上书毛泽东主席。毛泽东主席亲笔做了批示："我赞成周海婴同志的意见，请将周信印发政治局，并讨论一次，作出决定，立即实行。"为此，鲁迅研究工作得以向前推进了一大步，北京鲁迅博物馆从而成立了鲁迅研究室，出版了史无前例的《鲁迅手稿全集》。鲁迅博物馆还被列为中央国家单位。周海婴先生本人担任鲁迅博物馆鲁迅研究室顾问，而后又被聘为鲁迅博物馆名誉馆长。

在鲁迅研究的工作上，海婴同志是非常尊重历史的，既严谨又求真。他不止一次地和我谈到，有的问题如果在他活着的时候不把它弄清楚，等将来他死了就要以讹传讹了（当时我还觉得他说得太远了）。他从不放过对史实的考证。如1988年他在《人民日报（海外版）》上看到一篇署名周燕儿的《鲁迅亦擅刻印》，该文将《蜕龛印存》作为鲁迅的文章来论证，并大谈鲁迅刻印。他写信给我说："当我看到这篇文章时真十分吃惊，竟有人这么地随心所欲乱捏造鲁迅。而且还用'周燕儿'笔名,似乎与周家有什么关系。"为此他专程找王蕴如姊母证实,还让我写文章登在《人民日报(海外版)》去澄清。还有关于鲁迅的棺木到底是谁买的等等,诸如此类的问题,他都一一考证,求得史实的准确。再如为弄清"文化大革命"中鲁迅手稿遭遇的真相,他曾到监狱访问过傅崇碧等。他也曾多次非常仔细地纠正我写的稿件中史实不准确之处。如1995年纪念许广平先生的《许广平》一书中收了一篇我写的《难忘的恩泽 永远的怀念》。海婴同志在台湾看到这篇文章中的错误,特写信给予纠正。信中写道:"由于我们没有在京寓,使你不能核对一些日期,在第96页11行,17、18行之中,1967应是1968,'同仁'医院应是'北京'医院。"对于这些不准确的提法,他从不放过。另一方面,他看到你的成绩也会热情地给予鼓励,如他看到我与杨燕丽写的《从鲁迅遗物认识鲁迅》一书,就写信给我们。信中写道:"你们写的书极好。几个儿女每人一册,如果还有可能,望再给两本,预先谢过。"为了核实一些问题,海婴有时还会这样问我:"我妈妈是怎样说的?"听到这样的询问,我很感动。这都反映了海婴同志对待事业、对待工作严谨认真的作风。

海婴同志再一个贡献就是摄影,他终生爱好摄影。1943年海婴14岁时,用母亲从别人那里借来的方匣镜箱开始学摄影,有近70年的摄影经历,留下许多珍贵的历史照片。如1948年从香港回来的一大批民主人士李济深、沈钧儒、郭沫若、黄炎培、侯外庐、沈志远等人在旅途中的照片,都是十分珍贵的。还有许多反映各个时期人民生活的照片,更是非常难得。实践证明,历史最好的记录之一就是照片。他曾将自己的作品编辑为《镜匣人间》《朝影夕拾》等予以出版。2009年为庆祝他80诞辰在国子监举行的摄影展,更是他摄影成就的最好展示。

海婴同志不愧为鲁迅的儿子,他为人光明坦荡,实事求是,不屈不挠。他为弘扬鲁迅的事业尽心尽力,在重病中仍关心《鲁迅大全集》的出版。作为鲁迅的儿子,海婴同志的一生是尽到了自己的责任的。

## 作为鲁迅儿子的不易

从另一方面讲,我又深感海婴作为鲁迅的儿子是很不易的。这并不像媒体所说的,他是在"鲁迅的光环"的照耀下,似乎是像现在的"富二代"一样享受着父辈的荣华。事实正相反,"鲁迅的儿子"这个事实,或者说这个"头衔"使他受到不少制约,甚至委屈,他还因此受到无端的指责。

我仅举他生活中的几件大事为例。1948年他和母亲许广平从香港到解放区后,当时的东北书店因曾出版《鲁迅全集》和鲁迅著作,给他们补付了稿费,开了一张294万元(旧币)的支票。这事如果发生在上海,他们会理所当然地收下,但在作为解放区的沈阳,他们深感和国统区不一样,因而一再地表示不能收。但出版社反复来劝说,于是他们母子提出将稿费捐赠出去,得到的回答是公家不好办理。最后是马叙伦先生表示,请许大姐先收下,而后他们才能收这笔款子。对于捐赠的事,他们母子想下一步自己处理,于是第二天从交际处要了一辆车到银行将款取出。这些现钞足足装了半麻袋,因当时钞票贬值,便采取通用的办法将现钞兑成五根金条。可是到了第二天,海婴与许先生到餐厅用餐时,突然发觉人们的表情就不一样了,谁也不理他们。他们这一桌很长时间没人来坐,直到最后来了几位老者才坐满了。这个场景使他们母子感到极大的尴尬,海婴说他们当时是处于被误解和受屈辱的氛围中,多少年之后仍感到那是一个挥之不去的阴影。事后又经过他们多次请示，组织上才同意他们将这50两黄金捐给鲁迅文艺学院。

再有关于30万元鲁迅稿酬事，几十年来也闹得沸沸扬扬。有人说，当年许先生和海婴同志曾表示过不要这笔稿费了，为什么现在海婴又要了！

事情是这样的：1958年新中国成立后的第一版《鲁迅全集》出版后，冯雪峰同志以人民文学出版社社长的名义，多次劝说许先生收下这笔稿费，而许先生坚决不收。冯雪峰同志十分为难，向周恩来总理请示办法。总理的意思是，还得劝说许大姐收下。后来行不通时，总理又提出以鲁迅稿酬的名义将款从出版社提出，悉数存入银行，以备将来母子需要时取用。

但事情到1968年许先生逝世后，有很大变化。许先生去世后不久，国管局让他们搬出景山东街7号（可以理解，这是制度），于是，海婴夫妇带着四个孩子就搬到三里河三区一幢五层建筑的二楼。我曾到那里去看过他们，住所极其简陋，屋内没有什么家具。马新云老师告诉我，他们搬过去没有几天，因下水道堵塞，粪便往上冒，整个屋里都流满了粪便和污水，实在是狼狈不堪。后来又得知令一因此而得了肝炎，海婴同志身体也不好了。

那时海婴同志和马老师他们二人的工资加起来每月才124元，养活六口人还要治病，生活确实困难。后来我从姜德明同志那里得知，王冶秋同志为此事十分着急，一次和周总理在机场等外宾时，冶秋同志把此事告诉了总理。总理当即指示：从那30万元稿费中提出3万元给他们救急，并把海婴同志的医疗单位转到北京医院。这样似乎是暂时解决了他们的困难。

后来孩子长大了，因身体不好耽误了学习，未考上大学，待业了。无奈时海婴同志也曾找过博物馆，请帮忙给孩子安排工作。那时可能是弓濯之同志主事,认为不好办,没有给解决。之后是中组部给他出了一个主意,用爷爷的钱资助孙儿,用那余下的27万元稿酬让他的孩子以"公派自费"的办法到日本去留学。这之中又经过好多的周折,最后是胡耀邦、陈云等领导同志都发话了,才将那27万元交给他们,让几个孩子到日本去留学。

当时社会上的舆论也是很多,海婴顶住了这些压力,泰然处之。

海婴同志也几次为稿酬事将人民文学出版社告上法庭,对此事我也曾不理解过,但仔细想想,海婴的勇气也是值得佩服的。他敢于为自己的权益而抗争,无论结果如何,这种精神是可敬的。

再有就是令飞与台湾籍的张纯华女士结婚的事。这种情况并非没有先例,对于普通人来说,也不会有什么问题。但因为海婴是鲁迅的儿子,令飞是鲁迅的孙子,所以事情就变得非常复杂。在一些人眼里,当事人就到了不可饶恕的地步。那时已是1982年了,并非"四人帮"横行的时期。为此事海婴当时的领导对海婴颁发了三条纪律:一是最近时期不可会见记者,尤其是外国记者;二是要与儿子划清界限,断绝父子关系;三是暂不准出国。对马新云老师则是停止了她的教学工作,直到四年后的1986年。这些对他们身体上和心理上的重压,确实是一般人难以想象,更是难以承受的。事实上,张纯华女士并非那时谣传的"台湾方面训练有素的女特务",她的父亲也并非政界人物。相反,这位张纯华女士确是一位既现代又传统,既朴实又能干的女士,她的父亲只不过是一位经商之人。在真相大白以后,海婴夫妇对这些却依然能够泰然处之。这也是令人钦佩的。

海婴同志的一生确实是不平凡的一生,他经历了许多沟沟坎坎,也受到了种种考验和洗礼,但他仍坚强地面对,不气馁,不胆怯,不停地工作着。事实证明,他没有辜负鲁迅的嘱咐,更不愧为鲁迅的儿子,值得我们永远学习和纪念!

# 鲁迅的世界

# 鲁迅酷爱文物

对于鲁迅先生，人们熟悉的是他作为一位伟大的文学家在文学创作上所取得的巨大成就，却很少了解鲁迅先生对于中国古代文物的整理、研究和收藏等方面所做的贡献。这对我们来说，应是一件憾事。

鲁迅研究、整理古代文物，完全是出于他对祖国文化遗产的酷爱。1913年他在教育部工作期间，曾有一批文物要送往国外展览。为了文物的安全，鲁迅先生冒着严寒，彻夜不眠地守护在这些文物旁边。鲁迅先生最见不得对文物的毁坏，他在日记中曾有这样的记载："午后视察国子监及学宫，见古铜器与石鼓，文多剥落，其一曾剜以为臼，中国人之于古物，大率尔尔。"惋惜、愤慨之情发诸笔端。

为了继承和发扬祖国珍贵的文化遗产，鲁迅先生在紧张的工作、写作之余，曾为此付出了大量心血。在文物研究方面，1915年至1919年间，鲁迅先生利用业余时间，对两汉至隋唐的大量石刻进行辑录校勘，并依据拓本上的字体工工整整地逐一录出，对碑上浸渍的字迹进行了审慎校订。先生前后共校录石刻近800种，计手稿1700余页。同时他还将所录碑文与王昶、陆增祥等人的金石专著进行逐条校对、批注，写出了近百页的校勘记。但这些研究成果,一直搁置了 70 年,直到 1985 年才由北京鲁迅博物馆与上海鲁迅纪念馆编辑整理,于 1987 年由上海书画出版社出版,定名为《鲁迅辑校石刻手稿》,共 3 函 18 册。与此书同命运的还有《俟堂专文杂集》。1924 年,鲁迅先生在完成石刻校录之后,又将自己十余年中搜集的许多砖拓汇集成册,其中包括汉"君子"砖和南朝梁武帝"大同十一年"砖等。全书分四卷,收古砖拓片 206 件。遗憾的是,这本书在鲁迅先生生前也未能出版,1960 年才由文物出版社出版。此外,鲁迅先生编辑、整理有《六朝造像目录》《六朝墓志目录》《唐造像目录》《汉画像目录》以及数册金石研究著作等,可惜均未能得到研究者的重视。

针对文物的考证,鲁迅也写了不少专论。1916 年年底,绍兴出土了吕超墓志和吴郡郑蔓镜等。鲁迅先生以科学的态度先后考证了吕超所处的时代、卒葬日期以及吴郡郑蔓镜的铭文、图案等,撰写了《〈吕超墓志铭〉跋》和《吕超墓出土吴郡郑蔓镜考》,在当时产生了很好的影响。在这个时期,鲁迅还写了《〈大云寺弥勒重阁碑〉校记》《会稽禹庙窆石考》《〈囗肱墓志〉考》《〈徐法智墓志〉考》《〈郑季宣残碑〉考》等考证性文章。

在对古代文物的搜集上,鲁迅也花费了很大的精力。在北京期间,他常逛琉璃厂,遛小市,购买古钱、陶俑、石刻拓片等,有时也请他的学生、好友四处收集。鲁迅收藏的拓片目前保存下来的有近 6000 张,主要是汉至隋唐时期的碑、墓志、造像、画像、砖、瓦、镜、钱等的拓片。其中不少的拓本上钤有鲁迅先生的收藏章或鉴赏章,间或还有先生的批注。

鲁迅曾准备印汉至唐的画像,其用意是以此指导中国的新兴艺术。他说:"惟汉人石刻,气魄深沉雄大,唐人线画,流动如生,倘取入木刻,或可另辟一境界也。"并且已草拟了一份编辑目录,其中包括山东、四川、河南、江苏等地的阙、门、石室、摩崖、砖、瓦等，共编15卷。同时，还要另出南阳汉画像。但鲁迅这一计划终因工作紧张、体力渐衰和经济不足等原因而未能实现。近年来，在鲁迅研究界的大力倡议下，1986年上海人民美术出版社出版了《鲁迅藏汉画像》（一）即南阳部分，《鲁迅藏汉画像》（二）即山东部分正在出版中，以此实现鲁迅的遗愿。

鲁迅当年还搜集了很多古币，如"宅阳""向易"方足布币，"白匕""甘丹"刀币，"大中折十"钱等，但目前保存下来的仅有20余种。

对于古镜，鲁迅也曾收集不少，如有鼯鼠葡萄镜、十二辰镜、日光大明镜、青羊镜、唐端午镜等。为此，鲁迅先生还写了《看镜有感》一文。可惜的是，由于种种变迁，这些铜镜多已不存，仅有鲁迅当年赠予历史博物馆的福禄寿喜湖州镜尚存。

现存鲁迅收藏陶俑共有61种，其中多为汉、魏、隋、唐的随葬品。鲁迅先生收集这些陶俑，一方面是作为艺术品珍藏，另一方面也是为了研究古代的生活习俗。鲁迅先生在搜集这些陶俑的过程中，还手绘了不少陶俑图。现存的有两页，图中绘有鲁迅所购河南邙山出土的7件随葬品，并且均附有批语。如所绘唐代女俑图上批有："偶人像一，圆领，披风而小袖，其裙之臂积系红色颜料所绘，尚可辨，高约八寸。其眉目经我描而略增美。"在这里，我们不仅能欣赏到鲁迅先生的绘画技巧，了解到他对自己绘画的满意心情，从批语中还可看到鲁迅对人物服饰、仪表的观察与研究。

鲁迅先生是一位伟大的文学家，同时也是一位文物爱好者。先生在文物学领域所取得的诸多成就，有很多都值得我们研究。因此，我们希望不仅仅是鲁迅研究者对此进行探讨，还有众多的文物工作者来关心这一课题。

# 鲁迅与图书馆

对于鲁迅这位伟大的文学家、思想家，人们更多的是研究他的小说、散文、杂文、古籍辑录等方面的成就，而认为他与公益事业关系不大。但事实并非如此，就拿图书馆事业来说，鲁迅不只是这项事业的建设者，也是这项事业的受益者。

我国从古代起就重视图书、典籍的收藏和利用，因而图书馆起源很早。如汉代的皇家图书馆已有较大的规模，而宋代人士可在各地设立的书院中查阅书籍。但是把图书馆当作一项事业，则开始于清朝末年。宣统元年（1909）张之洞上呈奏折，论及北京筹设图书馆的重要性："图书馆为学术之渊薮，京师尤系天下观听，规模必求宏远，搜罗必极精详，庶足以供多士之研求，昭同文之盛治。"（见《张文襄公年谱》卷六）张之洞还建议把内阁大库所藏的宋元旧刻和翰林院所存永乐大典残本都移交学部图书馆保藏，并推荐缪荃孙和徐枋分任正副监督。不久清廷批准了他的奏折。于是学部图书馆成立了，定名为"京师图书馆"。它就是北京图书馆，即现在国家图书馆的前身。

京师图书馆最初的馆址在北京鼓楼西鸭儿胡同内的广化寺。广化寺建于元朝，是明清两代北京的名刹之一。此时京师图书馆在广化寺仅是一处藏书之所，并未对外开放。缪荃孙作为图书馆的监督,曾为图书馆整理了馆藏图书,编辑了藏书目录。

辛亥革命后,蔡元培任教育部部长,曾派江瀚(叔海)任京师图书馆馆长。1912年年初鲁迅应蔡元培的邀请到南京教育部工作,5月又随教育部迁来北京,开始任部员,后任社会教育司第一科佥事。社会教育司成立后的第一件事就是接办前清学部图书馆,即京师图书馆。为了增加京师图书馆的藏书,教育部曾把一向集存在清代翰林院和国子监南学的大批图书调归这里,同时还从当时直隶(河北)、奉天(辽宁)、吉林、黑龙江、河南、山西、云南等省调来大批官书。1912年8月27日,京师图书馆在广化寺对外开放了。最初是采取售书券的方式,把藏书分为"善本"和"阅览"两大部分:"善本"书籍包括旧时刊抄的经、史、子、集以及敦煌石室的唐人写经等;"阅览"书籍就是普通的各类书刊。除了阅览日常的报章杂志不需要买票以外,阅览普通书籍每卷铜元一至二枚,善本每卷铜元五至十枚。

京师图书馆汇集了各地调来的书籍,馆藏的图书丰富起来。鲁迅1912年8月20日的日记曾记道:"上午同司长并本部同事四人往图书馆,阅敦煌石室所得唐人写经,又见宋元刻本不少。"鲁迅还向他的好友推荐京师图书馆的藏书,如:"又致蒋抑卮信,为之介绍阅图书馆所藏秘笈也。"(见1912年9月30日日记)

1913年,京师图书馆馆长江瀚被调到四川任盐运使。京师图书馆馆长暂由社会教育司司长夏曾佑兼任,实际上这项工作就落在第一科的鲁迅和沈商耆(沈彭年)身上了。鲁迅1913年2月17日日记记有:"午后同沈商耆赴图书馆访江叔海问交代日期。"3月7日又记有:"午后同沈商耆赴图书馆商交代事务。"这样繁重的京师图书馆的工作就由鲁迅等人全部承担起来了。为充实京师图书馆的藏书,鲁迅与教育部的同人又申请调集珍本。在原北京图书馆存的

"京师图书馆案卷"中，有1913年6月向热河避暑山庄调文津阁《四库全书》的记载。文津阁《四库全书》计36000余册，1914年1月运到北京。鲁迅日记记载：1914年1月6日，"教育部役人来云，热河文津阁书已至京，促赴部，遂赴部，议暂储大学校，遂往大学校，待久不至，询以德律风（按：电话），则云已为内务部员运入文华殿，遂回部"。此文津阁《四库全书》被内务部截取，后来经过多次交涉，于1915年8月才重新移交教育部。当时内务部致教育部的函称：

即准 函称照前清奏案应提交京师图书馆收藏，自宜移交贵部转发藏庋，以期嘉惠学林，除由部饬知古物陈列所速将此项书籍检备提取外，应请贵部派员前来商订移交手续及日期。即希见复为荷。

八月二十五日

教育部接函后，即派鲁迅和戴芦舲前往办理，随即复函如下：

兹派佥事周树人主事戴克让于九月一日午后二时前赴贵部商定一切手续。即希查明为荷。

八月三十日

此事并见鲁迅1915年9月1日日记："午后同戴芦舲往内务部协议移交《四库全书》办法。"此项工作直到10月12日才告结束。在北京图书馆存"京师图书馆案卷"中有"同年10月12日鲁迅等向教育部详报接收《四库全书》完竣"的记载。这就是京师图书馆收藏《四库全书》的经过。

京师图书馆虽然对外开放了，但该馆的馆址——广化寺，是一个地处僻远，交通不便的地方，每天到图书馆来看书的人不多，再加上这里本来就是一座古庙堂，房子破旧，地面也很潮湿，对于保存书籍是很不利的。因此摆在鲁迅等人面前的工作，一方面是要准备迁馆，另一方面就是要准备在适当的地方另设一座分馆。

"京师图书馆案卷"中有"民二、十、二十九　部定（京师图书馆）迁移改组，交周树人等人接收报部"的记载。1913年10月29日鲁迅日记记有："在部终日造三年度豫算及议改组京师图书馆事，头脑岑岑然。"事实上鲁迅是为京师图书馆的迁馆与改组等工作伤透了脑筋。

为筹建京师图书馆分馆，鲁迅等曾在宣武门外前青厂赁好一座房子，从总馆分出了一部分重复的书籍放到这里，委派了关来卿等一些人到这里工作。但实际开展工作后，他又感到前青厂的房子比较狭窄，仍达不到做图书馆的要求。因此鲁迅日记从1914年4月至7月又有到"石桥""豫章学校""筹边学校"等地寻找房屋的记载，目的仍在另迁新址。最后是由前青厂迁至宣武门外香炉营四条胡同，并于1916年2月27日在这里举行开馆仪式。鲁迅前往参加，当日日记记有："星期休息。晨图书分馆开馆，有茶话会，赴之。"这样京师图书馆分馆开馆就比京师图书馆总馆迁馆早一年。

京师图书馆的改组及迁馆问题，从1913年10月就开始筹划，直到1915年6月北洋政府才拨旧国子监南学官舍（北京安定门内方家胡同）作为京师图书馆馆舍。国子监南学建于清雍正年间，一直是清代国子监衙署的一部分。馆址从广化寺迁到这里，因改组及整理工作，读者阅览主要仍在京师图书馆分馆。

当时成立了京师图书馆的筹备处，由鲁迅等主持。1915年7月间该筹备处即由广化寺迁至国子监南学新址，因位于方家胡同，故曾称其为方家胡同图书馆。鲁迅1915年8月20日日记记有："午后往方家胡同图书馆。"此时京师图书馆馆长由社会教育司司长夏曾佑担任。1917年1月26日，京师图书馆在方家胡同新址重新开放，并举行隆重的开幕仪式。当日鲁迅日记记有"上午赴京师图书馆开馆式"，会后并留影。现今鲁迅博物馆还保存着当年的这张照片。

1956年，为了在新建的鲁迅博物馆中展示京师图书馆旧址，笔者与上海鲁迅纪念馆的朱嘉栋同志曾往安定门内方家胡同找寻，从胡同口走到胡同尾，未见京师图书馆的遗迹。我们走进北京女二中的校舍，向学校的同志询问京师图书馆的遗址。他们并不知情，但允许我们进校查找。我们发现学校一座旧房舍与当年开馆仪式照相的地方有几分相似。我们再绕到墙外，发现了一个废弃的大门楼，

京师图书馆开馆纪念摄影，第二排右起第四人为鲁迅

位于方家胡同的京师图书馆旧址

但大门紧闭，外面堆的都是煤渣和垃圾。大门门楼上端隐约可以看到被白灰覆盖的痕迹。我们找来梯子和小铲，将白灰铲掉，惊喜地看到"京师图书馆"五个黑体大字。这就是当年京师图书馆的大门。门上油饰早已脱落，留下斑驳的残迹，但这门楼的建筑仍然不失其当年的雄伟风貌。

在鲁迅的日记中还有一些关于京师图书馆的记载，如1917年2月5日记有"赴午门阅屋宇，谓将作图书馆也，同行者部员共六人"，1917年12月17日记有"午后视午门图书馆"，19日记有"下午复往午门图书馆"等。这是怎么回事呢？原来，教育部曾有一个专门为在午门建京师图书馆呈批的文件：

> 为呈请将端门午门一带地方拨归教育部以图设置京师图书馆事。案查京师图书馆为典册之渊薮，系中外之观瞻，筹备历

年，只以地址难觅，尚未正式开馆，海内人士，期望良殷，亟宜早日观成，以振学风，而兴文化。兹有端门午门一带地方，位置适中，门楼高敞，于设立图书馆，收藏观览，均极相宜，现在共和时代，此项宏伟建筑废弃无用，殊为可惜，拟请将午门端门两门楼及端门内左右旧朝房，一并拨归教育部，略事修葺，以午门楼为京师图书馆，端门楼为历史博物馆，……惟午门楼内原存旧刊经史书版甚多，应挪存端门内旧日朝房，拟由内务部移交教育部清查造册，令京师图书馆保管，期免散佚。所有端门内左右旧朝房计一百余楹，除存储旧书版暨两馆应用办公地方外，嗣后遇有公用时仍得由两部商酌均拨，随时应用。但端门午门一带在天安门内，现在既拟设置图书馆及历史博物馆，阅览人数必多，并拟将天安门及左阙右阙两门一律开放，至车马仍不得入内，另有该馆自备人力车辆来往其间，庶于便利交通之中，仍寓避绝尘嚣之意。事经两部往复咨商，意见相同，理合会同呈请鉴核，令准施行。再此呈系由教育部主稿会同内务部办理，合并陈明。谨呈。

1917年1月12日，大总统黎元洪在这个文件的后面批道："呈悉，应即照准，此令。"

虽有教育部呈请的文本在前，又有大总统批令在后，京师图书馆可以搬到午门应当是无疑的了，但是事实并非如此。正是在这次呈批获准的14天后，京师图书馆却在方家胡同举行了开馆典礼。即便如此，在午门确也办了一个小型图书馆，即鲁迅所记的午门图书馆。鲁迅曾为其筹划，为其奔忙。

京师图书馆在方家胡同一直待到1928年年底，后又迁至中南海居仁堂，更名"国立北平图书馆"。1929年9月与北平北海图书馆合并，仍名国立北平图书馆。因为馆舍不足，所以筹建新馆。新馆址选定在北京风景区北海的西岸，1929年5月11日新馆大楼奠基，1931年夏落成，即现在的国家图书馆古籍馆。因为国家图书馆古籍馆保存着文津阁《四库全书》，所以馆址前面的街叫"文津街"。

在鲁迅的日记中还提到另一个图书馆，就是通俗图书馆。它的全称为京师通俗图书馆，也是由社会教育司主办的，最初的馆址在宣武门内路西的一个院子里。鲁迅日记1913年10月21日记有："午后通俗图书馆开馆，赴之。"鲁迅11月13日又记有"赴通俗图书馆"。1914年12月22日还记有"午后同徐吉轩、许季上至通俗图书馆检阅小说"等。这个图书馆的藏书主要是从京师图书馆分出来的一些五花八门的书籍，它的阅览方式大致和京师图书馆相同。藏书分为普通用书和儿童用书两大部分。与其他图书馆不同的是，这里附设了一个儿童体育场所，置备了一些如铁杠、浪木、跳绳、秋千之类的体育用具，供儿童使用。

1916年，教育部在社会教育司的建议下，准备把通俗图书馆改设到中央公园（即今中山公园），因而曾在9月21日致函内务部：

> 查公园之设，一为公共娱乐之地，一为陶冶国民之所……本部有鉴于此，拟就中央公园社稷坛大殿二重，附设通俗图书馆及教育博物馆，购置通俗图书，并陈设教育上简易物品，专备游人观览……事关公益，谅荷赞同。

1917年通俗图书馆在公园内的大殿（即今之中山堂）办成。鲁迅日记8月21日记有："晨小雨。公园内图书阅览所开始，乃往视之。"

后来公园和图书馆之间发生了矛盾。鲁迅日记1919年9月22日记有"同陈仲骞、徐森玉、徐吉轩往市政公所议公园中图书馆事"。为解决矛盾，1919年通俗图书馆从公园迁出，搬到宣武门内头发胡同的一所院子里。

后来这个通俗图书馆又和京师图书馆分馆合并，成为现今的首都图书馆的前身。

鲁迅不仅是图书馆事业的积极建设者、筹划者，为此奔波，为此辛劳，也是图书馆事业最热心的维护者。鲁迅曾把自己珍藏的章太炎所著《小学答问》一部（作者手写精刻本）和自己辑录的《会稽郡故书杂集》赠给京师图书馆。据了解，在原北京图书馆的书架上藏有三部《小学答问》，其中一部的标签上注明"京师图书馆藏"，这一部可能就是鲁迅当年赠送的。为充实馆藏，鲁迅还把经他校阅过的翻译小说《炭画》赠送给通俗图书馆。

鲁迅对于中国古籍的辑录，也是他一生事业丰硕成果的重要组成部分。而他辑录校勘所依据的古本有不少都出自京师图书馆所藏。如《嵇康集》的校本中的明吴宽丛书堂的钞本，就是来自京师图书馆。在《嵇康集》序中鲁迅写道："又有明吴宽丛书堂钞本，谓源出宋椠，又经匏庵手校，故虽逢录，校文者亦为珍秘。予幸其书今在京师图书馆，乃亟写得之。"再如《云谷杂记》，这是一部以考史论文为主的笔记，原书已佚。鲁迅在该书的跋中记有："《说郛》残本五册，为明人旧抄，假自京师图书馆，与见行本绝异，疑是南村原书也。"在汪辑本《谢承〈后汉书〉》的说明中也注有"岁壬子夏八月叚教育部所藏《七家后汉书》写出。初二日始，十五日毕"，等等。京师图书馆为鲁迅校勘、辑录古籍提供了稀有的珍本。

鲁迅博物馆藏品中有一部鲁迅手摹《秦汉瓦当文字》，2册（32厘米×21.9厘米）114页。上册有瓦当76图，下册有瓦当65

图。手迹本精美绝伦,被誉为艺术的珍本,被定为国家一级藏品。这是当年鲁迅从京师图书馆分馆借得清程敦编的《秦汉瓦当文字》一书后,精心临摹而成的。

图书馆是一座知识的宝库,它保藏着人类文化的珍本,是古今文化遗产的收藏者、保卫者和传承者。历史证实了鲁迅是中国图书馆事业的积极推进者和建设者。鲁迅更以他的实践,以他为世人留下的丰硕的文化遗产,说明了这样一个事实:要建设图书馆,更要充分地利用图书馆,这才能使其成为促进学术研究和事业发展的取之不尽的知识源泉。鲁迅为中国图书馆事业所做的贡献将会永留史册。

# 鲁迅注重编辑出版工作二三事

鲁迅在他从事文学活动的一生中，写下了200多万字的著作，翻译了300多万字的文学作品，还编辑出版了近120种书刊，付出了很大的精力，为我国出版事业做出了巨大的贡献。

鲁迅在编辑工作上和写作上一样，是极其严谨的，处处为读者着想。他注重写好前言、后记或文章中的按语，凡是论辩的文章总是把对方的文章附上。在出版工作上更是锐意搜求，"手自经营"，从书籍的插图、纸张、装帧，乃至版面设计和校对工作，都是一丝不苟，认真地从事，这些都值得后人学习。下面仅从北京鲁迅博物馆保存下来的有关材料中，略举一二。

## 从手稿到成书

许广平同志在介绍鲁迅手稿情况时曾说："鲁迅写作态度很认真，随便一挥而就的文章，在他是从来没有的。""鲁迅的修改多半是个别字、句，整段整页的删改是没有的。"这是实在的，鲁迅是很注意字句的修改的。在文章写成之后，也十分注意语句的修改，务必使它更加确切、更加深刻地表现主题。这种例子在手稿中是很多的，哪怕是对一个字的修改，有时也反复推敲。如在《为了忘却的纪念》一文中,最后有这样一句,原来是"使我目睹了许多青年的血,层层淤积起来,将我埋得不能呼吸",这个"埋"字的旁边有两个涂改的痕迹,仔细辨认,一个似"淹"字,另一个仍似"埋"字。这正反映了鲁迅对于字、词的斟酌过程。这两个字比较起来,"埋"字与语句中的"层层淤积"更有自然的联系与呼应,反映了时间的积累和环境的恶劣。鲁迅不但在写稿时注意推敲,就是在文章发表以后,再收集成书时,还斟酌修改。因此有的收入集子的文章,在字句上与手稿往往不尽相同。如1926年10月写的《〈坟〉的题记》中的一句,手稿开始时是"其次是因为有人厌恶我的文章",后来改成"其次自然因为还有人要看,但尤其是因为又有人厌恶我的文章"。在《语丝》106期上发表时与修改的手稿仍然相同,而1927年收入《坟》时,则将"尤其是因为又有人厌恶我的文章"改成"尤其是因为又有人憎恶着我的文章"。我认为这些词句的更易,绝不是偶然的,更不是兴之所至,随便一挥而就的,而是与当时的客观形势分不开的,因为1927年后现代评论派及其所依附的新旧军阀面目更加暴露了。

鲁迅对文章的再修改,情况也各有不同。如果将最初刊载在《晨报副刊》上的《阿Q正传》和后来收入《呐喊》的《阿Q正传》相比较,就可以发现,鲁迅又做了近20处的修改。如在形容假洋鬼子从城里进洋学堂回来的神气样子,原刊是"领子也直了",后来收入《呐喊》把它改成"腿也直了";再有,地保给阿Q定了五个条件,其一原为"吴妈此后倘有不测,应由阿Q负责",后来改成"吴妈此后倘有不测,惟阿Q是问";等等。这样的改动,更切合人物的身份与口气。再如《孔乙己》,在《新青年》6卷4期上发表后,收入《呐喊》时又做了十多处的修改。如将原刊中的"烫酒"均改成"温酒",据周作人在《鲁迅小说里的人物》一书中讲,

《呐喊》正误表

| 葉 | 行 | 誤 | 正 | 葉 | 行 | 誤 | 正 |
|---|---|---|---|---|---|---|---|
| 伍 | 九 | 叫喊的 | 叫喊於 | 一二五 | 一二 | 作怎 | 「作怎 |
| 捌 | 四 | 但手 | 似乎 | 一二七 | 九三 | 茂才 | 茂才 |
| 二一 | 一〇 | 鎮口的 | 鎮口的 | 一二九 | 八 | 茂才 | 茂才 |
| 二八 | 九 | 自此 | 自此 | 一三三 | 九 | 要牆 | 靈拉 |
| 三二 | 二 | 一小栓 | 一小栓 | 一三九 | 六 | 問！ | 問！ |
| 三三 | 一二 | 一貼眼 | 一貼眼 | 一五三 | 四 | 烟管 | 烟管 |
| 四三 | 一二 | 瘦竸 | 瘦竸 | 一六八 | 二 | 聖醒的 | 聖醒點 |
| 六三 | 三 | 驚密 | 警察 | 一六二 | 七 | 酒醉了 | 酒醉點 |
| 七五 | 四 | 驚密 | 警察 | 一七一 | 二 | 姑 | 姑 |
| 八七 | 三 | 改變 | 改變 | 一六一 | 一七 | 他敢公 | 他敢公 |
| 六六 | 一三 | 一廂 | 一廂 | 一七五 | 九 | 他而 | 他而 |
| 八六 | 一二 | 柏棉 | 柏樹 | 一八二 | 三 | 跳而 | 跳而 |
| 九八 | 一 | 盼望 | 盼望 | | | 不圖！ | 不圖， |

"温酒在乡下通称烫酒"。既然是绍兴乡下通称的，可能对更广大的地区、更多的读者而言就不尽明了了，我想这也可能是鲁迅将全篇的"烫酒"均改成"温酒"的原因吧！

《呐喊》在鲁迅生前共印了23版（实为23次印刷）。1930年1月，曾由鲁迅抽掉了其中的《不周山》一篇，又由北新书局重新排版印刷。应当指出，这次重排版和鲁迅自己校对过的初版比较，误植较多。在鲁迅的手稿中至今还留有两页他亲手写的《呐喊》正误表一份，列有误植45处。用我收集到的《呐喊》版本核对，发现这个《呐喊》正误表是据北新书局1930年7月第十四版校勘的。从这份勘误表中，我们看到鲁迅对于出版工作是极其严肃认真的。有些字词，如"警察"被误为"惊察"，"瘦毙"被误为"瘦毙"，"烟管"错为"烟管"，这似乎是比较容易辨别的。但有些地方，如"一眨眼"错为"一贬眼"，特别是一些标点符号，如"不园"按语气应当是逗号，而现在误为惊叹号，老六一旁边的人名符号只画到"老六"为止，这些都是容易被忽略的地方。其他一些形似或音近的字词，如"柏树"与"铂树"，"一瘸"与"一瘤"，"也敢"与"他敢"，"这斑"与"这般"也都容易混淆。鲁迅凭着认真负责的精神和多年校勘工作的经验，对这些地方都是一丝不苟地做了改正。用《呐喊》正误表与初版《呐喊》相对照，我们发现有几处地方，鲁迅又做了修改。如在《阿Q正传》第三章中讲到阿Q"被王胡扭住了辫子，要拉到墙上照例去碰头"一句中的"拉"字，一至十二版均为"拖"，而《呐喊》正误表中改成"拉"。再如《故乡》中的一句"我于是日日盼望新年"中的"盼望"二字在一至十四版中均为"盻望"，而在这份正误表中，却改为"盼望"，这是非常必要的。因为"盻"在古书中有"怒视"的意思，和我们现在通用的"盼望"一词，并不相同。在初版中一时来不及检出，现在一并加以改正。这说明鲁迅对于自己的作品,是力求不断完善、更加臻于精美的。

总之,从手稿上的落笔到作品的结集,鲁迅的文章一直经历着反复不断修改的过程。而对这些具体琐碎事务,他总是那样潜心埋首、细致认真地工作着。如果不是有一颗对人民事业无比炽热的心,是不可能做得这样好的。

## 从文字到插图

鲁迅曾以很大的精力倡导和扶持中国新兴美术,并为此做出了巨大的贡献。他非常重视书籍的插图,这不单因为它是美术作品,而且因为它和文学作品互相联系,更起着一些相得益彰的作用。鲁迅在《"连环图画"辩护》一文中说:"书籍的插图,原意是在装饰书籍,增加读者的兴趣,但那力量,能补助文字之所不及。"为此,在《朝花夕拾》的后记中,他亲手绘制了一幅《活无常》的插图,给人以深刻的印象。

在鲁迅的译作中,凡是能找到原著插图的他都尽力附入。如《小彼得》一书中附有乔治·格罗斯的插图 6 幅,《毁灭》中附有威绥斯拉夫崔夫的插图 6 幅,鲁迅在后记中写道:"取自《罗曼杂志》中,和中国的'绣像'颇相近,不算什么精彩,但究竟总可以裨助一点阅者的兴趣,所以也就印进去了。"《表》一书中附有勃鲁诺、孚克插图 22 幅,《坏孩子和别的奇闻》附有玛修丁木刻图 8 幅。鲁迅颇被这些插图所吸引,他在译者后记中说:"这回的翻译的主意,与其说为了文章,倒不如说是因为插画。"鲁迅除了在他翻译的《死魂灵》中附有插图 11 幅,还特别编辑了一本《死魂灵百图》,将有定评并早已绝版的阿庚所作《死魂灵百图》及梭罗柯夫所作插

图 12 幅一并编入。鲁迅非常满意地在广告中向读者介绍说:"读者于读译本时,并翻此册,则果戈理时代的俄国中流社会情状,历历如在目前,介绍名作兼及如此多数的插图,在中国实为空前之举。"鲁迅还为苏联木刻家亚历克舍夫作《〈母亲〉木刻十四幅》写了序言,并对插图的技艺和作用给予很高的评价。他说:"虽然技术还未能说十分纯熟,然而生动,有力,活现了全书的神采。便是没有读过小说的人,不也在这里看见了暗黑的政治和奋斗的大众吗?"能够这样高度评价插图在新文学作品中的作用,并给作品插图以新的生命力的,在中国,的确要推鲁迅是首创了。

亚历克舍夫的作品,鲁迅存有两种,一是为高尔基《母亲》所作的插图,一是为斐定《城与年》所作的插图。对于《城与年》插图本的印行,鲁迅也颇费了一番心思。这件事情本身,又有着一段极不平凡的经历,也是值得回顾的。

1933 年夏天,曹靖华先生在归国前夕,曾受鲁迅之托为《引玉集》一书搜寻作者略传,在这时曾访到亚历克舍夫,并得到他的许多手拓木刻,这其中就有《城与年》插图。曹靖华先生回国后,于 1933 年冬天由北平到上海去看望鲁迅,同时便把这些木刻带给鲁迅。鲁迅看到后,十分珍爱,将其中的一部分编入《引玉集》。《城与年》插图因系完整的一套,鲁迅当时考虑,这书"也是一部巨制,以后也许会有译本的吧",所以在《引玉集》后记中说:"姑且留下,以待将来。"1934 年 5 月,曹靖华又将《城与年》一书的俄文精印本寄给鲁迅,鲁迅将他收藏的手拓本和原书对照一过,6 月 11 日在复信中说:"和书一对照,则拓本中缺一幅,但也不要紧,倘要应用,可以从书上复制出来的。"

但促使鲁迅一定要印这本书的原因是,他在 1935 年年初从京城德文报上看到一段消息,在介绍《引玉集》时,插图作者亚历克舍夫的名字前面加了"亡故"一词。鲁迅看到这段消息颇出意外，又很悲哀，他在《城与年》插图本小引中说："和我们的文艺有一段因缘的人的不幸，我们是要悲哀的。"并说明，从其自传中知道，这位亚历克舍夫仅仅活了40岁，但在短促的一生中，却刻了三种名著的插图，且将两种都寄给中国。鲁迅感慨地说："一种虽然早经发表，而一种却还在我的手里，没有传给爱好艺术的青年——这也该算是一种不小的怠慢。"因此要设法将它出版。

由于《城与年》一书在中国没有译本，为了使读者对于木刻插画更加了解，鲁迅请曹靖华写一概略。他在1935年2月7日给曹靖华的信中说："《城与年》的概略，是说明内容（书中事迹）的，拟用在木刻之前……木刻画像在四五月间付印，在五月以前写好，就好了。"1936年1月4日收到曹靖华写的《〈城与年〉概略》，3月鲁迅抱病为《城与年》插图本写了《小引》，并草拟了插图本的封面（这个草拟的封面手迹，至今仍和鲁迅写的《小引》一起，保存在鲁迅博物馆里）。以后鲁迅又根据《概略》写了插图说明，用意是："想每幅图画之下，也题一两句，以便读者。"但其中有五图，从《概略》中无法辨出是说明什么，鲁迅曾于1936年5月8日写信给曹靖华，请他对这几幅图再加一点说明。最后由鲁迅拟订，并对这28幅插图亲笔写了27条说明。鲁迅还精心地安排了这本书的印制方法，5月10日文说："仍用珂罗版，付印期约在六月，是先排好文字，打了纸版，和图画都寄到东京去。"只是由于后来鲁迅病情加重，身体衰弱，已经无暇顾及这个集子的出版了。直至1936年8月27日鲁迅在给曹靖华的信中仍说："《城与年》尚未付印。我的病也时好时坏，十天前吐血数十口……"为了革命事业，鲁迅真是呕尽了心血，但他终究未能见到《城与年》插图本的出版，真是憾事。

## 《城与年》的《小引》手稿

苎雨行

第〔△△〕引

第一行

一九三四年一月二十三夜，作"引玉集"的"后记"时，曾经引用一个木刻家为中国人而写的自传——

"亚历克舍夫（Nikolai Vasilievih Alekseev），△铜画美术家。△一八九四年生于丹堡（Tambovsky）省的莫尔襄斯克（Morshansk）城。△一九一七年毕业于列宁格勒美术学院之铜画科。△一九一八年开始创作。△现在作品在列宁格勒的出版所：'大学院'，'Gih'（国家文艺出版所）和'作家出版所'。

主要作品：陀思妥夫斯基的'赌徒'，斐定的'城与年'，高尔基的'母亲'。

七，三〇，一九三三。 亚历克舍夫。"

这之后，是我的几句叙述——

"亚历克舍夫的作品，我这里有'母亲'和'城与年'的全部，前去中国已有地语之后的译本，因此全部收入；后者也是一部巨制，以后也许会有译本的罢，姑且留下，以俟将来。"

1936年10月鲁迅逝世以后，曹靖华先生没有忘记鲁迅的遗愿，但是由于帝国主义的铁蹄对国土的践踏，再加上自己生活颠沛流离，有关书籍和插图散失殆尽，不得已便写信给《城与年》的作者斐定，提出自己要翻译他的作品，请他撰写序言，并帮助寻找该书的精印本和亚历克舍夫的插图。1945年下半年曹靖华接到斐定回信，表示欢迎翻译他的作品，但非常抱歉地说明，由于战争的破坏，亚历克舍夫的插图，在苏联已无法寻觅了。在万般无奈的时候，曹靖华先生于1946年专程到上海去，想从许广平先生那里找到有关这本书的材料。到上海后，曹靖华将此事告知许先生，许先生就带着他到鲁迅的藏书室，一件件翻阅查找。那时正是七八月的大热天气，他们二位翻了整整大半天，真是功夫不负有心人，不但从中找到亚历克舍夫的插图原拓，还找到了俄文《城与年》的插图精印本，而且出乎意料地找到了鲁迅用宣纸为每个插图写的说明，一条一条地夹在书内的每个插图中，共27条。看到这一切，他们激动的心情真是难以用语言来表达。的确，在这弥漫世界空前的战火里，连苏联本国都难以搜求到的东西，在这里却还完整地保存着。曹靖华找到这本书的俄文精印本以后，又冒着酷暑，将书全部译出。1947年，这本书作为中苏友好协会文艺丛书之一，由骆驼书店出版。全书附图28幅。并将鲁迅亲笔写的27条说明，影印于每幅图之下。这样才算完成了鲁迅生前未能做完的一件工作。1962年，曹靖华同志将《〈城与年〉概略》连同他保存的鲁迅书信一起捐赠给博物馆，这本书成了国家宝贵的文物而被珍藏。

　　鲁迅1936年8月2日致曹白信中说："凡是为中国大众工作的，倘我力所及，我总希望（并非为了个人）能够略有帮助，这是我常常自己印书的原因。"他在编辑和出版战友的遗著时，同样是不顾个人辛苦的。1936年4月22日的日记中记有："夜校《海上述

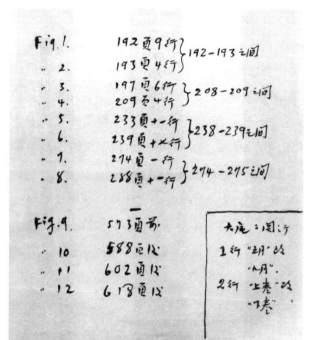

《海上述林》下卷插图说明

林》上卷讫，共六百八十一页。"9月30日日记上还记有："上午校《海上述林》下卷毕。"此时距他逝世仅十几天。我们从保存下来的厚厚两本《海上述林》的校样中看到鲁迅用红笔修改的密密麻麻的字迹，在这些校稿的字里行间，饱含着对战友的深沉悼念和对敌人的无比仇恨。

鲁迅非常珍重战友的遗著，在整理的过程中，对原稿和原刊，不轻易做什么改动。他在上卷序言中说："对于文辞，只改正了几个显然的笔误和补上若干脱字；至于因为断续的翻译，遂使人名地名的音译字，先后不同，或当时缺少参考书籍，注解中偶有未详之处，现在均不订正，以存其真。"但在编辑下卷时，打破了原来的体例，这又是为什么呢？在序言中有这样一段说明："因了插图的引动，如雷赫台莱夫（B. A. Lekhterev）和巴尔多（R. Barto）的绘画，都曾为译者所爱玩，观最末一篇小说之前的小引，即可知。所以这里就不顾体例和上卷不同，凡原本所有的图画，也全数插入。"鲁迅所说"最末一篇小说之前的小引"即瞿秋白在《译文》二卷三期上为发表《第十三篇关于列尔孟托夫的小说》所写的《小引》。文中写道："所附的三幅插图，读者可以仔细的一看，这是多么有力，多么凸显。"可见瞿秋白同志当年在翻译这些文章时，确曾被插图所吸引，但发表的刊物并未将插图全部收入。《第十三篇关于列尔孟托夫的小说》原书中有巴尔多插图四幅，而《译文》发表时只刊三幅；《二十六个和一个》和《马尔华》原书上有雷赫台莱夫插图八幅，前者发表在《文学》第二卷第三期上，后者发表在《世界文库》第五册上，均未收入插图。鲁迅在为瞿秋白编辑遗文时，想到了译者当初的喜爱，因而根据原书将插图全部补入。现在在鲁迅手稿中还保存着他为《二十六个和一个》和《马尔华》两篇译文中插入的雷赫台莱夫的八幅插图所写的说明手迹，稿上写着："1.而我们，用别人的字句，唱着失掉了太阳的活人的愁闷，奴隶的愁闷。""2.于是她……"这都是按插图的内容，从译文中摘引出来的原句，在每条说明的后面，还详细标明此条说明所在的位置。鲁迅在《海上述林》下卷序言中说："这，自然想借以增加读者的兴趣，但也有些所谓'悬剑空垄'的意思的。"这体现着对瞿秋白同志无法用语言表达的深切悼念。

上述几件事例，足以说明鲁迅在书籍的出版和编辑工作上认真负责、细致入微的精神。他为我国新文艺的发展，为世界优秀文化的传播，莳花播芳，呕尽心血，为后人留下了极其宝贵的精神财富，也为从事这项工作的人们留下一个永远值得学习的楷模。

（原载书目文献出版社1983年版《鲁迅著作版本丛谈》）

# 鲁迅的三篇佚文

最近我们在翻阅《晨报》的过程中，连续发现了三篇未被收入《鲁迅全集》的鲁迅逸文。它们的题目是《〈沉默之塔〉译后记》《〈鼻子〉译者识》《〈罗生门〉译者前记》，分别刊登在1921年北京《晨报》4月24日、5月11日和6月14日的第七版"小说"栏内。署名鲁迅。

这三篇逸文都是鲁迅早年翻译外国作品时写下的译者附记一类的文字，篇幅虽然不长，但为我们研究鲁迅早期思想，研究鲁迅对有关作家及其作品的论述，提供了新的内容。

《沉默之塔》是日本作家森鸥外的作品，原为《代〈察拉图斯忒拉这样说〉译本的序》，登在生田长江译本（1911年出版）的卷首。鲁迅于1921年4月11日译成中文，4月12日又写了《〈沉默之塔〉译后记》，同时发表在《晨报》上。译文《沉默之塔》后来收入《现代日本小说集》中。

鲁迅《现代日本小说集》中《关于作者的说明》一文里，对森鸥外有过介绍，但与这篇《〈沉默之塔〉译后记》是不同的。在这篇不足二百字的译后记中，鲁迅不仅对森鸥外及其作品，特别是《沉默之塔》一文的特色，做了概括而深刻的介绍，而且对作品的政治意义给予较高的评价，说明作品不只在作者本国有它的现实意义,对于当时中国的现实社会也是一面镜子。

《〈鼻子〉译者识》和《〈罗生门〉译者前记》是鲁迅在翻译日本作家芥川龙之介的《鼻子》和《罗生门》(二篇译文后来都收入《现代日本小说集》)时所写。

鲁迅翻译的名为《鼻子》的外国短篇小说现有两篇。一篇是俄国作家果戈理著,鲁迅于1934年7月译成中文,以许遐的笔名,发表在1934年9月《译文》一卷一期上,附有《〈鼻子〉译后记》。另一篇《鼻子》系日本芥川龙之介的作品,见于日文小说集《鼻》(1918年出版)中,又登在罗马小说集内。鲁迅于1921年4月译成中文,4月30日写了《〈鼻子〉译者识》。新发现的一篇即是此篇。

《〈鼻子〉译者识》和《〈罗生门〉译者前记》与鲁迅在《现代日本小说集》中《关于作者的说明》一文里对芥川龙之介的介绍也是不完全相同的。在这两篇逸文中,鲁迅着重突出芥川氏作品的特色,以及芥川氏独特风格的具体体现。逸文还联系当时中国文艺领域中的现实,指出芥川氏的作品是值得借鉴的。

这三篇简短的逸文还可以深刻地说明,鲁迅对待翻译像对待创作一样严肃认真,目的性也是非常明确的。鲁迅说:"注重翻译,以作借镜,其实也就是催进和鼓励着创作。"(见《关于翻译》)

这三篇逸文的发现,也为我们考证鲁迅翻译《鼻子》和《罗生门》的时间,提供了新的佐证。目前所见各种版本的鲁迅年谱及鲁迅著译年表,对于这两篇译作的翻译时间,或未提及,或注明分别为1921年5月3日和6月11日。当时主要可能是参照《鲁迅日记》。现根据《〈鼻子〉译者识》和《〈罗生门〉译者前记》,可将《鼻子》的翻译时间订正为4月30日或4月30日以前,《罗生门》的翻译时间订正为6月8日或6月8日以前。

再者,关于这三篇译文最初发表的报刊,目前所见到的各种鲁迅著作的版本均写为《晨报副刊》，是不很准确的。

《晨报副刊》创刊于1921年10月12日，两天前的10月10日《晨报》第二版曾登载启事，说明将第七版独立，增出《晨报副刊》。在这以前，《晨报》上尽管也有集中刊登小说、诗歌、戏剧的专版（有时在第五版），但它不是《晨报副刊》，而只能称作《晨报》某某版。因此对这三篇译稿，准确地说，最初应是发表在《晨报》第七版上。由此类推，凡1921年10月12日以前发表在《晨报》上的鲁迅著译，也应称作是发表在《晨报》第某版上才比较合适。

# 五四时期鲁迅批改的几首诗

在中国文学革命的新声中，鲁迅的《狂人日记》被誉为中国文学革命的第一声春雷而载入中国文学革命的史册。但鲁迅不只是中国白话文最早的创作者，也是五四时期新诗歌最早的创作者之一，如《梦》《爱之神》《桃花》等新诗，都是与《狂人日记》同期发表在《新青年》上的。但鲁迅也曾自谦地说："只因为那时诗坛寂寞，所以打打边鼓，凑些热闹；待到称为诗人的一出现，就洗手不作了。"实际上鲁迅还为新诗的繁荣做了大量的工作，付出过辛勤的劳作。

新诗歌的出现是一场革命，受到当时封建卫道者的反对，在《新青年》的通讯栏中，曾有读者来信反映道："《新青年》提倡新文学以来，招社会非难，也不知有多少……而其中独以新体诗招人反对最力……以为诗可以这般随便做法，岂不是把他们斗方名士派辱没了吗？"为了扫荡这些斗方名士派的无聊文人，鲁迅、刘半农、周作人曾采取巧妙而生动的形式，给斗方派诗以辛辣的讽刺。就在《新青年》四卷五号发表鲁迅、刘半农的诗的后面，有一段"补白"是以刘半农与周氏兄弟通信的方式出现的。刘半农信上说："周氏兄弟都是我的畏友。一天，我做了一首斗方派的歪诗，寄去请他哥俩指教，诗曰：'苍天万丈高，翠柏千年古，我身高几何？我寿长几许？以此问夕阳，夕阳黯无语！'"周作人的回信说："今早接到大作，读过后，便大家'月旦'起来：家兄说，'形式旧，思想也平常。'……"这是他们共同对斗方派旧诗的批判。鲁迅的评语，简单、明确。"形式旧"，因为它是八股老调，空洞无物。"思想也平常"，是指它没有新鲜的、活的气息。在"补白"的最后，以周作人的名义作了一首和诗："'寒食'这'一日'奉和寒星诗翁'中央公园即日一首'，'苍天'不知几'丈高'，'翠柏'也不知几'年古'，'我身'用尺量，就知'高几何'，'我寿'到死时，就知'长几许'，你去'问夕阳'，他本无嘴无耳朵，自然是'黯无语'。"这首"和诗"真是将斗方派诗批得体无完肤。

与此同时，鲁迅还热切地培植新诗歌的成长，如经鲁迅校、选、阅或编入丛书出版的新诗有《忘川之水》《心的探险》《蕙的风》《君山》《冰块》等等。

不仅如此，我们还找到五四时期鲁迅给周作人修改的五首新诗，其中有《小河》《北风》《微明》《路上所见》《背枪的人》等等。这些珍贵的文物，给我们留下了鲁迅在五四时期批改新诗的真迹，并以此说明鲁迅对新诗的支持是点滴也不放过的。

《小河》是周作人1919年2月写的新诗，发表在《新青年》六卷二期上，这是周作人早期诗歌的代表作，他自己也颇赞赏。在他的《知堂回想录》中曾有三节论述这首诗，题为《小河与新村》，他写道："写那样的长篇实在还是第一次，而且也就是第末次了，因为我写的稍长的诗实在只有这一篇。"全诗"共有五十七行，当时觉得有点别致，颇引起好些注意"。从现在保存的原稿上看，在这57行的诗中，就有鲁迅修改的80多处，仔细推敲，使人感到很有特色，如在《小河》的第一段中，周作人的原文是：

一条小河,平静的向前流。
流过的地方,两边都是乌黑的土,
生满了红的花,绿的叶,黄的果实。

鲁迅将"平静的向前流"改为"稳稳的向前流动"。这虽是个别词语的更易,却给人们展示了一个有声、有色、动的画面,并赋予了它诗的语言。

另一处,原句是:

我生在小河的旁边,
夏天不能晒干我的枝,
冬天不能冻伤我的根,
如今只怕我的好朋友

鲁迅修改《小河》一诗

将我带倒在沙滩上
和水草在一处。

鲁迅把"不能晒干"改为"晒不干",把"不能冻伤"改为"冻不坏",虽只将原字词颠倒一下,却显示了语言的丰富、洗练,而且顺口易读。他又把"和水草在一处"改为"伴着他卷来的水草",意思虽相同,但更富有诗的意境。这些正符合鲁迅自己后来提出的对新诗歌极为精辟的见解,他说:"诗须有形式,要易记,易懂,易唱,动听,但格式不要太严。要有韵,但不必依旧诗韵,只要顺口就好。"(见 1935 年 9 月 20 日致蔡斐君信)

在鲁迅修改的周作人的另一首新诗《北风》中,除了语句的修改外,更有诗歌内涵的深化。这首诗写于 1919 年 2 月,当时正是十月革命传到中国,中国正在酝酿着一场新的革命——五四运动的前夕。这诗是写景的,但也清楚地表露了作者当时的思想。鲁迅对这首诗的修改,有语言上的,如将"就在去年大寒的时候,也不曾有这样的好大风",改成"便在去年大寒时候,也不曾有这么大的风";更有思想上的,如最后一句,原句是"这猛烈的大风也便是将来的春天的先兆",改成"这猛烈的大风,也正是将来的春天的先兆"。一字之差,似乎是增加了重量,给人以坚定、明朗的信念,坚信在"这猛烈的大风"过后,春天是必然要到来的。

(发表于 1981 年 9 月 22 日《人民日报》)

# 鲁迅的《家用帐》

在北京鲁迅故居的文物中，存有鲁迅亲手记的三册《家用帐》。

在人们的心目中，鲁迅是一位眼观国际国内动态、叱咤风云的文学家、革命家。而鲜为人知的是，鲁迅在生活上却是一位非常仔细、善于精打细算过日子的人。这几册《家用帐》能使我们对鲁迅的生活有更深层的认识，或者说看到鲁迅生活的另一面。

这三册《家用帐》记录的时间是从农历癸亥年六月廿日至乙丑年十二月廿九日（即1923年8月2日至1926年2月11日），地点是在北京西四砖塔胡同61号和宫门口西三条21号。在前者的时间为1923年8月2日至1924年5月24日，在后者的时间为1924年5月25日至1926年2月11日。两地共记家用账三册35页。本色竹纸，开本为13厘米×16.5厘米，是用自制的纸绳装订的，每册封面都写有"家用帐"三个字，并分别书明"癸亥年""甲子年""乙丑年"的年份。

鲁迅的家用账是别有特色的，与他的日记全然不同。首先，是以农历记日，鲁迅1912年至1936年日记，全部用公历，而《家用帐》为何用农历呢？这可能是因为家庭生活和农历关系较密切，一则为了符合家人的习惯，再则，也由于农历便于掌握传统节日的安排。如《家用帐》中每逢春节、端午、中秋等节日的前夕均有对女

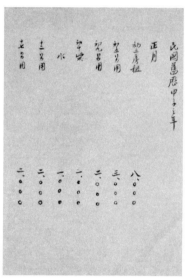

鲁迅所记的甲子年《家用帐》

工或车夫进行"节赏"的记载,"房租"的付款日期也在农历月初等等。鲁迅的《家用帐》是名副其实的"家用"账,只记家庭生活上的开支,它与《鲁迅日记》上所记的支出完全不同,并且很少与《鲁迅日记》相重复。在记法上,是只记大项的用钱数,不记具体的,如葱、姜、蒜;在钱数的记法上与现今的也不同,小数点后面有三位数,代表"角、分、厘",说明那时还有铜元,还以"吊"计价,如癸亥年六月廿日记有"煤球百斤八吊"。

这份《家用帐》虽只有35页360条,时间仅有2年6个月,却使我们了解到鲁迅先生的另一个侧面,并可以清晰地看到鲁迅对生活的细微之处。鲁迅在《家用帐》癸亥年一开始就有这样一段记载:"民国十二年旧历六月二十日移居砖塔胡同六十一号。"这虽是记录鲁迅迁往砖塔胡同的时日,却隐隐地记下了鲁迅一生中难以忘却的一件辛酸事,这要从鲁迅为什么搬到砖塔胡同居住说起。在《鲁迅日记》1923年7月14日记有:是夜始改在自室吃饭,自具一肴,此可记也。"7月19日又记有:"上午启孟自持信来,后邀问之,不至。"这里记下了他们兄弟失和的事实。至于为什么失和,鲁迅与周作人在各自的各种著述中均未明确地透露过。鲁迅仅在他的《俟堂专文杂集·题记》中取了一个"宴之敖"的笔名,据知情人破译,此笔名的含义是他"被家里的日本女人逐出的"。正因为兄弟失和,鲁迅急于要从八道湾搬出来,但一时又找不到合适的房子,后得知周建人的学生俞芬三姐妹住的砖塔胡同61号房子里有三间北房空着,于是就托孙伏园、许钦文,再转托许羡苏(许钦文的妹妹)和俞家三姐妹商量。得到她们同意后,鲁迅于7月26日去看屋,当日下午就开始收拾行装,于8月2日(旧历六月二十日)迁入,当日日记记有"下午携妇迁居砖塔胡同六十一号"。此"民国十二年旧历六月二十日"确实是"可记也",这里边隐藏着他的苦痛与愤慨,鲁迅也因此得了一场大病。由于此处是暂住,鲁迅又带病四处看屋,在这一时期《鲁迅日记》中连续记载往德胜门、西直门、裱褙胡同、石老娘胡同、阜成门等处看屋。由于劳累与生气,鲁迅病得不轻。11月8日(农历九月卅日)日记记有:"夜饮汾酒,始废粥进饭,距始病时三十九日矣。"

这一时期鲁迅在教育部任佥事,按规定月薪360元,但当时教育部经常欠薪。1923年8月18日鲁迅日记记有"收二月份奉泉四元",9月5日记有"收二月份半月奉泉百五十",经常欠薪达半年以上。癸亥年除夕(1924年2月4日)鲁迅才收到"去年四月奉泉百八十",所以日子过得很拮据。这种状况在他的《家用帐》中也可以看到,在癸亥年年末记有"本年陆月另十日共用钱二百四十九元七角另四分"、"平均每月用钱三十九元四角三分",甲子年年末记有"平均每月用泉四八.○六一元",乙丑年年末记有"平均每月用泉六六.六四五"。鲁迅的《家用帐》极为明细,月有小结,年终有结算。这细微处正反映了鲁迅勤俭的作风,但从《家用帐》的笔笔开支中我们也看到鲁迅生活的窘迫,癸亥年平均每月生活费才"三十九元四角三分"。鲁迅当时是教育部官员,又同时在八个大学和专科学校任教,他的这种生活水平,与他当时的地位和应得的收入,均不成比例。癸亥年九月正是鲁迅又劳累(四处看屋找房)又生病的日子,在《家用帐》初七日记有"鸡(漏一'蛋'字。——笔者注)六个又三个",又从是日日记(1923年10月17日)对照中看出:那时他正生病,"晚服燕医生补丸二粒",是因为身体太亏了,需要滋补才买的。《家用帐》九月廿二日还记有买"鲞"。在这三个年头的《家用帐》中仅有三笔肉食的记载,可见鲁迅的日常生活是极其艰苦的。虽然这样节俭,但仍然入不敷出。鲁迅为了找一个长期的住处,能和母亲住在一起,因而购置了宫门口西三条21号的房子,但他自己却付不出这"议价八百"的购房款,而是从许寿裳和齐寿山等老朋友处借钱购置的。这笔钱直到鲁迅到厦门大学工作后才陆续还清。

　　从《家用帐》上也可以看到鲁迅家里生活的一些细节。他们刚搬来砖塔胡同时,生活用具都是新购置的。如这年的六月至九月鲁迅是以蜡烛照明的,十月始有购"石油"的记载。当时鲁迅就是在这种昏暗、晃动的灯光下,坚持编写他的《中国小说史略》、备课和为青年校订书稿。再如,鲁迅每年在阴历九月末或十月初才装火炉,而装火炉的价格是一年比一年高,甚至成倍地涨。癸亥年九月卅日(1923年11月9日)装火炉用"三.三五〇元",到了甲子年十月初七(1924年11月3日)就要用"七.三〇〇元",而到乙丑年九月廿九日(1925年11月15日)装炉子就高达"二〇〇〇元"了。物价是在不断上涨,在甲子年九月二十三记"煤一吨一三.〇〇〇",到了乙丑年八月初七"煤两吨三二.〇〇〇",

而工资则月月拖欠，生活确实过得很艰难。从《家用帐》中还可以看到鲁迅家中的习俗，每逢年节对女工等都有赏钱。如癸亥年年末记有"女工节钱一．〇〇〇""车夫节钱一．〇〇〇"，甲子年八月十二记有"节赏三．〇〇〇"，年末亦有"女工年犒二．〇〇〇"的记录，乙丑年依旧，这说明鲁迅家人对待女工等都是很厚道的。鲁迅的母亲鲁瑞的生日为农历十一月十九日，在甲子年和乙丑年的十一月十九日均有"拜寿钱"和"拜寿赏钱"的记载，这是鲁迅为母亲安排的生日庆祝活动。而癸亥年十一月十九日却没有此项记录，那是因为当时鲁迅母亲还住在八道湾，未和鲁迅住在一起。

在《家用帐》甲子年六月初四日后记有"以下失记"，这是公历的1924年7月5日，此时鲁迅正做赴西安讲学的准备，于7月7日离京赴西安，直到8月11日才返京。农历八月初一（即公历8月30日）又开始记他的《家用帐》。

这两年半的《家用帐》，跨越了三个年头，其中在砖塔胡同居住了八个半月。在这八个半月中鲁迅在这烦琐家务活动中，在白菜、劈柴包围的书桌上，带病创作了《幸福的家庭》《祝福》《在酒楼上》《肥皂》等名篇，还完成了《中国小说史略》的撰写和编印工作等。为创造新的生活，他还带病四处奔走——看房、买房、翻修房屋，一直忙到1924年5月搬入西三条胡同居住。鲁迅的《家用帐》，为我们提供了这一时期鲁迅的经济状况和生活状况的第一手材料，使我们可以从一个侧面窥见鲁迅是怎样生活、怎样工作的，从而进一步丰富鲁迅研究的新境界和新的内容。

（发表于《鲁迅研究资料》1989年第22期）

# 《人生象斆》为什么应该收入《鲁迅手稿全集》？

《人生象斆》讲义即鲁迅自称的《生理学》讲义。本人不曾学医，对医学常识也知之甚少，为什么会突然关心起鲁迅的这本《生理学》讲义呢？

那是因为从2018年至2021年，本人有幸参加大型《鲁迅手稿全集》的编纂工作。全集作为建党一百周年和纪念鲁迅诞辰140周年的献礼，以"收录内容更全面，编纂方式更科学，印制效果更精美，出版形式更新颖"为宗旨，其精严程度可见一斑。参加编辑此书的有来自各单位的鲁迅研究的专家、学者，他们对每件要收入《鲁迅手稿全集》的文物，都经过极为认真的讨论。

《人生象斆》讲义是最后讨论的一件文物，在讨论中出现了不同意见。有的专家认为，它非鲁迅原创，且先前亦有学界专家撰文称其价值不高[1]，因而不宜收录于全集中。本人则认为，对《人生象斆》讲义应进一步研究，对它的价值不能轻易否定。但因出版时间紧迫，无法就此课题进行深入研究探讨，国家图书馆遂决定：暂不收录。笔者认为，在当时的情况下，此举是严谨和明智的。2021年9月，78卷的鸿篇巨制《鲁迅手稿全集》如期出版，并得到各界的

---

[1] "非原创"及价值不高的提法见宋声泉《鲁迅〈人生象斆〉源考》(《鲁迅研究月刊》2014年第5期)。

好评。

2022年年末新冠病毒肆虐,我相濡以沫、相依为命近70年的老伴溘然离世。正当我深陷悲痛,无以自拔之时,国家图书馆的朋友们为我送来了关心与安慰,并经领导特批,将这份鲁迅保存的《人生象斅》讲义原件(电子版)提供给我,以便我能继续就相关课题进行研究。

我深知此举是同志们对我最大的爱护和鼓励,希望我能通过热爱的工作站起来,重拾生活的信心。我感激涕零、恭谨纳受,并继续对鲁迅《人生象斅》讲义的研究,这就是撰写此文的缘由。

## 鲁迅编写《人生象斅》讲义的历史背景

1904年9月至1906年3月鲁迅在日本仙台医专学习,1909年8月结束日本留学生活回国。鲁迅回忆说,自己曾"想往德国去,也失败了。终于,因为我底母亲和几个别的人很希望我有经济上的帮助,我便回到中国来;这时我是二十九岁"[1]。他也曾对先期回国的许寿裳说:"你回国很好,我也只好回国去,因为起孟将结婚,从此费用增多,我不能不去谋事,庶几有所资助"[2]。许寿裳在五六月(阴历四月)回国担任杭州浙江两级师范学堂教务长,即向新任监督沈衡山推荐鲁迅,并"一荐成功"[3]。

1909年9月,鲁迅赴杭州任浙江两级师范学堂初级化学和优级生理学教员,兼任日本教员铃木珪寿的植物学课程翻译。这所浙江两级师范学堂是浙江省的最高学府,教员大部分是日本留学生,

---

[1] 鲁迅:《集外集·俄文译本〈阿Q正传〉序及著者自叙传略》。
[2] 许寿裳:《亡友鲁迅印象记·归国在杭州教书》。起孟,指周作人。
[3] 许寿裳:《亡友鲁迅印象记·归国在杭州教书》。

科学和民主氛围很浓，鲁迅到此亦以满腔热忱投入工作。

鲁迅在教学中十分重视科学实验，据说一次化学实验时，还曾因学生恶作剧而负伤[1]。尽管如此，他对学生始终循循善诱，通过传播现代自然科学知识，启发学生破除旧观念，还时常对学生讲述自己在日本学医时解剖尸体的往事[2]。与鲁迅在浙江两级师范学堂共事较久的夏丏尊先生曾回忆说："周先生在学校里，却很受学生尊敬，他所译的讲义，就很被人称赞。"又说："周先生教生理卫生，曾有一次，答应了学生的要求，加讲生殖系统。这事在今日学校里似乎也成问题，何况是在三十年以前的前清时代。全校师生们都为惊讶，他却坦然地去教了。他只对学生提出一个条件，就是在讲的时候，不许笑。他曾向我们说：'在这些时候不许笑是个重要条件，因为讲的人的态度是严肃的，如果有人笑，严肃的空气就破坏了。'大家都佩服他的卓见。据说那回教授的情形，果然很好。"[3]

许寿裳在《亡友鲁迅印象记》一书中特别谈道："鲁迅教书是循循善诱的，所编的讲义是简明扼要，为学生们所信服。他灯下看书，每至深夜，有时还替我译讲义，绘插图，真是可感！"对于鲁迅所编的《生理学》讲义，许寿裳极为称赞，特为它题名为《人生象斅》，并在书面写出内容提要。

本人以为，从国家图书馆赠予本人的《人生象斅》讲义（电子版）内容判断，其原件应是鲁迅在浙江两级师范学堂编的第一本讲义，即"杭版"。鲁迅在此版讲义油印稿中，首页用毛笔额外添加

---

[1] 孙福熙：《我所见于〈示众〉者》，《京报副刊》1925年5月11日。
[2] 张宗祥：《回忆鲁迅先生》，山东师范学院聊城分院编：《鲁迅在杭州》，1979年。
[3] 夏丏尊：《鲁迅翁杂忆》，薛绥之主编：《鲁迅生平史料汇编》第2辑，天津人民出版社1982年版。

的外文字（包括拉丁文和德文），在后面的版本中被印入正文中。由此即可说明，此稿是较早的版本。特别因许寿裳亲自为这本讲义题写了书名，鲁迅更视为珍本，并加以收藏，这也和鲁迅在杭州教学的时间相符。

《人生象斆》讲义简介

现存《人生象斆》讲义共二册，毛边纸，油印稿。第一册封面有许寿裳题"《人生象斆》一，绪论、运动系、转化系、循环

《人生象斆》首页

系、呼吸系";第二册封面有许寿裳题"《人生象斅》二,泌尿系、感官、神经系、孳殖系、结论、生理实验术要略"。这是《人生象斅》讲义最简要的提纲,实际上讲义的内容繁多,就如消化系,他的讲义中介绍了口腔、咽、食道、胃、肠、肝等,还讲了消化系的生理卫生、寄生虫等。二册讲义共110页,约有26000字,插图72幅。

从事生理教学和科研工作30余年的王玢先生曾撰文介绍说:"鲁迅的《生理学》讲义纲目分明,论证有力,从当时的学术水平来看科学性和系统性都很强,文字十分精练并附有图表和生理实验指南,在当时可算一部不可多得的好教材。"还介绍说:"此讲义名为《生理学》,实际除生理学外,还包括组织学、解剖学与卫生学内容,有些章节还包括病理学与寄生虫学内容。"[1]

在每个章节的后面都有"摄卫"(即卫生)一项,以引发人们对生理卫生的重视。如关于饮水管理、市场食物检查、大搞环境清洁卫生,以及对传染病的检疫消毒等制度,每一条都颇有建树,切实可行,特别是对青少年骨骼健康和视力的保护进行了精辟的论述,等等,在此就不一一列举了。

这些都非鲁迅杜撰,而是根据数种科学论著编辑而成的。这要感谢宋声泉先生所写《鲁迅〈人生象斅〉源考》《〈人生象斅〉补正》和日本学者九尾胜先生所写《关于〈人生象斅〉(补遗)》等,先生们将鲁迅生理学讲义中每段、每节,甚至每个图片的来源均考证得有根有据,本人由衷地敬佩。

---

[1] 王玢:《谈鲁迅先生编〈生理学讲义〉》,山东师范学院聊城分院编:《鲁迅在杭州》,1979年。

## 《人生象斅》讲义的原创价值及手稿价值探讨

对于《人生象斅》讲义的原创价值及手稿价值，本人以为主要从如下三方面得以体现：

首先，从编创价值上。鲁迅此生理学讲义作为教学用书，必然是建立在前人的研究基础之上，需要参考诸多文献资料，但这并不能否定编创者对讲义本身的原创价值。鲁迅作为讲义的主编，在章节的排布、观点的抉择、内容的详略、文笔的风格上，必然融入了个人的思考和设计。

据宋声泉、九尾胜两位先生统计，鲁迅除在讲义中引用《解剖生理及卫生》(宫岛满治篡著，引用次数最多)外，还引用、参考了《生理学讲本》(Steiner, J. 著，马岛永德译)、《通俗动物新论》(箕作佳吉著)、《卫生学粹》(Cramer 著，山田薰译补)、《中学生理卫生教科书》(吴秀三著)、《兰氏生理学》(兰土亚著，山田良叔译)及鲁迅在日本仙台医专的解剖学笔记、血管学笔记、组织学笔记、五官学笔记、病理学笔记、有机化学笔记等，可谓博采众家之长，转化成自己的观点，并用自己的文字将其表述出来。

其二，从文学价值上。鲁迅在此本生理学讲义中的文字表述并非照搬原文，而是采用以四字一句为主的半文半白文体，形成了独特的文风，简明扼要，朗朗上口，其特有的文学价值也是众多参考资料所不具备的。

如："僮子之骨多奭，骨质易于屈挠，故过加压抑，则成畸形，或年龄未至，强使行立，于是下支骨不胜躯体之重，亦往往屈曲至不能痊。""如僮子少于垩质，则授乳以益之。""椎间奭骨虽具弹力，顾前俯日久，则此力渐失，终作楔状，不复其常，为脊柱屈曲病。

故坐而读书,所宜端直,假其已病,乃惟户外运动及矫正术治之"。

再如:"近视亦为学校病之一,如校室光线过弱过强,或就坐姿势,不能合法,皆得斯疾。""原因之主者:(一)读书习字时,目之离案过近,劳调节者久,故目肌疲劳,水晶体渐益弸隆,更推网膜向后,而眼轴遂长于常人。(二)卓倚(桌椅)高卑,不能合度,故读书习字或作画时必屈曲其体,俯首向前……(三)读细字书籍过久。(四)在光线不足之处,久劳视力。(五)不眠及目之不洁等,亦间接诱至。预防之术,乃在审察原因,施行矫正。语其要略,则为(一)在家庭或学校读书习字时,必当端坐,体勿前屈,亦勿俯首。(二)卓倚高卑,必使相称。(三)书籍文字,宜择其大,纸勿粗糙,亦勿有光,色则微黄或白。(四)日光须足,而不当令其动摇,入夕明灯,亦复如是。卓倚之度,与目极相系属,近视而外,亦致他疾,故小学校,尤应憼之。揭其要旨如次:(一)倚之高度,与坐者下腿之长等。(二)倚之广,与坐者上腿之长等。(三)卓倚相差,以坐者端坐后,两腕适置卓上,而不待肩胛有所低昂为度。(四)卓倚距离,当用无距,或用负距。"

再者,如疾病之预防,讲义中又述:"未病之前,宜慎豫防","关于豫防传染病者,为公众卫生首要","感冒虽小疾,然为肺病之因,故当深警,豫防其发",等等。

唐弢先生在《鲁迅全集补遗续编》的后记中谈到《人生象敩》时写道:"鲁迅先生对于文字学极有根柢,用字颇为讲究。"正如日本学者九尾胜先生所说:"鲁迅在讲义的语言表达上是有原创性的。"[1] 又说:"宋氏认为'这份讲义没有太多原创性',《人生象敩》的内容确实缺乏学术上的原创性。但是要求鲁迅学术上富有原创

---

[1] 九尾胜:《关于〈人生象敩〉(补遗)》,绍兴市鲁迅纪念会编:《绍兴鲁迅研究》,2014年。

性，太苛刻了。当时日本的医学人员以德国等的医学成果为基础进行研究、授课与编译。这本《人生象斅》的参考书《解剖生理及卫生》《生理学讲本》与《卫生学粹》等是日本人把西洋人的著书编译的。""可见当时日本的医学是以德国等为模范的，与原创性相距较远。"[1]这位九尾胜先生还赞扬鲁迅是以"拼命三郎的精神"从各种参考书中"挑选最新而且合适的说明文、插图、曲线表与图表，有条埋地进行搭配组成，为了便于易懂补充词语，简洁扼要地进行整理，独立编译得富有原创性，在这些基础上用养成的编辑技术能力精心编著了《人生象斅》这部作品"[2]。

其三，从手稿价值上。讲义共有插图72幅，本人以多年从事鲁迅手稿研究的经验论断，这些插图全部为鲁迅亲手所绘。对此，所有研究此《人生象斅》的学者也都不否认。宋声泉先生的文章也写道："尤其是鲁迅画的插图可谓一丝不苟，对照《解剖生理及卫生》中的相关插图来看，这些图不仅画得精准，而且层次分明，就连无关紧要的细节部分也并未被忽视。"[3]

不只插图确定为鲁迅所亲绘，且讲义中蜡版所刻文字也应出自鲁迅手笔，对照鲁迅早期抄录的手迹《镜湖竹枝词》《二树三人写梅歌》等，均可佐证。

## 结论

综上所述，可以认定此《人生象斅》是鲁迅1909年于浙江两级师范学堂，汇集了当时医学界各家所长，编写的生理学讲义。它

---

[1] 九尾胜：《关于〈人生象斅〉(补遗)》，绍兴市鲁迅纪念会编：《绍兴鲁迅研究》，2014年。
[2] 九尾胜：《关于〈人生象斅〉(补遗)》，绍兴市鲁迅纪念会编：《绍兴鲁迅研究》，2014年。
[3] 宋声泉：《鲁迅〈人生象斅〉源考》，《鲁迅研究月刊》2014年第5期。

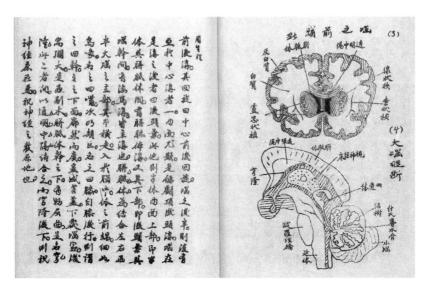

《人生象斅》插图

的编撰过程是具有原创价值的，且整个讲义从插图到说明均出自鲁迅之手，应视为手稿的另一种形式，具有极高的纪念意义与学术研究价值。本人诚恳地建议将《人生象斅》收入《鲁迅手稿全集》，供研究者做进一步研究，以展示鲁迅在我国生理学研究、生理学教育普及上不可磨灭的贡献。

# 完整的鲁迅《两地书》写定稿手稿怎能被"分解"?

由于多年来所从事的工作,我对鲁迅的手稿有着特殊的感情,因而在得到一部 2014 年 10 月由某著名出版社出版的《鲁迅手稿丛编》(全书 15 卷,售价 1980 元)时,我喜出望外。它的装帧和印刷都极好。我怀着敬畏之心,一卷一卷慢慢地读着,真是一种赏心悦目的精神享受。

当我读到第四卷时——它的卷名为"书信",翻开目录,为首的是《两地书》。这使我大为惊讶!鲁迅的《两地书》为何被归入一般书信了?当然,编辑者是可以有自己的选择的。不过,这也太出奇了!当我翻开鲁迅《两地书》手稿时,映入眼帘的是"(二)","(一)"原为许广平致鲁迅信,怎么没有了呢?空白处有一注:"此处原非鲁迅作品,故删去。"鲁迅《两地书》手稿中,共有许广平致鲁迅书信 67 封,就这样全部被挖空了,均注以"此处原非鲁迅作品,故删去"的字样。鲁迅亲笔原稿就这样被"肢解"了,开了 67 个天窗,已经不能称为"两"地书了。

按此书的编辑原则(见该书的出版说明):"在保存下来的鲁迅手稿中,有少数作品通篇系他人代笔,还有一些作品正文由他人代笔或是剪贴的报刊文字,鲁迅仅书写题目与落款,此类文稿本书基本不收。"但依据此原则,鲁迅亲笔的《两地书》手稿 200 余页,既非"他人代笔"又非"报刊文字",为什么要把它"删除"呢?让人匪夷所思!

作家手稿的完整性,是应当受到尊重与保护的,编者为何如此处理?我看或许是编者对此稿了解甚少,又或许是考虑到有的作者的作品还在版权受保护的期限内(如许广平的作品)。如果是后者,被这种商业利益所驱使,忘掉了出版者的基本职责,那是可悲的!

鲁迅《两地书》手稿的完整性是应当受到尊重和保护的,原因如下。

## 《两地书》确是一部鲁迅的专集

鲁迅在《〈两地书〉·序言》中写道:"回想六七年来,环绕我们的风波也可谓不少了,在不断的挣扎中,相助的也有,下石的也有,笑骂诬蔑的也有。但我们紧咬了牙关,却也已经挣扎着生活了六七年。……我们以这一本书为自己纪念,并以感谢好意的朋友,并且留赠我们的孩子,给将来知道我们所经历的真相。"

这本书的编辑与出版是有它深刻意义的:它是鲁迅与许广平艰难经历的纪念;是对友人的怀念与感激;更是他们留给孩子的赠品。我以为出版此书更重要的是鲁迅要使后人"知道"他们"所经历的真相"。因此,鲁迅将他保存的他与许广平的原书信164封,仔细地重新审阅,"加添了一些新的材料,增写了一些新的文字,用以充实和丰富原信的思想内涵和社会内容","也删去了一些感情色彩异常鲜明、措词尖锐的批评"等等。[1]这样的增删与修改使其成书。此书的独特之处,是鲁迅将二人书信融为一体,进行了再加

---

[1] 见张小鼎:《鲁迅致许广平书简与〈两地书〉》,《鲁迅研究月刊》2001年第11期。

工再创作。全书不仅反映了鲁迅与许广平的爱情经历,还更深层地反映了鲁迅的思想与生活,从一个侧面也展现了那个时期的历史和鲁迅的世界观,是研究鲁迅的直接而真实的珍贵史料,更是一部鲁迅精心编纂完成的专著,而不能仅将它视为一封一封的书信。

鲁迅《两地书》手稿中的许广平致鲁迅信全部经鲁迅修改和加工过,而鲁迅重新改写的初步统计有20余处[1]。如书中的"六七",关于(莽原)投稿之争的一节,及关于"活得不枯寂"的一节,鲁迅均做了改写;"七〇"关于中山大学党派的活动,鲁迅做了改写;"七二"改写了许广平跳铁丝栏的一节;"七七"第一节整段改写了,关于陶元庆一段也改写了;"八二"关于"遗产"问题的一大段改写了;"八四"关于中山大学的情况做了整段的改写;"八七"关于彼此的关系,及其"为社会做事"等,都做了大段的改写。所以说,许广平的书信不只是经鲁迅增删修改并亲笔录下,更有着鲁迅自己重新改写的篇章,这样意义就不一般了。这也正是鲁迅《两地书》中许广平书信所特别具有的可贵之处。

## 《两地书》手稿本是鲁迅《两地书》最初的写定稿

这部《两地书》手稿共279页,是鲁迅用楷书工工整整地写在23厘米高、35厘米宽的对折的白宣纸上,字迹挺拔、刚劲,整本没有明显的修改或涂抹的痕迹。看到这个稿本会使人肃然起敬,感叹当年鲁迅对这个稿本用功之深。这是难能可贵的,因而有的研究者将它作为《两地书》出版后的鲁迅重抄稿,是不足为奇的。如王得后先生的《〈两地书〉研究》一书就曾写道:"这部经过他们两人

---

[1] 王得后:《〈两地书〉研究》,天津人民出版社1982年版。

选择、增删修改、编辑而公开的通信集。因为这部书稿经景宋抄录付排后，鲁迅自己又用宣纸工工整整地抄写了一部，这显然是作为纪念的珍本。"在鲁迅博物馆出版的《鲁迅手迹和藏书目录》（1959年出版，内部发行）中将它定名为"《两地书》重抄稿"；在《北京鲁迅博物馆》（2001年9月出版）一书的介绍中也写道："《两地书》编定后，鲁迅又用楷书将其工整地抄录了一遍，装订成厚厚的一册保留下来。"有此说法，是不足为奇的！

经仔细研究，这部《两地书》稿本并非重抄稿，而是最初的写定稿。

理由一：稿本总体看整洁、流畅、无涂抹，但仔细地看，却可以发现有30余处删改：以在文字旁边加小号字表示增添；用两点，即"："，表示删除。很多修改的字，反映了鲁迅抄录和修改原信时对字句的斟酌，如将"大"删掉改成"我们"，将"身败名灭"改为"身败名裂"等，就不一一列举了。

理由二：《两地书》的付排稿是许广平根据这个稿本抄录的。

许广平1932年11月16日致鲁迅信："我的工作连日都是闲空则抄《两地集》。"1932年11月20日致鲁迅信："我日来仍抄写，没什事了，勿念。"1932年11月24日致鲁迅信："《两地集》已抄至第84，恐怕快完了。"许广平的这些信均说明，此稿是经许广平抄录过的。

再者在这个鲁迅的稿本上有许广平的字迹，说明许广平在抄录此稿时，发现鲁迅的错、漏字，而顺手添加或修改了。如稿本中第86页鲁迅的原文为"薰沐斋解"，在"解"字旁有许广平写"戒"字。再如第338页鲁迅原文"市三青部长（专管学界）及省教育所组织文学潮委员会"，在"省教育"三字后有许广平所写的"厅"字。又如第409页鲁迅原文为"却连旋盖也不会开"，在"却连"

后有许广平所加"螺"字。以上种种均可以证明,这个《两地书》手稿本没有直接送出去发排,而是经许广平抄录后才发出去的。这说明鲁迅对这个《两地书》原稿本的珍爱。

理由三:用鲁迅《两地书》手稿本与《两地书》出版本对比,更说明它非重抄本。

仅举《两地书》中十一篇即可证明这一情况。

| 鲁迅手稿本 | 《两地书》出版本 |
| --- | --- |
| "退而不甘亏" | "退而不吃亏" |
| "不要多题起来了" | "不要多提起来了" |
| "则皮之不存,毛将附" | "则皮之不存,毛将焉附" |
| "而自己也总觉有些遗憾" | "而自己总觉有此遗憾" |
| "自后当设法改之" | "此后当设法改之" |
| "自后亦甚愿加以洗刷" | "此后亦甚愿加以洗刷" |

再如对人名的修改,如《两地书》十四中,"无怪她屡次替欧阳辩护"改为"无怪她屡次替司空辩护","三位一体—琴心—雪纹—欧阳兰"改为"三位一体—琴心—雪纹—司空蕙"。

鲁迅手稿本与《两地书》出版本两者在字句之间的差异和在人名上的修改有一百二三十处(见笔者《"两地书"手稿本与出版本校读记》)。但以上的例子已完全可以证明,现存鲁迅《两地书》手稿本即鲁迅最初的、完整的写定稿,而并非《两地书》出版后的重抄稿。因而此手稿不只有鲁迅所说"我们以这一本书为自己纪念,……并且留赠我们的孩子"的意义,更展示了《两地书》的编辑过程。通过鲁迅 1933 年 1 月 13 日至 4 月 6 日的日记以及鲁迅致李小峰的书信可知,这些修改历时近三个月,都是在校稿上进行的。这说明鲁迅对这部稿件所下功夫之深。由此可见,它的研究价值极为深广！因此，我们不只要珍重它，还要加倍地保护它，维护它的完整性。这也是鲁迅研究者的职责所在。

综上所述，《鲁迅手稿丛编》的编者将鲁迅《两地书》写定稿进行"分解"，从编辑角度上说无疑也是一个失误吧！

现今多个媒体大力宣传此书是"鲁迅手稿出版史上的里程碑"，就尤使人不解了！事实上，早在1960年至1975年间北京鲁迅博物馆就先后出版了《鲁迅手稿选集》1—4编。特别是文物出版社历时10年，于1986年用珂罗版精印出版了《鲁迅手稿全集》，全书分文稿、书信、日记，共6函60册。至今许多鲁迅手稿的影印本均借助该书，此《鲁迅手稿丛编》也不例外。因而，如此评价该书就有些言过其实了吧！

（2015年8月27日写，9月2日修改）

# 《鲁迅》画册中的隐患

2011年，大型画册《鲁迅》出版发行。这部书印刷极为精美，装帧考究。但在鲁迅博物馆组织的一次专家座谈会上，专家们发现此书在内容的编排上和图片的说明上存在较多的错误，着实可惜。

我们几位同志曾于2011年7月写了《大型画册〈鲁迅〉的失误与失范》一文，并编制了一份经王世家先生、李允经先生、杨燕丽先生和本人一起修订的勘误表，表中收录了167条勘误。《鲁迅研究月刊》以17页的篇幅将文章及勘误表全文刊登于该刊2011年7月那一期。此后，该书还曾在某单位举办的"北京市中学生'我与鲁迅'征文比赛和纪念鲁迅诞辰130周年诗词大赛"中，作为一等奖的奖品颁发给获奖学生。

虽说距离该书出版已经有十余年时间，但鉴于该书的社会影响力以及所述历史的严肃性和重要性，笔者作为一名鲁迅研究工作者，认为还是有必要仅就个人有限的学识，对书中存在的问题提出一些意见，供参考、探讨。

专家勘误的问题如下：

## 注释方面存在明显错误

1. 该书第 223 页注（1）有："曹靖华（1897—1987），翻译家，1925 年将《阿Q正传》翻译成俄文并推荐到苏联发行。"曹靖华先生是翻译家，这是众所周知的，但将《阿Q正传》"翻译成俄文并推荐到苏联发行"的，却是苏联人王希礼，他原名为瓦西里耶夫。此类鲁迅研究中的常识性问题，不容有失。

2. 该书第 103 页注（14）有："钱玄同在《新青年》第四卷三号发表《文学革命之反响》，化名王敬轩，攻击新文化。"这位文学革命的先锋，为何"攻击新文化"，令人费解！原来是钱玄同和刘半农合演了一出"双簧"。编者在此处却将二人的"演戏"说成真相，是对历史的误读。

3. 该书第 261 页注（4）有："方志敏临刑前处理遗稿《可爱的中国》、《清贫》等……"方志敏同志在狱中千方百计请人将稿件带出，并设法转给党中央，用"处理"一词有失偏颇，而方志敏同志生前处理自己"遗稿"的说法也不合逻辑。

4. 该书第 260 页注（8）有："1934 年鲁迅、茅盾应美国人伊罗生邀请，选编了中国现代短篇小说集《草鞋脚》，鲁迅撰《小引》并题写书名。"《草鞋脚》鲁迅生前未出版，这里却展示了一本有鲁迅题写书名的《草鞋脚》，令人不解。原来编者将 1982 年由蔡清富先生辑录，湖南人民出版社出版的《草鞋脚》编入书中。用现代版图书混淆鲁迅生前出版的作品，是不符合史实的。

5. 该书第 263 页注（5）有："《答徐懋庸并关于抗日统一战线问题》由鲁迅口述、冯雪峰记录，后又经鲁迅亲笔增删修改。"此文并非鲁迅口述、冯雪峰记录，而是由冯雪峰按鲁迅的意思起草，后经鲁迅亲笔增删和修改的，编者所述与事实不符。

6. 该书第 213 页注（9）有："1933 年至 1934 年鲁迅应法国友人绮达·谭丽德邀请，征集了部分青年木刻家的作品到巴黎、莫斯科展出，这是鲁迅手拟的选画目录和巴黎展出的说明。"编者所谓的"鲁迅手拟的选画目录"竟是一份法文的说明书，后面附着巴黎展览会的展览目录，分绘画、素描、木刻等，并非鲁迅手拟的选画目录（鲁迅的这份手拟目录现存于 1934 年 1 月 5 日鲁迅致姚克的信中）。此处建议再仔细研究巴黎展出说明（名为《革命中国之艺术》），同时查阅鲁迅所写的选画目录，即可发现二者的差别。

7. 该书第 204 页注（8）有："1931 年 6 月 11 日鲁迅参观在上海举办的'一八艺社'习作展览。这是他 5 月 22 日为展览会特刊写的《小引》。"此处展示的图片并非《一八艺社习作展览会小引》，而是木刻家金肇野亲手刻制的鲁迅《全国木刻联合展览会专辑序》手迹。这件木版手迹与本书第 205 页注（10）展示的同是全国木刻联合展览会专辑事，显示了编者对图片内容未做研究。

8. 该书第 115 页注（12）有："1923 年 4 月 15 日鲁迅等送别爱罗先珂时的合影。"照片用错，此照片并非送别爱罗先珂时的合影，而为 1922 年爱罗先珂与鲁迅、周作人等在爱罗先珂住室前的合影。1923 年 4 月 15 日鲁迅日记记有："午丸山招饮，与爱罗及二弟同往中央饭店，同席又有藤冢、竹田、耀辰、凤举。"送别爱罗先珂合影，应为此次聚会的七人合影。1923 年 4 月 16 日，爱罗先珂即离京。

9. 该书第 172 页注（3）有："《老调子已经唱完》演讲记录稿，由鲁迅修定。"图片展示的《老调子已经唱完》为刘前度记录稿。此稿鲁迅虽做了修改，但并非鲁迅的定稿。鲁迅的定稿名为《老调子已经唱完》，手稿三页，写在绿格稿纸上，内容与此记录稿不尽相同，应做区分。

10. 编者在对鲁迅辑校古籍手稿的说明上，谬误则更多。在说明《会稽郡故书杂集》时，编者将这本鲁迅辑录本注为"抄稿"［见该书第74页注（9）］；相反，编者对鲁迅为补齐"台州丛书"而影写抄配的《石屏集》却注为"辑校"［见该书第96页注（18）］；书中对《嵇康集》的介绍［见该书第97页注（19）］为"鲁迅辑校《嵇康集》手稿，现存校稿本5种，抄本3种30卷，校文、考证等手稿7种"，事实上鲁迅辑校《嵇康集》全书10卷，现存手稿3部。

11. 该书第85页注（4）中说"这是银质国徽图样"，与实物不符，鲁迅所存国徽图样为铅质。

12. 该书第89页注（4）中"1915年春鲁迅摹写了罗振玉编的《秦汉瓦当文字》"，与事实不符，鲁迅影写的是清程敦编的《秦汉瓦当文字》。

## 图片使用上的错误

1. 该书第54页注（3）将陶成章误注为徐锡麟而第54页注（5）将徐锡麟误注为陶成章。

2. 该书第92页注（9）："鲁迅编录的《汉画象目录》、《六朝墓志目录》、《六朝造象目录》手稿。"编者所谓的"鲁迅编录的《汉画象目录》"，图片展示的却是鲁迅抄录海盐潘诒棠写的《汉画象记》；所谓的鲁迅《六朝墓志目录》，展示的图片却是别人抄的《常山贞石志》卷一中的张奢碑的碑文。

3. 该书第31页注（3）："《别诸弟三首》、《祭书神文》，鲁迅写于南京时期的部分诗文。"这两首诗均见于《周作人日记》。画册展示的图片为手迹三页。右一页为周作人庚子三月十五日日记，录鲁迅作《别诸弟》，但仅见二首，未完。中页却为周作人庚子二月十三至十五日日记，与《别诸弟三首》无关，图片使用错乱。

4. 该书第52页注（4）中的"仙台医专批准鲁迅退学文件"，实为"仙台医学专门学校给鲁迅的许可入学的通知书"。用图错误。此图与该书第46页图片同。

5. 该书第123页注（5）有："1933年3月2日鲁迅赠送日本友人山县初男《彷徨》并在扉页上题诗。"编者所用的图片却是修改版的题诗手迹，将"山县先生教正"六字去掉了。

6. 该书第241页注（5）有"1934年5月30日鲁迅书自作诗赠日本作家新居格"，而编者所用图片是修改版的题诗手迹，将"新居格先生雅教"七字去掉了。

## 注录的诸多缺失

部分鲁迅的作品未注写作年代、发表时间；书刊未注出版时间及出版处。此外，对于有的文物的阐述与史实的注录错误也不少。在此就不一一赘述了。

以上仅就该画册所用的资料及说明的主要问题加以揭示，此书在编排的体例、鲁迅思想发展的表述等方面，仍有许多值得商榷的问题。

本人以为这样的图书作为奖品发给青年人是贻害无穷的，应当引起有关领导的注意。

# 关于鲁迅北京故居"两棵枣树"的身世之争

2013年6月23日某著名晚报"五色土"专栏中曾刊登一篇名为《北京名人故居中的古树》的文章,其中谈到鲁迅故居的两棵枣树。文中写道:"西城阜内宫门口西三条胡同的鲁迅故居,是一座小型的四合院,其外院通向小后院的通道墙旁,矗立着两棵枝干刺向天空的古枣树,它们已有百余年。鲁迅先生在散文《秋夜》的一开头就写道:'在我的后园,可以看见墙外有两株树,一株是枣树,还有一株也是枣树……'"

鲁迅的《秋夜》一文中确实有这段文字,但文中已明明白白地写着:"在我的后园,可以看见墙外有两株树。"而该文向读者介绍的是,"外院通向小后院的通道墙旁"的"两棵枝干刺向天空的古枣树"。那里虽确有一棵枣树,但并非鲁迅在《秋夜》一文中所说的"墙外的两株树"。这两株枣树,解放前已经枯死。1956年10月鲁迅博物馆建馆后曾几经补种,均未成活。现今从鲁迅故居后院的墙外,已看不见这两株枣树了,说"它们已有百余年",是缺乏事实依据的。

另外,该文提到:"鲁迅就是在古枣树下,创作的著名散文集《野草》、小说集《彷徨》、杂文集《华盖集》《华盖集续编》《朝花夕拾》等",也是不确切的。首先,这些作品不是在"古枣树下"

创作的。再具体地说，鲁迅在西三条故居创作的文集有《野草》、《华盖集》的全部，《彷徨》《华盖集续编》《朝花夕拾》和《坟》中的大部分作品，另有译稿等计200余篇。

该文刊在某著名晚报周日版"五色土"专栏的"古树溯源"板块中，排版确是图文并茂，十分壮观。大标题为《北京名人故居中的古树》，在"鲁迅故居的两棵枣树"标题下还有四个黑体字"传奇档案"。原文写道："鲁迅为什么用重复的语言写两棵枣树呢？很多人都不太清楚，原来这里有革命志士前赴后继之意。"这种解释更是闻所未闻，不知源于何处。

# 鲁迅珍视的倒坐观音像换了容颜

2016年6月26日,我国发行了正定隆兴寺特种邮票一套二枚,分别为"摩尼殿""大悲阁"。据发行单位介绍:"邮票第一图表现摩尼殿和五彩倒坐观音,摩尼殿始建于北宋,其结构与宋体'营造法式'相近,目前是我国古建筑中仅存的孤例,梁思成先生称其为'艺臻极品'。五彩悬塑倒坐观音人格化的仪表,亲切和蔼的微笑,鲁迅先生把她视若佛教美学佳作,誉之为'东方美神'。"这组特种邮票的发行,为世人所瞩目,设计者的精心设计,得到人们的好评和称赞。这之中人们议论最多的是这尊五彩倒坐观音。这是由于这尊观音身居的位置和她的服饰,她端庄恬静的坐姿,令人感到亲切,所以一时间在网上引起热议。

隆兴寺创建于隋开皇六年(586),时称龙藏寺,唐改名为龙兴寺,清朝更名为隆兴寺,距今已有1400多年历史,是我国现存年代较早、规模较大的佛教寺院之一,也是北方最大的皇家寺院。1961年国务院颁布其为第一批全国重点文物保护单位之一。

寺中的摩尼殿被我国古建专家梁思成先生誉为古建中的"罕见珍例"。摩尼殿中的倒坐观音踞坐在殿内五彩悬山的正中(悬山高7.5米,长15.7米)。因其坐南面北,与大殿坐向相背,故被称为"背坐观音"或"倒坐观音",像高3.5米。观音菩萨头戴宝冠,项

五彩倒坐观音像

饰璎珞，披巾向两侧翘起，飘带下垂体侧。身着红色长裙，左腿下垂，足踏朵莲，右腿自然斜压于左腿之上，右手绕膝轻搭于左手腕部，姿态端庄典雅，自在闲适，给人以无限美感，不同于以往宗教传统佛像的风貌，是古代彩塑中不可多得的艺术珍品。人们说这座倒坐观音，即使在文物古迹极为丰富的正定地区，也算得上是瑰宝中的瑰宝。

五彩倒坐观音的原创者及创作的准确时间，已不可考。隆兴寺仅有的与摩尼殿相关的两方碑刻之一是《重塑背坐观音圣像记》，此碑刻于明嘉靖四十二年（1563），碑长94.8厘米，高48厘米，阴刻楷书32行，满行22字。主要记有："直隶真定府卫军民在城善人杨朋，睹九间五花大阁殿内背坐观音圣容，不忍损暗恝然，约同志各街巷善人杨得时等，各发虔诚，量舍己资，妆严圣像三坐"，其后为104位善人姓名,及僧纲司者纲、住持等人名号。落款为"明嘉靖四十二年六月初一日立,获鹿县石匠武用威,画工人张美德"。碑文说明嘉靖四十二年这尊倒坐观音已经存在,只是圣容损暗,正定百余位善人等舍己资,"妆严"圣像。至于这尊倒坐观音的创作者或重塑者为何人,据学者推论,作者可能是当时的雕塑大师何朝宗(1522—1573)。何朝宗是福建德化人,擅长木雕、彩塑,尤其精于瓷塑,是明代嘉靖、万历年间最著名的雕塑艺术家。

这尊为世人爱戴、造型绝妙的五彩倒坐观音圣像,也受到鲁迅先生和梁思成先生的喜爱。鲁迅在1923年7月3日的日记中写道:"与二弟至东安市场,又至东交民巷书店,又至山本照相馆,买云冈石窟佛像写真十四枚,又正定木佛像写真三枚,共泉六元八角。"其中就有倒坐观音像二帧(因鲁迅未去过正定隆兴寺,误将此佛像记为"木佛像")。鲁迅将其中的一帧,配上镜框,置于案头,至今在北京鲁迅故居"老虎尾巴"的书桌上,仍可见到这帧照片,说明鲁迅对这幅倒坐观音菩萨像的喜爱和赞赏。至于鲁迅将其誉为"东方美神",笔者查遍鲁迅著作、书信、日记,以及有关回忆的文章,至今未找到出处。应当说这"东方美神"的赞誉,对这尊佛像来说是极为贴切与恰当的。

令本人感到非常遗憾的是,这尊倒坐观音的容颜被我们后人修改了,特别是对这尊佛像眼睛的改变。原来的佛像面容端庄、含蓄、秀美,又不失菩萨的庄重,富有人间气息。改后的观音菩萨则成了一位现代美女的容貌,衣着、姿态与她的面部表情不大相称。甚至可以说,篡改了原作者的设计初衷。本人展示的两张照片,一为鲁迅收藏的倒坐观音照,一为现在隆兴寺摩尼殿中的倒坐观音。对比后我们就可以发现这一问题。鲁迅的这帧照片是1923年从山本赞七郎在北京王府井开设的照相馆购得的。山本赞七郎(又名山本明）1895 年来到中国，他对中国文化很感兴趣。据河北省高级导游员张永波先生考证，山本赞七郎拍摄了 17 张正定老照片，其中部分收录在 1924 年山本明生平及著作《震旦旧迹图汇》中，拍摄时间约为 1907 年至 1912 年间。梁思成先生 1933 年著的《正定调查记略》中有 77 张正定隆兴寺老照片，其中的倒坐观音像与鲁迅藏的照片完全相同。说明在这之前，这尊倒坐观音佛像没有被修改，仍然保持着原来的样子。后来为什么会被修改呢？是什么时候改的呢？就不得而知了。作为一名文物爱好者，我更珍惜老祖宗留下的绝美的、有时代特征的古代遗存，渴望我们的文物保护部门能够尽最大的可能，保住它们原始的风貌，让我们的子孙后代都能看到先人为我们留下的艺术珍宝的原貌。

"修旧如旧"，应当是我们文物工作者绝对要遵循的原则。

# 访广州鲁迅纪念馆

2016年5月下旬，我因私事飞赴广州。我的祖籍是广州，而广州又是鲁迅工作和战斗过的地方，也是许广平先生的老家。因而我充满渴望与欣喜地来到这里。办事之余，就想去拜访鲁迅的故居和鲁迅纪念馆。

记得20年前为参加鲁迅研究学会的活动，我曾来过广州。20年后广州变化很大，经济繁荣，交通发达，城市面目一新，已是一个新型的国际化大都市了。在广州，我分辨不出东南西北，为去广州鲁迅纪念馆，只得打车。记得那是一个星期六，但纪念馆因内部整修闭馆了。我向值班人员说明，我是远道而来，可否允许我参观一下，但未能如愿，这是可以理解的。我只得向他们打听白云楼鲁迅故居是否可以参观，值班人员说，那里可能开馆，你们可以到那里去看看。据说鲁迅故居距纪念馆只有十余分钟的路程，因而我又怀着希望和喜悦，去寻访白云楼鲁迅故居。由于道路不熟悉，我们走了半个多小时，还未找到。问了六七位当地居民和路人，均说不知道。好不容易在大道边的一条辅道，看到一座小楼，墙上有白云楼的牌子，但冷冷清清。走到尽头，有一个卖杂货的铺子，一打听才得知，此处也不开馆。据店铺主人说，以往来此处参观的人也很少。在白云楼的墙上挂有两块牌子，一块牌子为广东省人民政府

1985年8月27日立,标明白云楼为"广东省重点文物保护单位"。另一块牌子为"白云楼鲁迅故居"的说明。内容为:

白云楼鲁迅故居

  1927年鲁迅在广州的寓所之一。白云楼建于1924年,原为邮局公寓,楼高3层。1927年3月29日鲁迅从中山大学迁至此(7号)二楼居住,直至同年9月27日。这其间,鲁迅先生在此写下了《庆祝沪宁克复的那一边》《可恶罪》《野草》等著作,抨击黑暗社会。

  保护范围:从建筑外墙向外延伸5米,西至东濠涌边线。

  仔细阅读此说明,感觉有二处不妥:一为将《野草》列为鲁迅在广州"写下"的"著作"是不妥的。《野草》一书收入的是1924年至1926年鲁迅在北京时期所写的23篇散文诗,此书中仅有一篇《题辞》写于1927年4月26日,即鲁迅居住在白云楼期间。将整部《野草》列为鲁迅在广州时期的著作是不合适的;其二,将鲁迅白云楼故居的门牌号更改为"7号"也是不符合历史事实的。根据有关历史的记载,特别是鲁迅自己的记载(1927年3月29日鲁迅日记有"移居白云路白云楼二十六号二楼"),鲁迅故居都是白云楼26号。此处为广东省文物保护单位,原旧址门牌是不能随意更改的,应依据历史事实。

  来到广州,时逢广州鲁迅纪念馆和故居的定期整修,本人是理解的,因为我们去的时间不巧,只得失望而返。但对于在找寻白云楼的过程中,附近的居民和路人对这座故居的陌生我感到不解。归途中,曾和出租车司机聊起,司机的话使我愕然,他说:"现在的人都忙着挣钱,哪有人关心鲁迅的故居呀!"此话虽片面,却也反映了某些人的心态。

本人到广州为什么特别想拜访鲁迅纪念馆和鲁迅故居呢？主要是由于我从事的是鲁迅文物工作，这是我的业务。我特别想看广州鲁迅纪念馆陈列的文物，因为其中有不少是当年许广平先生为了充实广州鲁迅纪念馆的陈列，特意亲自从北京鲁迅博物馆挑选出来的。记得那是1962年12月11日，星期一，博物馆闭馆。那天是晴天，但天气特别冷。许广平先生来到博物馆，专程给广州鲁迅纪念馆找几件适合他们陈列的文物。我们按照许先生的嘱托，将鲁迅家中存的六个大木箱抬到鲁迅故居的庭院中。我们和许先生一起，将一个一个箱子打开，从中找寻有关的文物。许先生共选取了13件文物，其中有鲁迅在广州时穿过的灰线尼夹袍、内衣内裤，以及棉被、枕头、帐子、窗帘等，最为珍贵的是鲁迅用的蓝印花绸被面。许先生说，在布置北京鲁迅故居陈列时没有发现它，所以随便找了一床家里用的被子来代替。我们当即将这个被面展开，发现它已破损——我想可能正因为这个缘故，当年就将它搁置起来了。另一件很珍贵的文物是鲁迅用的柳条箱，上面有鲁迅写的"L·S"两个字母，即"鲁迅"英文两个首字母的缩写。这柳条箱是鲁迅从北京带到广州使用的衣箱。许广平先生将这些文物亲自提走，将它转赠广州鲁迅纪念馆。

许广平先生对广州鲁迅纪念馆的建设是关心备至的。她虽工作很忙，1961年仍亲赴广州，主要是为加强广州鲁迅纪念馆的陈列展览。那时从北京到广州至少需要两天的行程。在广州期间，她除了抓紧时间办理有关事务以外，还严格要求自己，不给当地政府添麻烦。据她的秘书王永昌先生回忆："1961年底，她和我因事到广州出差。一到那里后，她就对我说：'这次我是因公出差，亲友不见，老家不回（她是广州人），现在是困难时期，不要给当地政府

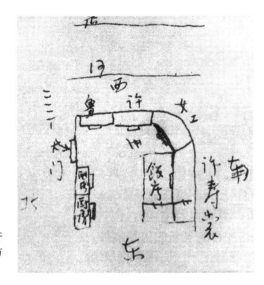

许广平手绘的鲁迅、许广平、许寿裳在白云楼居住时的陈设、方位图

造成麻烦。'结果,真是那样,没有会一个亲友,没有去一次高第街(许氏老宅),给地方政府省去很多麻烦事情。"广州之行,许先生了解到广州鲁迅纪念馆缺少展品,因而亲往鲁迅博物馆选取。为恢复白云楼故居,许广平还亲自绘了一幅图,将鲁迅、许寿裳和她在此居住时白云楼的内部陈设一一展示出来,这是极为珍贵的。

许广平先生为鲁迅事业、为鲁迅博物馆和纪念馆的建设尽心尽力,付出了一生的心血。许先生值得我们永远怀念。

# 后　记

我今年已经九十有二了。人过九十，进入鲐背之年，应当对人生有所"感悟"，但我才学尚浅，很难有高深的感悟，只是在这里写下自己心里想说的话。

回顾自己90余年走过的道路，无有感悟，唯余感恩！

一是感恩引导我走上革命道路的人。

我感恩自己中学时代在志成中学的同学，特别是中学挚友项华（曾任中华人民共和国最高人民法院人事厅厅长）、刘国玮（生前曾任北京八中校长）、于致力（曾任人民大学党委宣传部部长），是她们教给我革命的道理，后来她们都成为共和国的栋梁之材。

1947年8月，在她们的启蒙和引导下，我有幸加入了进步青年读书会北京大学铁流学习小组，并在不断的学习中成长。1949年2月，经她们介绍，我加入了中国共产党建立的秘密外围组织民主青年联盟，后来又成为一名光荣的新民主主义青年团团员。

在走向人生重要关口的18岁，我终于找到了终身的信仰，自此走上了革命道路。

二是感恩中国人民解放军批准我参军，让我成为一名纪律严明、忠于使命的解放军干部，后来又成为我军某军事院校的一名教师。

1950年，在轰轰烈烈的抗美援朝中，我作为辅仁大学的大二学生，怀着一腔爱国热情积极申请参军。我是家里最小的女儿，作为北京秀贞女医院院长的母亲自然是舍不得我参军的，因而第一次未能申请成功。但我心意已决毫不气馁，一口气写下七页的《决心书》。我的执着感动了母亲、辅仁大学和部队军干校相关单位领导，赢得了他们对我的认可和赞许，后来我终于被录取，成为中国人民解放军军干校一名光荣的学员。

我至今还记得北京市为录取的军干校学生举办盛大欢送会的那一天，我母亲作为两位北京市军干校学生家长代表之一，上台致辞。《人民日报》1951年7月13日头版《北京胜利完成军干校招生任务——昨日北京市举行全市性的盛大欢送会》报道了这感人的一幕："辅仁大学叶淑穗的六十五岁的母亲叶秀贞说：'我很爱我的孩子，但是，我更爱美丽的祖国。我们的儿女在新的教养下能走上光荣的岗位，也是我们做母亲的光荣！'"母亲演讲时的音容，永远定格在了我脑海中，也成为我一生的荣耀。

在那个"左"的年代，我曾因家庭社会关系等问题饱受挫折，1955年9月在退伍时没被批准为转业而是直接复员，被安排到河北省望都县的人民银行工作，1956年7月才回北京，到北京鲁迅博物馆工作直至退休。但是，现在回想起来，除了那些年因为忙于工作而对家人有所亏欠外，我没有后悔所走过的路。

我20岁时，为了抗美援朝保卫祖国而参军，并逐渐成长为一名光荣的解放军干部。在此，我感恩中国人民解放军接纳了我，让我在军队大熔炉里锻炼，懂得了如何忠于使命、忠于职守，教会我做人做事一丝不苟，严肃认真；我还在军队结识了我的丈夫，夫妻恩爱70年。还有什么比这些更幸福的事呢？

三是感恩党组织接纳我，培养我。

作为一名中国共产党员，我的入党经历却是非常曲折坎坷，从1956年向党组织递交入党申请到1984年被正式批准入党，前后历经了28年的磨砺和期盼。由于那些年"左"的思想影响尚未彻底消除，作为"团结、帮助、改造"对象的知识分子入党难，是一个时代之痛，困扰着我们这些长期追随党、要求加入党而不能的知识分子。

我的入党经历，曾作为知识分子"入党难"的事例之一，被载入1985年7月5日的《光明日报》头版头条。这篇题为《领导动手　深入基层　继续清除"左"的影响——文化部系统一批优秀知识分子入党》的报道写道："鲁迅博物馆的一位同志工作一贯积极热情，在五十年代就申请入党……长期入不了党。调级时，她主动把名额让给其他同志，别人说成是'讨好'，她向国家捐赠母亲的遗产，有人说那是'剥削来的该捐'；外边来了人，她热情接待被说成'巴结名人'。最近，党支部重新研究她的入党问题，大家认为过去的看法是片面的，有的事情甚至完全颠倒了是非。认识统一后，过去不同意她入党的同志主动要求做她的入党介绍人……"从这篇报道中，可想而知我入党的经历何其艰难！

在得知被批准加入中国共产党的那一刻，年过半百的我，激动的泪水夺眶而出！我追求大半生的理想，终于得以实现了！我感恩亲爱的党组织接纳我，培养我，使我此生有幸成为一名光荣的中国共产党员。

四是要感谢鲁迅先生，是他伟大而崇高的精神，激励我一生奋斗，为了鲁迅研究事业，甘愿奉献我毕生的精力。

在我从前辈手中接过鲁迅文物的那一刻起，我便确认：这就是自己一生必须要投身的事业。从事鲁迅研究六七十年来，我是从不敢懈怠，积极地投入工作，付出了很多的艰辛，也取得了对鲁迅研究的一点点成就。70多年过去了，我对鲁迅研究从懵懂无知，到刻骨铭心地热爱这份事业。鲁迅故居的一砖一瓦、鲁迅手稿的一笔一画、鲁迅著作的一字一句、鲁迅生平中的一人一事……至今都深深地刻在我的生命里，我的工作就是我终身热爱的事业。

五是感恩我的家庭，特别是我相濡以沫的老伴，70年来对我的事业和生活给予了最大的支持和帮助。

在我看来，我一辈子虽挫折纷扰，但随遇而安，所幸身心健康，和老伴一起把儿女都培养成材，共同享受了天伦之乐……现在我仍可耳聪目明地坚持工作。

不幸的是，我的老伴孙曰修先生，在2022年12月意外感染新冠病毒，永远地离开了我，享年96岁。我时常怀念老伴在我从事鲁迅研究之路上给予我的帮助。翻看他为我亲手抄录的一张张卡片、一本本文物资料，抚摸和他两地分居五年间来来往往的书信，对老伴的思念如涓涓细流，点点滴滴，如在昨日……现在，是儿孙们的安慰以及老友们的鼓励，让我坚强起来，逐渐从悲痛中走出，重树生活的信心，继续投入鲁迅研究事业，更加热忱地发挥我的光和热。

虽然我在人生道路上遇到了不少艰难，但是我家庭生活愉快，幸福常伴，儿孙绕膝，个个懂事孝顺，是家庭给了我一生的快乐！我已经是最大的人生赢家了。

这本书的编辑和选图得到我的孙女孙晓星自始至终的帮助，使我感到欣慰。这本书收录了我从事鲁迅文物工作几十年间，在文物征集、保护、研究等过程中的人物见闻、研究随笔。这些文章散见于各大报刊及专业期刊中，经年累月积攒了许多，本以为没有结集出版的价值，就此搁置。

近年来，我不时在《北京青年报》上刊些小文。报社的资深编辑、记者陈国华先生看过我的一些稿件后，认为这是一些史料，应当留存，建议我结集出版，并为此帮我联系出版社，感激之情无以言表。

这本书的出版还得到鲁迅研究界资深专家学者的支持，有孙郁先生、李允经先生、萧振鸣先生。他们为本书写了序，给读者以导读，为本书增了彩，在此本人由衷地感谢。

同时，还要感谢萧振鸣先生为此书题名并作了最初编辑的创意。还要感谢北京鲁迅博物馆刘然、秦硕、胡鸣同志和上海鲁迅纪念馆李浩同志、正定隆兴寺张永波同志等为本书提供图片，以及所有为此书的出版付出辛劳的先生们，在此一并表示衷心的感谢。更要感谢三联书店为我出版此本小书。

因本人水平有限，加之稿件多为数年前所写，因而错误之处在所难免，敬请专家、读者给予批评指正。

叶淑穗

2023 年 4 月